民国通俗小说典藏文库·冯玉奇卷

千紫万红·歌舞春江

冯玉奇◎著

中国文史出版社

目　录

千紫万红

歌舞春江

千紫万红

第 一 回

　　秋天的夜里，四周是更显得分外的凄凉，一阵阵的秋风，吹送到人们的身上，都会感到有些寒意。不过，在龙翔大戏院的大门口，却是显得分外热闹，电灯泡编结成红角儿的名字，开得锃亮，耀人眼目。远远驶来的三轮车和人力车的观众们，源源不绝，都是争先恐后鱼惯似的向戏院门口进去，而且几位太太小姐们还高声地叫着按目的名字，要排几只近一点的位置。从这一点子情形看起来，就可以知道，这是一家近年来最风行的越剧场子了。

　　这时舞台上已经在闹头场了，锣鼓之声震耳欲聋，观众们嘈杂之声也是充满了整个的戏院。按目们排座位领票，忙得一个不亦乐乎。前台固然是这样忙碌，后台的化妆室中却也忙得十分，演员们都在对了镜子化妆。在每个镜子面里映显出不同的脸谱，有老生，有小生，有花衫，有小丑，有大面，倒是十分有趣。

　　这是另一间的化妆室中，里面的陈设比外面一间要整齐得多，一望而知是个名角儿的化妆室。果然，见一个年约二十三四岁的姑娘，正在对镜化妆，后面还服侍着两三个学生子。那个姑娘因为晚饭是过房娘请客的，所以回来迟了一点，怕误了场，所以急得一面化妆，一面还骂着嵊县口音的山门，是怪学生子们不早预备好的意思。大角儿发脾气，小学生子只好受气，所以大家都不响地忙碌着。

　　正在这时候，外面走进一个四十左右的乡下妇人来，身旁还跟着一个年约十五六岁的小姑娘，那妇人一面还喊玉英的名字。玉英回头一看那妇人，便"哟"了一声，叫道：

"姑妈，你是几时出来的？"一面说，一面已化妆完毕，由大衣师父给她穿上了衣服。

那妇人说：

"我是昨天出来的，紫玉，你快上去见过了表姊。"说时，又推着身旁那个小姑娘。紫玉上前叫了一声"表姊"，玉英笑道：

"表妹长得这么大了，倒是生得好模样儿。姑妈，你们快坐一会儿……"

刚说到这里，只见那位编导吴老先生到门口一闪，叫了一声"李小姐，你快上戏了"，玉英这才"哦"了一声，立刻向门外直跑。待她跑出门口时，大衣师父方记得还有一把鹅毛扇忘记交给她，她的脾气自己知道，下台后免不得又吃一顿排头，因此，他就拿了扇子，急急追了上去。

紫玉见玉英迫不及待地走出化妆室外去，因为她在这一种环境之下，还是第一次看到，所以对于室内的四壁，自不免细细地打量了一回。只见一张一张的镜框子里全都是表姊的照片，有时装，也有戏装的，姿势都相当妙美。记得四年前在故乡时所见的表姊，和现在相较，自然是大不相同的了。那时这一个美玉小姑娘，已倒了两杯香茗，送到两个人的手里。紫玉娘是连声不迭地道谢，并且还同她说道：

"这位姑娘贵姓？不知芳名叫什么？"

美玉含笑道：

"我叫蒋美玉。"

紫玉娘一听，拉了拉紫玉，说道：

"这可巧了，你叫紫玉，她叫美玉，你应该叫她一声姊姊才好。"

紫玉听了，遂含笑叫了一声姊姊，不料美玉却羞得两颊红晕起来了。

紫玉见美玉这样害羞的情形，心里也不觉好笑，遂又低低问道：

"姊姊今年多大年纪了？"

美玉这才抿嘴笑道：

"我还只有十六岁，也许我的年纪还没你大，所以你不该叫我姊姊，还是叫我一声妹妹的好。"

紫玉听她这样说，一撩眼皮，笑道：

"这样说，你真的只好做我妹妹，因为我今年已经十七岁了。"

紫玉娘笑道：

"可是你的个子却比我的紫玉高一些。美玉姑娘，你在班子里有几年了？"

美玉道：

"还只有一年光景，你这位妈妈可是要把紫玉姊姊送到这里来学艺吗？"

紫玉娘点了点头，正欲回答，只见玉英已匆匆走进室内来，于是忙掉转身子，问道：

"玉姑娘，你下台了吗？"

玉英点了点头，向她招手道：

"姑妈和表妹坐到这里来吧。"于是紫玉和娘跟她坐到窗口的沙发椅子上去。

玉英先对紫玉身上打量了一回，方才微微笑道：

"你们的信我是早已接到了，就是你的事情，我也知道了。不过，我班子里已经有四个孩子了，恐怕不能再安插了。就是我收留了，也是委屈了表妹，因为我自己一天到晚都没有空闲的工夫，所以在我这里学戏，就根本学不到什么。天资聪明的，自己模仿，随时留心留心，那么还有一些成绩；要不然，学了一辈子的戏，还是学不会的。并非我没有一些亲戚的情分，不肯收留学生子，实在也是为了表妹前途着想的。不过，你们既然大老远的从故乡到上海来，我自然还得尽我的力，给表妹设法介绍到别的班子里去，不知姑妈心中的意思以为怎样？"

紫玉娘听她说这一番话来，满腹的心热也就冰冷起来，她在失望之下又感到无限焦急，虽然时已入秋的季节，她额角上的汗点会像蒸汽水似的冒了上来。

紫玉见母亲急得这个模样，可见事情是非常严重，一时她也急得涨红了粉颊儿，转了转乌圆的眸珠，很快地插嘴接着说道：

"表姊，你不要说委屈我的话，我是一个不知人情世故的女孩子，到上海来的目的，一方面固然是学艺，一方面也是到社会上来磨练磨练自己的身子，所以'吃苦'两个字，我是绝对不怕的。表姊，你应该答应我们娘儿俩的要求吧。"

"你别着急呀！"玉英见她说着话，不免有盈盈泪下的意态，这就感到表妹小姑娘有些可怜的成分，她先这么安慰她一句，接着说道：

"并不是我故意推托不肯管账，因为我的班子里实在挤不了人，不过我给你安插到别的地方去，那不也是一样的吗？"

紫玉娘有些急得口吃的成分，说道：

"玉姑娘，你也不知道我的苦衷，我带了紫玉从故乡到上海，原预备紫玉一有了安身之所，我马上就要回去的。因为在上海多耽搁一天要多一天开销，姑妈的环境，你也知道的，所以你说另想别法，我也不知几时可以成功，你想叫我急不急呢？"

玉英听了她这一番话，由不得蹙了眉尖儿，她把雪白的牙齿微微地咬了一会儿殷红的嘴唇皮子，表示沉思的神气。

谁知道这时美玉急急过来说道：

"娘，上戏了。"

玉英忙又站起身子，说道：

"你们不要着急，等我这场戏下台后，再给你们一个答复，大致不会使你们感到为难的。"她一面说，一面把身子向室外走了。

紫玉娘儿俩眼望玉英影子在门框子里消失了后，她们的心中感到一阵莫名的惆怅。虽然玉英最后的两句话，足以使自己安慰，然而到底收留不收留，还是一个问题。因此，她们心中的焦急，正仿佛罪犯在等待法官判决一样难受。紫玉娘见女儿的眼角旁似乎有些湿润，可想女儿心里的失望，比当娘的还要厉害，一时懊悔自己做事太鲁莽，悔不该先要她一封回信，假使她回信中拒绝的话，我也不急急地由故乡到上海来了。其实，我以为亲戚总有点情分，哪里知道她发了财就会如此势利起来，真是世态炎凉！想到这里，由不得深深地叹了一口气。

美玉站在旁边，见她们母女俩呆然出神的样子，遂悄悄地问道：

"紫玉姐，事情怎么样了？难道我娘不肯答应吗？"

紫玉这才知道自己的神情给旁人受了一些注意，于是连忙抬上手儿去，在眼皮上来回地擦了一下，勉强含笑说道：

"表姊没有完全地表示不答应，她因为班子里自己有了四个学生，所以感到有些困难，不过她等会儿还要给我另外想一个办法。"

美玉道：

"我师姊妹的确已有四个了，不过你们既然是亲戚，就是再收留一个，那也算不了怎么一回稀奇的事。我知道娘的脾气虽然很焦躁，可是她的心肠也颇软，你回头只要向她委婉恳求一下，说不定她就会答应你了。"

紫玉见她教自己方法，可见她也是很希望和自己做一个师姊妹，一时颇为感激，明眸脉脉地望着她，至少是包含了一些感谢的意思。

就在这时，玉英匆匆进来，她这会子含了笑容，说道：

"姑妈，那么你把表妹留在我这里吧。"

紫玉娘想不到玉英这次下台来后却笑盈盈地一口答应下来，一时倒不免感觉出乎意料的惊喜。不过，她既然答应了，就不必再去加以思索其所以答应的必要，这就千恩万谢地谢个不了，对紫玉笑道：

"紫玉，从今以后你要改口叫一声娘了，好好地学艺，将来希望可以大啦……"

玉英听她这样说，不及紫玉叫喊，就先笑道：

"姑妈，这可不能，我们应该从亲戚方面算账，我以为还是仍旧叫我表姊的好。"

"这个你也不必客气了，我说再叫表姊总有点不太妥当。"紫玉娘心中的意思，因为叫她一声娘后，她得尽一点娘的责任，假使仍叫表姊，恐怕对于紫玉的照顾有些损失，所以她之所以和玉英客气，当然也有她另外的目的。

玉英却不待她下说，就凑过嘴去，在她耳朵旁低低地说道：

"姑妈，你不知道称呼原没有什么关系的，其实我是为了你着想，因为我若收学生子，在仪式上少不得要磕头点蜡灯，那么前后台这许多人，单说分分桃糕面食，这笔费用也着实相当可观。你的环境，我也知道，姑爸没有了，姑妈从小把表妹抚养长大，这也不是一件容易的事情，所以我的意思，也不必说收学生子的话了，表妹就在我身旁学艺就是了。"

这几句话，紫玉娘的耳朵里是听得进去的，所以玉英说一句她就应一句，直待玉英说完，她用了感激的目光，向她望着说道：

"既然玉英姑娘如此为我设想，恭敬不如从命，也就罢了。不过我紫玉是个很可怜的孩子，你总要另眼相看，把她当作亲妹子一样，

8

这使我感激万分的了。"

玉英道：

"姑妈，这个你尽管放心，我要么不答应人家，既然答应了姑妈，我自然会尽我的责任。那么，你在上海预备玩几天回去吗？"

"上海是寸金之地，开销太大，我的意思也不预备耽搁，明天早车就动身回去。"紫玉娘摇了摇头回答。

玉英道：

"那么今夜就住在我家里吧，免得再去住旅店多花费铜钿。"

紫玉娘道：

"我也不预备住旅店，因为我是今天上午十时左右到上海，所以先到张家姆妈那里，承蒙她招待我，并且叫我今夜住到她家里去。所以我也不麻烦你了，既然事情已经妥当，我也不再打扰，预备告辞了。"

玉英因为又要上场，所以也不和她客气，说道：

"那么紫玉去送你娘，我也不留你了。至于表妹在上海，一切只管放心，我总不会亏待她的。"说着话，她先匆匆地上场去了。

这里紫玉送她娘走出化妆室来，美玉从后面跟出来，说道：

"今天生意真好，挤得路都不能走，紫玉姊姊，你们还是从后门走吧，前台恐怕是不通的了。"

紫玉娘儿俩一面道谢，一面走出后门。外面天空是黑漆漆的，虽然有几盏街灯在闪烁，可是这光芒是太暗弱了，依然见不到人面目的。这时紫玉心中感到别离的悲哀油然而生，她拉了娘的手儿，眼眶子已贮满泪水了。

紫玉拉了娘的手，在那株街树下站住了，微仰了粉脸，带了颤抖的成分，低声说道：

"妈，你明天动身的时候，还来望我吗？"

9

紫玉娘在那盏暗淡灯光笼映之下照到女儿的粉脸，似乎发现了晶莹莹的一颗。当然，在她苍老的脸上也会盖了一层悲哀的阴影，不过她为了避免女儿伤心起见，还是竭力地掩饰她脸部凄婉的表情，装出一丝不自然的强笑，抬上手去，抚摸着她乌黑的头发，低低地说道：

　　"紫玉，你不要难受，虽然你从小没有出过远门，而且更没有离开过娘，但是你的年纪也不小了，十七岁的姑娘，譬如嫁了人，你还能和娘在一块吗？所以你不要伤心，只要你努力学习，埋头苦干，我想你终有成功的一天。明天我一早要动身，说不定不会来望你了，因为要赶火车的时间，这当然也是没有办法的事情。但是你该知道，我虽然和你分开在两边，在我的心里总不会一刻不在你的身旁。"

　　紫玉听了娘的话，她在粉脸上会浮现了一圆圈的红晕，低下了头，却没有回答什么话。可是听到娘这末了的一句话，她的心是更感动了，这会子她自己也说不出什么缘故，眼泪像泉水一般的涌上来。这也许是母性的崇高和伟大吧！她倚偎在娘的怀内，几乎抽抽噎噎地哭起来了。

　　"紫玉，你别孩子气了，怎么又哭起来？难道你恨我吗？"紫玉娘不了解她这回哭的缘故，感到一些惊异，同时更感到一丝悲伤，忍不住含了眼泪水向她低问。

　　"不！娘，你别误会我的意思，因为我觉得娘太疼爱我了，我是太感动了，而且我也太欢喜了，同时我当然也有悲哀。"紫玉偎在娘的胸怀里，柔顺得像一头驯服的绵羊。她抬了海棠着雨一般的娇靥，望了娘枯黄的脸，撒娇地回答。紫玉娘听了这几句话，方才微微地破涕笑了。

　　假使大家住在一处的时候，就没有什么话儿可以说；越是要分别了，彼此的话也就越加多了，好像多说一句话，心里会多感到一层安慰。朋友之间尚且如此，何况她们是母女呢！

所以紫玉娘儿俩站在龙翔戏院的后门口，足足站了半个钟点，还是絮絮地谈个不完，直待玉英差了美玉来找紫玉，她们方才觉得了。美玉笑道：

"我娘下台后，见紫玉姊姊不进来了，以为她迷了路，心中放不下，叫我来寻找，原来你们在谈话，那么就再谈一会儿吧。"

紫玉娘见她倒很体贴人家的，笑了一笑，说道：

"不说了，我该走了。紫玉，你有什么不懂的地方，应该问问美姑娘，她的人是顶好的。"说着，一面又托美玉照顾紫玉。美玉含笑答应，紫玉娘才匆匆别去。

紫玉眼见娘在黑暗之中消失了影子，她小心灵感到空洞的凄凉，正是"黯然销魂者，唯别而已矣"。

美玉见紫玉还是呆呆地站着出神，遂拉了拉她衣袖，低声说道：

"紫玉姊，外面风大，我们进去吧！"

紫玉点了点头，她抬上手去，在眼皮上来回揉擦了一下，遂跟美玉走进戏院子里去。美玉在暗沉沉的灯光下，虽然看不见她脸部上究竟是哪一种表情，但凭她举动上猜想，就可以知道她是揩着泪水。因为自己更是一个孤苦无依、没有爹娘的女孩子，当然对于紫玉和她娘依恋的情景，使她也感到一阵无限的心酸，忍不住微微地叹了一口气。

两人回到玉英的化妆室，只见里面坐着三四个男子。有一个穿中装的，年约四十左右，大腹便便，戴了一副金丝边的眼镜，手里拿了一支雪茄，在手指上可以见到他有一枚亮闪闪的戒指，显然是个有钱人的气派。旁边还有一个穿西装的男子，年纪比较轻一些，脸儿很清瘦，也戴眼镜。他的谈锋很健，此刻全是他一个人在说话，从他满脸血红的神气看来，显然他是吃过酒的缘故。

玉英似乎对于他们说话并没有表示什么，只不过微笑而已，此刻她见紫玉进来，遂望着她问道：

"你娘走了吗？为什么送了这许多时候不进来？倒叫我替你心中着急。"

紫玉在表姊的面前，只好勉强装出一丝笑容来，说道：

"我送娘到外面，娘又叮嘱我许多话，不知不觉就在街上站住了。"

"这也难怪，你一向不曾离开过娘，少不得要依依不舍起来。"玉英倒也相当明亮，她倒体贴紫玉娘的一番苦心，点了点头，接着又道：

"不过你也切莫难过，我不会使你受到委屈。"

那红了脸的西服少年，向紫玉望了一眼，插嘴说道：

"玉英阿姐，这位小妹妹是侬啥人？狄张脸可真漂亮呀。"

玉英回头笑道：

"她是我的表妹，到我这里来学唱戏。王先生，你可要在报纸上给我捧捧呢。"

那位王先生听了，耸了耸肩膀，笑着说了一声"闲话一句"，他直走到紫玉面前去拉她的手，笑道：

"小妹妹，侬叫啥芳名？我一定捧你，保险你将来会和你表姊一样发红。"

紫玉知道，他也许是喝过一点酒的缘故，连忙挣脱了他的手，涨红了玫瑰花儿一般的粉脸，却羞得一句话也说不出来。

王先生一看紫玉是一个初出道的小姑娘，仗着三分酒意越发得意，便迎上一步，重又握着紫玉的一只手抚摸着，再耸耸肩膀，回头看着玉英，眯着两只醉眼说道：

"玉英阿姐，她不肯说自己的名字，大概为怕羞，还是你替她说吧。我要没有知道她的芳名，在报纸上怎么替她做宣扬文字呢?"

玉英说笑道：

"王先生，看你一喝了三杯黄汤，就装疯作癫的，人家小姑娘刚从乡下出来，哪里见过这种拉拉扯扯的样子？你满口酒气直喷，再动手动脚，她自然不敢回答你半句话了。"

王先生涎着脸说道：

"嘿，玉英阿姐，这位小妹妹，年纪还小呢，我拉拉她也没有关系。等将来红了以后，别说拉拉她的手，就是碰着她一根毫毛，她也要给我嘴脸看了。"说着又耸了耸肩头，回头对紫玉说道：

"小妹妹，你不要听你表姊的话，我是出名的王老实，你不要怕，快快将芳名说给我知道，明天在报上，我一准替你来篇精彩的文章来捧捧你。"

紫玉听王先生说了半天，她始终没有懂什么叫在报纸上捧捧，只觉得一只粗糙的手掌，在自己手背上活动着，于是依旧用力挣脱了他的手。

玉英见紫玉这样怕羞的意态，遂又向王先生说道：

"你不要和人家小姑娘开玩笑了！还不见世面，见了你们这样动手动脚的东西，人家可要难为情呢！"

王先生"啊呀"一声笑道：

"玉英阿姐，'东西'两字，可不大好听。你难道就把我当作一样东西看待吗?"

旁边那位中服先生听他这样说，也不禁笑起来说道：

"老王，这是你自己不好，问人家姓名，应该规规矩矩，怎么可以拉拉扯扯呢？无怪李小姐要说你是个东西了。"

玉英笑道：

"姜先生这话才是呀！还是我来告诉你，我表妹姓韦，名叫紫玉，今年十七岁，书也念到小学毕业的。王先生，那么明天在报纸上就请你捧捧吧。"

"一定，一定，准定我要写一篇好文章来大捧特捧一下。"王先生一面吸香烟，一面望着紫玉出神地笑。姜先生却插嘴笑道：

"老王，不要说'好文章'三个字，倒叫人笑痛了肚子。并不是自己朋友说你的丑处，你的报真是越出越糟了，每天简直不是写稿，完全是剪稿，这还说得上'文章'两个字吗？"

王先生被他这样一说，心里不大自然，不过为了姜先生多着几张钞票，说不定自己还有许多地方要他帮忙，因此忍了一肚子气，苦笑了一笑，说道：

"姜禄水大哥，你真不知我心中的苦楚，我不是吹牛的话，在报界内也可以说是个历史悠久的人物了。目前接办小报越剧版地位已经有四五张之多，每版至少要近十篇稿子，那么一天就得四五十篇稿子，我一个人如何来得及？帮忙朋友又少，假使要拉人家稿子，还得请人家到家中来吃饭。现在米价多少钱一担？你想，叫我不剪报，还有什么第二个办法呢？"姜禄水似乎不好意思再拿什么话来说他了，点了点头，却忍不住微微地笑起来。这时候，玉英小姐又要上台去了，她向姜、王两位说"请坐一会儿"，便自管走了。

紫玉见玉英走后，姜、王两个人窃窃地在私语什么话，从他们两人脸部上的表情看起来，也可以知道他们其中一定带有些神秘的成分，于是拉了拉美玉的手，低低地问道：

"美玉姐，他们这两个人到底是什么人呀？"

美玉听了，悄悄地告诉道：

"紫玉姐，你不知道，这个姜先生常常来捧我的娘，一会儿送东西，一会儿请吃饭，在后台进进出出，也不知道忙些什么。我们叫没什么办法，吃了这碗饭，总得在新院子里鬼混，谁知道他们吃饱

14

饭也有这样的空闲，你想奇怪不奇怪？"

紫玉比她长了几岁，心中自然多知道一些，因此她倒反而暗暗地发愁起来，她怕自己唱红了后，也会有此种人儿来缠不清，所以她不希望自己唱红起来了。

晚上散戏后，玉英跟了姜先生、王先生一同坐车到外面去了。紫玉跟了美玉一同在舞台上一角吃稀粥，姊妹俩边谈边吃，倒很投机。紫玉方知越剧场子里，散席后还要供给一顿半夜饭。吃毕稀粥，时已不早，紫玉遂和美玉同铺睡觉了。

这一天晚上，紫玉是睡在美玉的床上，两人喁喁唧唧地谈了一会儿，美玉也就鼻声大鼾地睡着了。可是，紫玉却再也睡不着，这一半是因为换了一张床睡的缘故，而最大的原因还是为了她心中所思虑的事情太多了。一会儿想母亲明天早晨不知几点动身回故乡去，一会儿想自己学会了戏后，又不知踏进了怎样一个环境里。她胡思乱想地忖了一会儿，耳听时钟当当地敲了两下。窗外的月光像水银似的透露了进来，映在床边的被单上，更显得清白一些。紫玉见了这淡淡的月色，她脑海里会浮上了一个少年的影子——怪英俊的脸儿，老是浮现了一丝果决的微笑。于是，她的粉脸上也会微微一笑，同时在她眼前会搬移着一幕不可磨灭的印象，这还是自己离开故乡前的一个夜里。

第 二 回

　　紫玉是住在故乡水灵村里的，那边的风景很好，一年四季都有很幽美使人留恋的景色。春天里那是更不用说了，前面一条曲曲折折的小河，两岸植着一株一株的垂柳，在柳丝飞舞之中，可以看见隔在中间一枝一枝的桃花，在和暖的阳光云纹之下显得格外艳丽。不过在初秋的季节里，也有她妩媚的风韵。

　　紫玉在大自然的怀抱里过着生活，她平日是一个天真活泼的姑娘，虽然她的家境并不十分好，不过凭着她精明能干的娘，帮着人家干些活计，或是田园里种些土产，倒也足够她娘儿俩开销，所以紫玉是从来不晓得忧愁的。况且，她在村塾里也念到小学毕业了，空下来看些书籍，或是帮着娘做些针线。她每天总是高高兴兴的，可是今天晚上却不同了，她没有笑，也没有说话，老是屏锁了两条淡淡的娥眉，好像有无限的心事在胸中的神气。

　　初秋的晚上，虽然已六点光景，可是天色尚白，紫玉娘儿俩吃过饭，都在室中坐着做活计。在静悄悄的空气里，只听紫玉微微地叹了一口气，于是她娘就低低地开口说道：

　　"紫玉，你为什么叹气？难道你就喜欢一辈子在乡下吃苦吗？我所以明天要陪你到上海去学戏，也无非为了你前途幸福着想。你不听阿毛娘从上海回来说，你表姊在上海可真红得不得了。住洋房，吃大餐，出外三轮车代步，这种生活和她从前在乡下吃些梅干菜相

16

较，那不是有天壤之别吗？况且，我把你辛辛苦苦养成了人，也无非下半世想有个靠傍，所以我想你总应该到外面去找一条出路不可。"

"娘的话虽然不错，但是我一个很年轻的女孩子孤零零一个人到外面去流浪，好像总有点胆寒似的。"紫玉低了头，一面干活，一面回答。

紫玉娘笑道：

"这怕什么哪？你表姊何尝不是一个人到上海去的吗？况且，你这次去上海还有表姊会照顾你的，所以你是根本不用忧愁的。"

紫玉这回没有说什么，四周显得格外静悄，她娘把眼睛向她偷望了一下，不知怎的，忽然噗的一笑，说道：

"紫玉，我倒明白你所以忧愁的原因了。"

紫玉听她娘这句话至少是包含一些神秘的成分，因为是心虚的缘故，她红晕了粉脸，秋波逗了她一瞥妩媚的目光，还是极力镇静了态度，故意用了不了解的语气，反问道：

"娘，你明白我什么呢？"

"那还用我说吗？"紫玉娘这回笑出声音来了，"你不过是为了舍不得离开志刚罢了。"

紫玉的粉脸是更加红润起来，她还摇了摇头，有气无力地说道：

"娘，你这话！我有什么舍不得……"说到这里顿了一顿，觉得以下的话很不好意思，于是她立刻改变了娇嗔的口吻，说道：

"娘，你别瞎取笑我，我可不依你。"说着话，她放下手中的活计，站起身子，预备向门口外走了。谁知就在这个时候，忽然间外面匆匆走进一个穿中山装的少年来，几乎和紫玉撞了一个满怀。

紫玉娘笑道：

"正是'说起曹操曹操就到'。志刚，你吃了晚饭没有？"

志刚是个十八岁的少年，比紫玉长一岁，他们是一个学校里读书的。因为从小在一起，身子慢慢高大，心也慢慢长大，当然男女之间，人事一醒，少不得会起了感情作用。所以他们两人也可以说由总角之交而步入了情爱的阶段，而且志刚也时常到韦家来走动。紫玉娘因为他们两小无猜，十分要好，所以平日也并不加以约束。志刚、紫玉见做娘的也有意思，她们自然也更加亲热了。

这时，志刚听了紫玉娘的话，又见紫玉向自己逗了一瞥娇嗔，他还是莫名其妙地说道：

"妈，你们在说我些什么呢？"

"说你坏话！"紫玉雪白的牙齿微咬了殷红的嘴唇皮子，这一句话的表情，十足显现了娇憨的成分。

志刚笑道：

"我不相信，你不会说我的坏话。妈，紫玉一定说我的好。"

紫玉听他这样说，啐了他一口，把纤手指在在颊上划了划羞他，笑道：

"谁说你的好？亏你说得出，不怕难为情吗？"

"那么你们到底在说些什么事情？是不是和我有连带关系的？"志刚略红了脸儿，笑着说。

"'为人不做亏心事，夜半敲门不吃惊。'我们说我们的，要你这样心虚做什么呢？"紫玉瞅他一眼，还是带了俏皮的口吻。

还是紫玉娘向他告诉道：

"志刚你不要忙，我来告诉你吧。因为紫玉的表姊在上海唱戏，红得发紫，听说现在环境好得不得了。我想紫玉的年纪也不小了，老是待在乡下也是永远没有出息，所以我们已决定明天早晨动身到上海去给紫玉学艺了。"

志刚突然听到了这个消息，情不自禁地走到紫玉的面前，伸手把她握住了，急急地问道：

"什么？你们明天一早就得动身吗？"

紫玉见志刚的神情有点异样，这是很明显的，表示他内心感到有点难过。一向在一处相叙惯的，一旦要分离，心中难过，这也是免不了的事情。她望着志刚，若有若失的脸儿，蹙紧了眉毛，眼皮上几乎也有些润湿起来，谁知道志刚接下去说道：

"我今天到你家来，其实也是向你们来辞行的，不过我动身的日子还在后天。原想紫玉给我送行，哪晓得你还比我早一日离开故乡，这真是出乎意料之外的事情，那么我明天倒反而先要向紫玉送行了。"

紫玉听他这样说，心里一急，这就顾不得一切，走上去拉住他的手，急急问道：

"志刚，你预备走到什么地方去呢？"

紫玉当时听了志刚的话，一颗芳心倒别别的一跳，她很快地走上前去，向他急急问到什么地方去。志刚笑了一笑，说道：

"父亲从南京有信到来说，这几年他在外面也不大如意，家里收成又不好，弟妹多，母亲一个人在故乡够辛苦了，所以叫我也到南京去做事情。我想父亲的话也很不错，像我这么年纪也不算小了，老是待在家里读书也不是一个道理，所以我倒很愿意到外面去生产。只是母亲的心中好像还有些不舍得，不过我却预备动身了。"

紫玉听他这么说，也不知为什么缘故，心头总感觉有些惆怅，一时却也回答不出什么话来。紫玉娘却先点头说道：

"志刚，你父亲这意思很好。可怜你娘真也太辛苦了，就是你出外做事情去了，她家中还有五个孩子呢！所以我说你也应该帮助父母分一点负担的。"

"可不是吗？所以我才决定动身走的。"志刚说到这里，望了紫玉一眼，因为紫玉低垂了粉脸，好像在沉思的样子，遂又问道：

"紫玉，你在想什么？"

紫玉这才一撩眼皮儿，摇了摇头，柔和地道：

"那么你预备几时动身？"

"说不定几时，大概三五天之内。"志刚笑起来又道，"我以为你可以送送我，谁知你明天也要动身到上海去，那么到时我该送送你。紫玉，我们到村前走一会儿好吗？"

紫玉娘不及紫玉回答，先笑着道：

"快要分别了，是该去走一会儿玩玩儿，好在你们可以时常通信的。"她娘后面这两句话显然还包含着一些安慰的成分。

紫玉这就跟着志刚走出了院子的门，两人望着薄暮景色，四周都添上了一层暗淡的阴影，晚风微微地护送到脸上，大家都有点凄凉的感觉。

前面是一条小河，河旁长着丝丝的垂柳，斜阳的余晖从远处反映过来，照射到伞形似的垂柳顶盖儿上，在绿油油的色彩上再添了一些金黄的成分，而且为了微风的吹拂，像波浪似的翻动，更显婀娜多姿，妩媚得可爱。

紫玉挽了志刚的手一步一步沿着河边走，两人默默地望着那条不疾不徐的河流，谁都不开口说一句话，最后还是志刚低低地说道：

"紫玉，我们在这草地上坐一会儿好吗？"

紫玉点了点头，她在袋内掏出一方雪白的手帕来说道：

"你别忙，我给你铺在地上坐吧，当心脏了衣服。"

志刚笑道：

"女孩儿家心眼儿总比我们细得多，我这人就随便得了不得。"

说到这里，他在袋内也取出一方手帕来，先给她铺好了，笑道：

"我的一方比你大，你怕脏了衣服，就坐我的吧。"

"那么你就坐我的那一方手帕上。"紫玉秋波向他逗了一瞥妩媚的目光，露齿微微的一笑，她先坐了下来。

志刚在她秋波一转之中，自己心里这就有点甜蜜的感觉，遂笑了一笑，也在她身旁并肩坐下来。两人这时候的神情都浸入在沉思中，四周是静悄悄的，只有枝头上的小鸟在吱吱渣渣地啼鸣不息。

志刚抬头望着天空，在寂静的天空中浮了雪白得像棉花似的云朵，因为反映了落日的余晖，正是彩云周绕，金波高涌，蔚为奇观。忽然听到紫玉轻轻地叹了一口气，志刚这才回过头去，望着她粉脸儿，很温和地问道：

"紫玉，为什么你好好儿又叹起气来了？"

紫玉听他这样问，遂回头望他一眼，低低地说道：

"我们今天这一分别后，也不知道哪年哪月才可以再相聚在一块儿呢？你瞧，河水里面的浮萍，一会儿聚一会儿散，正象征着我们的人生，所以我心中偶然觉得感触吧。"

志刚笑道：

"别离是人生过程中免不了的事情，没有别离的悲哀，也显不出重逢的快乐。况且我们自小在一处，也有五六年光景，在这一个时期中也算相当久了，现在虽然暂时分别，将来总有相聚的一日。不过……"说到这里，笑了一笑就不再说下去，望着紫玉的粉脸，大有欲语还停的神气。

紫玉是个聪明的姑娘，对于他这不过下面显然是意犹未尽，这就一撩眼皮，似乎迫不及待的样子，急急追问下去道：

"你说，你说，不过什么？你快说下去呀！"

志刚见她粉脸儿涨得红红的，显然是急得这一份样儿，于是低声说道：

"我说是说出来了，可是你千万不要生气。"

"你这话奇怪了，我凭什么要生气呢？"紫玉口里虽然这样回答，但她那个芳心里少不得暗暗地猜疑了一会儿。他怕我生气，这到底是什么话呢？在沉吟了一会儿之后，她又摇撼了志刚一下肩胛，含笑问道：

"你说吧！就是你侮辱了我，我也决不生你的气。"

志刚对于她这一句侮辱的话，倒不禁哑声儿笑出声音来，握了她的纤手说道：

"紫玉，人家都说你是个尖嘴姑娘，果然名不虚传。你这句话说得太厉害了，我怎么敢侮辱你？现在你就这么一说，我也就不必告诉你了。"

"这可不行，你既没有侮辱我的意思，那么你就只管大大方方地说出来。假使你不告诉我，那么我的心中猜想，倒更显得有侮辱我的意思。"紫玉听他不肯说了，于是又用了激将之法，向他催促着说。

志刚道：

"我说了也不妨，只不过我是一种顾虑，所以你应该谅解我才好。"

"得啦，得啦。你说就说，何必多说这种废话。"紫玉一听他一味地先向自己赔不是，一时有些不耐烦的神情，鼓着小嘴，逗给他一个妩媚的娇嗔。

志刚这才笑着说道：

"大凡一个年轻的人，总是情感胜于理智，假使理智能够克服情感，这恐怕是只有圣贤人了。"

"那也不能一概而说，要看他和她的思想和人格而定的了。"紫玉有点不以为然地说，忽然她想到了什么似的，"呀"了一声，笑着用手在他肩胛上打了一下，说道：

22

"你说这句话根本没有一点关系的，我真不明白你是什么作用了！"

志刚笑道：

"你不知道，我说这话对于本文大有连带关系，你且不要性急，我还有话呢。"

紫玉见他很认真的样子，于是点了点头，说道：

"也好，那么你就说下去吧。"

"还有一点，"志刚像正经的接下去道，"就是每一个青年往往在每一个环境里做每一种的事情，这就是所谓'近朱者赤，近墨者黑'的一句话。比方说，你我现在是住在朴素的乡村里，每天接触的是那些忠厚的耕农渔樵，所见的是青山绿水，那么我们的思想也很清白、很诚实。但明天一到了另一个环境里，在我的想象之中，那边一定有繁华富丽的生活，有种种环境变化，说不定我们的思想会转变，我们的生活会更换，连我们的人也许会变一个样子吧。"

紫玉还听不出他用意的所在，噘了嘴，"屁"了一声，说道：

"除非你自己到了南京之后，就把人儿变换一个样子了。"

志刚笑道：

"我到了南京，是在一家旧式商店里去做小职员，也许对于我的生活不至于会改变到怎样的程度。不过你呢，这就大不相同了，你是一个美丽的小姑娘，况且又是到戏园子里去学唱戏的，明天被人家一捧，红得发紫的时候，这样环境把你改变起来，也许我们今天能够坐在一处说话，明天就乘车戴笠的变成陌路了吧？"

紫玉听他说到这里，方才明白他是在兜了一个圈子说话。当然他心中的意思，就是怕我一成名之后，会把他忘记了。明白地说一句，就是我会变心去爱别一个有钱人家的少爷。一时她不免感到十分怨恨，因为从这点看起来，志刚还不能算是我的一个知音，心中一急，她背转身子，抽抽噎噎地哭泣起来了。

志刚被她这样一哭，倒免不了急了起来，连忙把她肩胛扳住了，摇撼了一下，急急地说道：

"咦，咦，你这是算什么意思？好好儿干吗竟哭起来了？"

紫玉把身子挣扎了一下，表示很怨恨的意思，还是抽抽噎噎地伤心着，却并不回答一句什么话。

志刚没有办法，只好用了温和的语气向她先赔不是，说道：

"紫玉，原是我说错了话，你就不要伤心，饶我这一回吧。"

紫玉被他这么一赔不是，也不知为什么缘故，她的芳心里更加感到酸楚起来，呜咽说道：

"你也不用向我赔什么不是，总之，我是一个没有知识的姑娘，将来自然会忘记本来面目的。我想你是个有为的青年，还是不必再来恋着我吧。"

志刚涨红了脸，嗫嚅着道：

"紫玉，我也不过比方这么说一句，你何必这样认真呢？我知道你是一个思想不平凡的姑娘，你当然有你坚强的意志，会去应付你这四周的环境。"

"哼！用不到你来拍什么马屁！"紫玉还有点怒气未平的神情，狠狠地逗个他一个娇嗔。这娇嗔在志刚眼里看来，似乎更加了三分妩媚，忍不住偎近了一点身子，笑道：

"紫玉，你要明白我所以说这两句话的意思，也无非是为了爱你，所以你不应该恨我，应该心中有了戒心才是。明天要如遇到了这个环境的时候，我希望你会想到我们今晚这一番谈话才好。"

紫玉被他这样一说，仔细想了想，也觉得很有道理，这就偎在他的身怀内，好像一头驯服的绵羊般，秋波逗了他一瞥妩媚的俏眼，低声地说道：

"你放心，我虽然是个知识浅薄的乡村姑娘，但到底还是有些灵魂的人儿，决不会到了一个环境就被一个环境去同化。所以你可以不必担心，只要你有得意的日子不会忘记我这个乡下姑娘也就罢了。"

志刚见她说到这里，似乎还有些盈盈泪下的样子，这就正经地道：

"任海枯石烂，我们两个人终也希望天长地久，所以你不要疑心我假使我要负你的话，将来决不得好死。"

"只要你有真心，何必说死说活。"紫玉以手掩住他嘴，大有怨恨的神气，接着又道：

"我之所以去学唱戏，也无非是个过渡时期，其实我也不希望成一个红角儿，因为我知道身为女子的一学了唱戏，恐怕就会找寻许多麻烦的。"

志刚点了点头，却是呆然地想了一会子心事。

两人沉默了一会儿，紫玉偷偷地回眸过去，绕过媚意的俏眼，向他斜了一眼，不料志刚的眼睛也在偷望她，此刻见紫玉也来望自己，倒忍不住微微地一笑。紫玉被他笑得有点神秘的样子，一时间她的粉脸儿顿时一圆圈一圆圈的红晕起来。她噘了噘小嘴，逗给他一个娇嗔之后，立刻又垂下头来了。

"紫玉，为什么给我白眼看？"志刚偷偷地拉着她的手玩儿，有些顽皮的神情，凑过头去，低声儿问。

"没有什么。你干什么偷偷来看我？"紫玉被他握住了手，温柔得像一头驯服的羔羊，把娇躯又投靠到他的怀内，有点娇媚不胜情的样子回答。

志刚"啊呀"一声笑了起来，说道：

"紫玉，你这是什么话？你自己不来看我，怎么知道我来看你呢？其实人看人不蚀本，你又何必这么小气呢？譬如说，我这么吻了你一下香……"志刚说到这里，他竟实行起来，真的凑过嘴去，在她颊上吻了一下香。紫玉"嗯"了一声，伸手在脸孔上擦个不停，嗔道：

"志刚，你一向很老实，为什么今天竟胡闹起来？我不依，我一定不依。"说着话，伸手恨恨地在他膝上打了一下，大有怨恨的表示。

志刚却唏嘘笑道：

"叫你不要小气，你偏又小气了。假使你认为吃亏了的话，那么我就给你吻吻好了。"说时还把脸儿又凑了上去。紫玉扬了扬手，嗔道：

"你再胡闹，我可打你。"

志刚拉过她的手，平静了脸色，很正经地说道：

"紫玉，你不要一味地伸手打我，要知道我们是快要分别的人了。在别离之前，我们这五六年来的相聚，难道连这一点亲热不能留一个纪念吗？"

紫玉听他这样说，也不知为了什么缘故，她芳心里感到有些心酸，微蹙了眉尖儿，却也懒懒地低下头来了。

太阳是整个的落下西山去了，四周的景色，又笼上了一层黄昏的阴影。蔚蓝的天空中也盖上了一层灰暗的云，一钩新月从云端里掩映而出，像村姑害臊地半露半躲，十足地显出处女的幽美。

志刚看了这傍晚的夜色，又回眸见了身旁紫玉那种娇羞不胜的意态，心里止不住地荡漾。想起刚才那甜蜜的一吻，他忍不住独个儿微微地笑起来。

"你笑什么？"紫玉似乎也发觉他的笑声，遂抬头低低地问。

"我笑你为什么不回吻我？"志刚的神情是分外得意。

"我可没有像你那么皮厚。"紫玉白了他一眼，却忍不住也抿嘴笑了起来。

志刚觉得她这次笑的意态更加倾人，这原因当然是为了在哭过后而又带上三分怕羞的缘故，于是情不自禁地去拉她手儿，轻轻抚摸了一回，很认真地说道：

"紫玉，我们笑话归笑话，正经归正经。这次我们分手之后，一时里当然不会相聚，那么换句话说，起码要两三年不再见面。所以我很希望大家能够通通信，在书信中能够知道各人的近况和身体平安，那么我虽不能天天在你的身旁，我的心中一定也很安慰的了。"

紫玉频频地点了一下头，说道：

"你放心，我一定每一星期给你一封信，只不过你接了我的信一定要回复我的。"

"这个还用你说吗？你给我一封信，我就给你两封信；你若给我两封信，我一定回复你四封信。"志刚微微笑着说。

紫玉啐了一声，笑道

"你这话可是真的吗？只怕你将来没有这种空闲工夫来写回信吧。"

"我不懂，我如何会没有空闲工夫呢？不论忙到如何程度，我也得抽空写信给你的。"志刚望着她粉脸儿很诚恳地说。

"但愿你记着这两句话才好，不要明天在另一个环境里见到了好看的女人，就忘了写信，就忘记了我。"

志刚不等她说想去，把手放在嘴上呵了呵，伸到她胁下去胳肢，紫玉一面笑，一面躲，身子却倒向草地上去。志刚趁势扑在她的身上，就嘴儿去对准她的粉脸笑道：

"你再说这种话，我可吻你的香。"

紫玉心中一急，不由嚷起来道：

"志刚，志刚，你再胡闹我可叫了，可叫了！"

紫玉情不自禁地叫了起来，这一叫不打紧，却把后头睡着的美玉叫了醒来。她低低地唤道：

"紫玉姊姊，紫玉姊姊，你在说梦话吗？"

紫玉被美玉这么一叫唤，她方才从回忆中恢复过原有的知觉来，定睛细细一瞧，哪里来青山绿水，哪里来志刚的人儿，还不好好地躺在床上吗？原来自己想得痴了，所以情不自禁地叫了起来，美玉却当我说梦话。一时由不得暗暗好笑，遂也不回答什么，把头向被窝里一钻，起初是装睡着，但不上三五分钟，她真的入梦乡去了。

第 三 回

　　这是一间很精致幽美的食间，里面陈设了一张小小的圆台面，上面铺着一方雪白的台布，桌上一瓶紫红的西洋花卉，衬着绿油油的叶瓣儿，在清辉柔美的日光灯笼映之下更显出无限美好的色彩。门帘布是紫红色的，整个地遮了门框子，所以见不到里面到底有人没人。但是偶然也播送出一阵阵细微的笑声，由此可知里面有食客正在觥筹交错、杯盘狼藉地欢然而饮着。这时里面传出一阵电铃声，就有一个身穿白色制服的侍者匆匆地撩起门帘走了进去。这就见里面圆桌旁坐着三个人，两个男子、一个女子，三人脸上都是红红的，显然是喝了多量的酒。侍者向他们弯了弯腰，含笑问道：

　　"先生，要添些什么菜？"

　　那个戴眼镜的中国男子说道：

　　"这儿有没有新鲜水果？我们这位小姐多喝了点酒，口里倒有点渴。"

　　侍者道：

　　"水果有的，新鲜檬果，滋味倒不错。"

　　那个戴眼镜的说道：

　　"你就拿四五只来吧。"

　　侍者答应，便退了出来。

　　这三个是谁呢？当然就是姜禄水、王先生和这位大名鼎鼎的玉英小姐了。原来禄水约了玉英小姐这晚在雪园宵夜吃点心，王先生不过是个陪客，为了拉拢两人起见凑上一脚的。玉英小姐是为了情意难却，因为她在这个环境中少不得要敷衍敷衍人家。可是在禄水的心中，却抱了醉翁之意不在酒的存心。在这样钩心斗角局面下，下面自然引起许多有趣的事情来。

王先生的酒吃得比较少一点，不过他的脸儿是相当的红，好像血喷猪头似的。他平日最喜欢衔半支雪茄烟，虽然他对于吸烟并没有一点瘾头，不过他为的就是自己的一种派头。他说话的时候，十句中带了九句"阿是伐"，成了他的口头语。比方他说，这个年头儿，假使要靠编编报纸吃饭，真是喝自来水汤也喝不饱，阿是伐？我家里八个人吃饭，米要一旦多，起码二十来万一月开销，阿是伐？例如此种说法不胜枚举。在他意思当然表示他并非靠编小报生活的，至少还有许多事也在做，然而他除了编编小报，靠几家戏院一点广告费收人之外，可说别无他事发展。

至于王先生和姜禄水的认识，也是偶然在一个朋友请客的宴会上，王先生以为以记者的地位时常到处凑上一脚，别人家虽有些头痛，可是见了他倒也奈何他不得。他见禄水是个有钱的人，所以凭他三寸不烂之舌，和他做了一个好朋友。禄水因为他对于各戏院后台相当熟悉，便也利用他做自己一个接近后台人物的引子，因此大家在相互利用之下显得十分亲热。禄水看了玉英的戏后，心中便想入非非。王先生知其意，遂拍胸担保：只要我来拉拢保险马到成功。禄水被他说得心眼儿痒斯斯的，因此也就糊里糊涂地常到龙翔剧场的后台来，这真所谓色不迷人人自迷了。

侍者把水果端上放在桌子，悄悄地退了出去。禄水很快地去取一只最大的檬果，送到玉英的面前，含笑叫道：

"李小姐，你有些口渴吧？快吃些水果，那酒也会醒的。"

玉英纤手托了香腮，微蹙了两条弯弯的眉毛，好像感到有些头晕的样子，说道：

"谢谢你，我真有些头晕，大概是醉了，所以我想早一些回家去了。"

老王听玉英这样说，遂不及禄水回答，先抢着说道：

"李家阿姊，你忙什么呢？就是你真的醉了，我们姜先生也得用汽车送你回，何况你的酒量很不错，这一点酒根本算不了什么。常言道，'既来之则安之'，有我老王在旁边，你难道还怕什么人来欺负你不成？"

玉英被老王这么一说，倒有些不好意思起来，秋波逗了他一个娇嗔，微笑道：

"王先生总喜欢说笑话，我也不是三岁两岁的小孩子，难道还怕什么人来欺负我吗？再说姜先生也不是外人，和你王先生一样都是好朋友，你这些话给姜先生听了，心里倒未免见怪了。"

"可不是？老王说话就不中听，李小姐这几句话，叫我听了才高兴。"禄水对于玉英这两句话，心中感到有些甜蜜，他望着玉英的粉脸，跷起了右脚，搁在左腿上摇摆了两下，表示十二分得意的样子。

老王望了两人一眼，扑哧地笑起来，说道：

"既然你们这样说，那就更好了，我这个人就是太老实，说不来话，还请两位原谅我才好。"

玉英觉得他说的话多少包含了一些神秘的作用，想要娇嗔他几句，可是放着老姜面前又觉得说不上口，因此抬手瞧了一下手表，"呀"了一声，说道：

"可是时候真也不早，快子夜一点钟了，我明天早晨起来还得学新戏的唱句，所以我真的该回家了。"

禄水这时候要装作十分关切玉英的意思，点了点头，说道：

"李小姐既然这么说，我也不能十分勉强。本来一个艺人，最好能早睡早起，这样可以保护嗓子，不至于失润。所以，我也不忍累乏了李小姐的身体，好吧，我就送你回去吧。"他一面说，一面按了电铃，叫侍者进来开上账单。他在这里本是老主顾，所以每次吃饭总是签一个字，挂在账上。不过，他赏给小账，其数也颇可观，所以侍者们都招待得非常周到。侍者给他们都穿上大衣之后，老王很识相地对禄水丢了一个眼色，说道：

　　"那么我先走一步了，反正我家和李小姐的府上是东西分开，好在老姜有汽车护送，我就不奉陪了。"

　　"也好，那么你只管请便。"禄水理会他的意思，点了点头，笑嘻嘻地说。大家在雪园门口就匆匆地分手。这里禄水把车厢打开，请玉英跳上车子去，车夫回头向主人问开到什么地方。禄水望着玉英，笑道：

　　"李小姐府上住在什么路？我还没有知道呢。"

　　玉英道：

　　"静安寺路安乐村便是。"

　　禄水点点头道：

　　"安乐村我知道，里面房子倒是清洁。我有一个朋友也住在里面，他住在十二号。李小姐不知道是住在几号内？"

　　"我住在八号内一个统香楼，这还是去年借下来的，现在寻房子可真不容易呢。"玉英和禄水的谈话，车夫是听得很清楚的，他当然再不需要问主人，把汽车就一直地向静安寺路驶行了。

　　在汽车驶行的时候，两人坐在车厢内静静的，谁也不开口说话。禄水的心中虽有千言万语要向玉英倾吐，可是一则为车夫在旁边，二则自己和玉英的交情究竟还浅，若贸然地说起爱慕的话来，万一被她抢白了几句，这在自己是多么丢脸，因此塞在喉间的话却始终没有说出口。汽车在安乐村门口停下来，照禄水的意思，最好要亲自送她上楼，不过深更半夜，玉英当然不肯答应，果然玉英先含笑说道：

"姜先生，今天又破钞你了，真对不起得很。本来我想请你到楼上去坐一会儿，但是时候太晚了，楼下几家房舍也都已经睡了，吵醒了人家很不好意思，改天请你过来玩吧。"玉英一面说着，一面已是跳下车厢去。

禄水在这个情形之下，他还有什么话可好说呢？于是连说两声"太客气了，再见，再见"，遂关上车厢。眼望着玉英的倩影在弄路门口消失了，方才叫车夫开回家里去。

第二天，老王打电话给禄水，问昨天晚上的情形怎么样，可有些苗头？禄水在电话里回答他，笑道：

"谈不上什么'苗头'两个字，我和她坐在汽车里，赛过烂泥菩萨，谁也不开口说话，一直送到她家里才分手。"

老王听了这话，忍不住扑哧地笑了起来，说道：

"姜先生，你为什么这样老实呢？昨天晚上这样一个好机会，你白白地错过了，这是多么可惜！照理你可以好好献一些殷勤。比方说：李小姐，现在天气渐渐冷起来，我看见百货公司橱窗里几件旗袍料子真好看，不知你要添置新装吗？诸如此类的话都可以说上去，谁知你都放弃了，那你不是一个大傻瓜吗？"

禄水听了连说可惜可惜，说道：

"好在来日方长，'只要功夫深，铁条磨成针'，慢慢地再见机行事便了。"

"那么晚上我们什么地方碰头呢？"老王向他继续地问。

"我听说你在创办一个粤剧文艺社，不知可曾创办成功了吗？"禄水且不回答，先向他这样反问。

"早已创办就绪，社址在北京路山西路口四百八十五号楼上，我想你有兴趣的话，不妨到我这里来游玩游玩，我那边还可以介绍许多朋友。"老王触动了灵机回答。

禄水连说两个"好的，好的"，于是各人的听筒便搁断了。到了晚上七八点钟光景，禄水坐了汽车到北京路来，找到四百八十五号楼上，见一个房间里面电灯光开得锃亮，果然已经有许多人在里面说话。大家一见禄水，便都站了起来，老王含笑先走到他的身边，好像介绍要人的样子，说道：

"这位是我们姜老板，为人慷慨仗义，十分热心。"一面说，一面又把众人介绍一遍。禄水也一一点头招呼了，老王笑道：

"说起来真是凑巧，我们下午决议在晚上开一次全体大会，想不到姜大哥及早到来。我们事先已经有个建议，最好请姜大哥做我们社长，以提高文艺社的名望，不知老大哥的尊意如何？……"

老王话还未完，众人早已拍手表示赞成。姜禄水倒弄得不好意思起来，红了脸儿笑道：

"承蒙各位抬爱，兄弟虽然十分感激，不过兄弟才疏学浅，恐怕不能胜任。况且俗务冗繁，平常更是无暇顾及，所以只好有负众望，不胜抱歉之至。"

大家听姜禄水这样说，不免有些失望，其中有个赵仲臣，他是《大江日报》的记者，平日很会说话，当时他就说道：

"姜老板公务繁忙，这是意料之事，不过社内一切可以委任老王代理，所以姜老板不妨荣任一下。因为有姜老板名义在社中主持一切，外界名誉也会增高十倍的，所以请姜老板今晚帮忙。"众人听了，又齐声附和，表示赞成。

禄水在这个情形之下倒有些弄不落了，幸亏他是一个老鬼，眉头一蹙，计上心来，遂说道：

"既然各位都这样说，恭敬不如从命。不过，我只能担任名誉社长之职，至于社长还是老王自己担任比较妥当。"

大家没有办法，也只好如此，于是老王暂时充为主席，请众人入席，举行开会仪式。禄水见室中有方桌数张，连成一张大菜台似的，旁边也是白配子未上油漆的椅子，环绕四周，心中暗暗奇怪。后来问了隔壁座上一个姓吴名玉其的社员，才知道楼下是一家木器店，这些家生都是他们堆积的存货。

主席报告本社的宗旨和立场，是发扬越剧之真意，并改进艺术为宗旨，然后选举办事人员。接着主席又发表意见说道：

"本社创办成绩优良的话，还希望附设一个越剧研究班，是造就越剧人才的意思。不过这一笔经费数目很大，我们除向外界名角儿经募之外，由本社基本社员按月各付社费一千元，同时还希望名誉社长予以相当援助，则本社万幸。不知各位意思以为如何？"

赵仲臣当即起立说道：

"王社长这话很有意思，我想姜老板也是当今社会闻人之一，大名鼎鼎，况且又是本社社长，对于本社前途一定颇为关怀，援助一事谅来不会推卸吧。"

老王一听，首先拍手，于是众人也都拍掌附和，这一下子把个姜禄水真弄得有些哭笑不得起来了。原来禄水在女人面前花钱固然十分慷慨，对于其他事情，若叫他花一个钱，这可不是生意经，真是一毛不拔。此刻被众人这样一轰，方才知道今晚是大上其当了。这就把脸儿涨得血喷猪头一样的红，显现着一副尴尬的面孔站起来，说道：

"敝人既然允许担任名誉社长之职，对于本社之前途及经费问题，自然应该关切在心。不过办事之方针，还得请老王及各位同仁竭力计划，只要成绩办得不错，叫我拿出十万廿万也是十分情愿。

单怕将来一无成就，那么我这些钱岂不是花得冤枉吗？所以我暂时先援助五千元钱，然后看情形再说好不好？"

众人听他说第一二句的话，心中都很兴奋，听他说出十万廿万的话来，各人脸上都不觉现了笑容，觉得禄水之为人果然慷慨，名不虚传。可是等到他末了这两句话，大家不免倒抽了一口冷气，面面相觑，几乎都呆住了。老王觉得这样冷清的空气使禄水要没有落场势，于是只好含笑说道：

"姜社长的话也很有道理，那么请会计主任仲臣君暂收姜社长五千元钱。"

仲臣"唔"了一声，很不自在地翻开账本，收了五千元钱。但禄水取钞票的时候，至少还有些肉疼的感觉。众人脸上都很沉寂，当然是十二分的不满意。禄水觉得大家对自己不像刚才那样拍马屁了，一时也觉无趣，便推说有事匆匆地走了。

等禄水一走，室中众人生变起哄了，仲臣第一个先骂山门说道：

"这种人枉为是个大老板，真是个曲死，五千元钱要想做名誉社长，真是不要脸孔。口里说得倒很漂亮，十万廿万其实也是个小儿科。"

吴玉其笑道：

"这倒不是这样说的，你们把他当作瘟生，他其实也是一个有名的秋六桥，吃亏的事情勿大懂的。"

老王苦笑了一下，说道：

"你这话也不对，我们创办越剧文艺社，宗旨相当纯正，并非一些拐骗性质，如何把他当作瘟生看待呢？这种曲死叫作勿会做人，拿出十万廿万，在他也算不了什么稀奇。人家当他活财神，换作我，乐得多结交几个朋友，在外面图一个名不好吗？世界上曲死死勿光，只会把钱一个一个塞到女人的洞洞里去，想想真是作孽咯。"

仲臣道：

"你此刻不要说别人家，我想有钱人家都是这个样子的吧。"

老王没有回答，一看手表已经十点零五分了，于是说道：

"我还要去跑几家戏院，今天小月底，广告费还没有收齐呢。"

于是众人也纷纷散去。

第 四 回

世界上魔力最大的莫过于黄金与美人，不过在男女两性立场而言，各有所好。故男子着迷，女人较黄金为最；而女子所需，当然黄金为前提。既然双方有不同之观点，而社会上更多拥有千万金的市侩，而女子本身也原有着天生的艳色，在相互需要或相互交换之下，久而久之自然会形成一种买卖式的合作。姜禄水既然在玉英身上抱着"只要功夫深，铁条也能磨成针"的决心，所以在不上两年的时间，玉英这一个娇躯终于投入了他的怀抱。论玉英这个姑娘，虽不能说是绝顶聪明，却也相当精细，不过还是逃不过禄水的手掌之中。这当然因为玉英是着了黄金的迷，从可知禄水这两年来化费之代价也是相当可观的了。

流光随了时代的巨轮辘辘地转过去，玉英在禄水的金屋之中，已娇藏了一年多的时期。大凡一个人，不论是男是女，都有喜新厌旧的天性。在禄水的心中，对于玉英固然是不足为奇，不像当初跑后台的时候，仿佛视作珍宝一样可贵；就是玉英的心里，好像住在这黄金屋内，虽有珍珠玛瑙、海参鱼翅来供自己所需，但似乎也不及当初在舞台上来得兴趣而且有意义。因此，她向禄水提议，要求再上舞台献艺，要求的理由可说是对症发药。她说：现在生活愈弄愈高，钞票实在太不值钱了，你外面生意虽好，不过我住在家中到底多一笔开销。现在越剧的水准提高了不少，观众也拥护得更多，所以还是让我重作冯妇，一则可以减轻家中负担，二则还可以多一笔收入，三则也可避免妻妾之间的妒恨。因为我有技能能赚钞票，至少是自食其力，大妇面前，自然奈何不得。

禄水在听到这几句话后，当然是大为赞成。好在玉英过去有着相当声誉，所以消息一传出之后，这些戏院老板都又纷纷前来接洽，谈好每月包银，准定在龙翔大剧场于八月中秋隆重登台献艺。在上星期之前，老板大做路牌广告，在剧场门口更是大吹大擂，说什么"李玉英小姐卷土重来、东山再起"；说什么"玉英小姐回乡休养，身体复原，再与海上仕女重新见礼"等等广告标语。拆穿内幕当然是不值一笑，其实可以写"玉英小姐被人玩弄厌倦，故而再作冯妇"来得切实。然而外界不明真相的一般观众都又骚动起来，认为这是千载难逢之机会，所以戏院定座之拥挤，有甚于轧户口米。

开演的那一天，龙翔戏院门口真是人山人海，简直是水泄不通。第二天各小报上又有许多评论，在各评论之中，出乎意料之外的，对于玉英的艺术倒说得平平而已，对于其他两个花旦，却评得升价十倍，简直说得像评剧中梅兰芳一样。那么这两个花旦叫什么名字呢？一个叫吴莉珠，一个叫陈曼丽。说起来她们还是初出茅庐的人物，在过去可说从未见其人，从未闻其名，在广告上都说是海外特聘来的红艺人。后来被老王这个报界中有名促狭鬼一拆开之后，方才晓得吴莉珠者就是三年前从乡下来学艺的韦紫玉，这个陈曼丽也就是紫玉的师姐美玉姑娘。她们两个人，本是很聪明的姑娘，经过三年悠长时间的学习，无论在唱工身段方面，已经有了很好的演出，这真所谓"士别三载，当刮目相看"呢！

龙翔剧场自从开演以来，外界舆论都说玉英的唱做演技，不及吴莉珠与陈曼丽来得逼真美妙，一传到玉英耳中，心里当然很不快乐。后来老王不知为了一件什么事情，又和姜禄水闹了意见，大家

39

很不开心。老王本是个坏蛋，所以在报纸上大骂李玉英，说玉英被禄水金屋藏娇，种种丑史，登载甚详。玉英经此打击，身价一落千丈，又因为禄水这个老色鬼近来也在动吴莉珠、陈曼丽的脑筋，所以更加不快乐。"积劳所以致疾，而久郁因以丧生"，经过半年之后，玉英更恹恹生了病，一病下去，骨瘦如柴。可怜这个时候，玉英瘦如黄花，还有谁来爱惜？一个人孤零零地睡在医院里，只有等死神来降临罢了。说起来，倒还是韦紫玉和蒋美玉两个人有些情义，她们两人倒时常来看望玉英。

这天已经是腊月二十四日了，外面的雪落得非常大，西北风呼呼的像发狂一样。玉英一个人躺在床上，她的神色已经不大好，不过她心里很清楚，人之将死，更会思前想后，觉得浮生若梦，真是为欢几何？想起自己过去的发红，好比天之骄子，今天过房娘请吃饭，明天过房爷请吃饭，人生之乐莫过于此。但曾几何时，我竟会弄得今天如此凄凉，想到这里不免涕泗横流，无任感慨。正在独自伤心之际，吴莉珠披了一件厚呢大衣，手里拿了一些食物进来。她走到床边，见玉英暗自流泪，不由微微蹙了眉尖，低低地叫了一声表姊。

玉英在这个时候见到了吴莉珠，真好比见到什么亲人一样，心里真有说不出的感激，猛可伸手把她的手臂握住了，叫道：

"表妹，我想不到你还会来看望我，我以为今生总不能再见到什么亲人的了。"

这几句颤抖的话是说得分外心酸，把莉珠的眼泪也引得扑簌簌地滚落下来。她放了手中的纸袋，一面坐到床边，一面拿手帕给她拭泪，低低地问道：

"表姊，你不要这样说，那么姊夫到什么地方去了？他难道没有天天来看望你吗？"

玉英摇了摇头，不由叹了一口气，恨恨地说道：

"表妹，身为女子的总是可怜虫，尤其是我们唱戏的姑娘，真不是人做的！你姐夫这个狠心人，他懂得了什么叫情，什么叫义，无非是社会上的恶魔罢了。总怪我自己没有主意，会上了他的当，以致造成今日这样悲惨的结局。不过说起来，总是我们女子太爱虚荣的结果，男子们看破了女子的弱点，于是他们便利用金钱来勾引我们。可怜我们见到亮晶晶的金刚钻、黄澄澄的金子、花花绿绿的钞票，自会把贞节送到他们的手里。唉！事到今日，我才知道我们女子太没有知识了。表妹，你还是一个纯洁的姑娘，你还是一个前途有光明的女性，你千万要打定你自己的主意，切不可被金钱引诱，而步姊姊的后尘。因为我们唱戏姑娘的环境，可说是四面八方全是陷人的荆棘，一不小心，马上有失足的可能。表妹，姊姊这一番金玉良言，也算是我临死的一个纪念吧……"

玉英说到这里，已经是上气不接下气，虽然是寒冬的季节，她额角上也会冒出蒸汽水似的汗点来，从可知她说这一番话是费了多少的精神。不过，吴莉珠听到表姊这两句"你是一个纯洁的姑娘，你还是一个前途有光明的女性"的话，她一颗芳心像刀割一般的疼痛，忍不住陪着表姊也哭泣起来。

玉英对于吴莉珠的哭泣，她心中当然不知道表妹原也是别有怀抱，还以为她是在伤心自己病已危险，所以心中非常感激她，拉了她的手儿，反而安慰她，说道：

"表妹，你不要伤心。我以为一个人的结局，大凡都有一个天数，我想在前世总是做了什么孽，所以今生才落得如此凄清。"

"表姐，你的病体是会好起来的，何必要说这种伤心的话呢？"吴莉珠在咽泣了一会儿之后，才拭了拭眼泪，温和地说：

玉英叹了一口气说道：

“也不过是梦想罢了！表妹，我死之后好在没有什么放不下的，从小没有父母，又无兄弟姊妹，就是嫁禄水也无一男半女，可说赤裸裸的来，赤裸裸的去，倒也干净。”

吴莉珠听了当然十分伤心，所谓“兔死狐悲，物伤其类”，一面安慰她几句，一面把自己买的橘子取出，说道：

“表姊，你的口里很渴吧，我给你剥橘子吃好不好？”

玉英点了点头，她此刻似乎感觉到有些疲倦，低垂了眼皮，静静地养了一会子神。吴莉珠把橘子剥开，一瓣一瓣送到玉英的口里去，一面她含了满眶子热泪，回忆过去被侮辱的一幕惨痛的遭遇。

这是去年秋天里的事情，那时候玉英正在金丝鸟笼里享受着安闲的清福，紫玉虽然还没有露头角，但是她对于艺术已经有了很好的修养。班子里的班长宋西平，他这个人虽然生得曲头曲脑，不过为人却是阴险刁恶，而且赚钱门槛相当的精。他知道紫玉这两年来，不但个儿长得很高，就是唱做方面也很有研究。于是，他就大动脑筋，叫紫玉帮忙，和他一同到杭州去淘金。紫玉因为他是一班的班长，将来求靠他的地方很多，所以就一口答应下来。可是她万万也想不到，这次到了杭州就会造成她从此悲惨的命运。

紫玉到杭州献艺，悬牌改名为吴莉珠，据说吴字是她母亲的姓。她到了杭州，真是一鸣惊人，轰动了杭州人士，无不啧啧称赏。吴莉珠心中自然十分得意，以为自己从此可以成名。因为已经在成名之后，她的心里不免想起志刚来了。志刚自从到南京之后，只有写过三封信给自己，这半年来就杳如黄鹤，音讯全无。难道他在外面已有爱人，所以把我忘记了吗？在莉珠心中有了这一个感觉之后，她每天就开始烦闷起来。况且她的个性又素来沉默得很，高兴的时候，跳跳奔奔，十分天真；不高兴的时候，见到无论什么人，她都蹙起了眉毛，好像心事重重的样子。

这天下午散戏之后，她吃毕晚饭，时候还只五点半钟，离开夜场上演戏时候还有两个多钟头，反正左右无事，她便坐车到湖滨公园去散心。走进公园里面，见了人家对对青年男女，她心里自然又会想起志刚这个意中人了。起初是想念，但想念到后来，不免感到怨恨。因为恨他负情，他所以好久没有来信，当然是有了新人丢旧人的缘故，于是想到世界上的男子一个也靠不住的。论吴莉珠这时的年龄，也已经有十九岁了。一个十九岁的姑娘，受了外界的种种刺激，她那颗芳心里自然也很需要异性的安慰，所以对于志刚的默默无讯息，她是感到一万分的苦闷。

这真所谓"有女怀春，吉士诱之"，吴莉珠正在独自苦闷的当儿，忽然身后有个西装少年悄悄地走上来，很温和地叫了一声"吴小姐"。吴莉珠连忙回头一看，因为是个陌生少年，所以倒不禁为之愕然了一会子。那少年似乎也觉得自己来得突兀，未免使她感到有些惊异，于是含了笑容，很恭敬地又向她行了一个四十五度的鞠躬礼，柔和地说道：

"吴小姐，你不认识我吧？这也难怪，因为我不过是你一个忠实的观众罢了。敝姓方，草字晋三，现在杭州中学读书，爸爸是上海大众银行的经理。杭州我家只有一个母亲，她老人家也非常喜欢吴小姐的戏，我们对于吴小姐的艺术真是佩服得了不得。今天这也难得，想不到在这里会碰见吴小姐，我心中一高兴，所以不顾冒昧地上前来招呼你，还请吴小姐原谅才好。"

方晋三这一番自我介绍，总算是十分道地。吴莉珠心中暗想，原来他是一个越剧迷中的表迷。因为自己在杭州初露头角，居然也有人迷恋我，从可知我是已经成功了。心里一欢喜，由不得微微一笑，在这一笑之中，因此也种下一段孽缘。

论吴莉珠的个性，沉默起来，非常沉默；天真起来，却是非常天真。所以她的脾气，又像古板，又像活泼。说她温文大方有之，说她十三点作风的时候有之，所以难以论定。今日她会和一个陌生男子微微一笑，当然其中未始无因。原来吴莉珠在舞台上的扮相十分美丽，人家都说她有些像李丽华，可是一卸了妆之后，本来面目也不过如此。而且这两年来，身材儿越发长得高大，一双手赛过蒲扇；尤其皮肤，越大越黄，若不抹些粉上去，简直疑心她生了黄疸病。话虽如此说，但她脸儿的轮廓确实不错，所以一经化妆之后，还是人人着迷，认为奇货可居。今日她正在怨恨志刚负心，此刻突然看见这一个美男子，而且西服笔挺，真是风流翩翩，所以她心理上也不免活跃起来，在对他一笑之后又低低地说道：

"原来是方先生，你说得我太好了，真使我惭愧得很。"

方晋三见吴莉珠对自己十分温和的模样，觉得事情大有希望，遂忙在袋内摸出一本纪念册来，送到她的面前，笑道：

"吴小姐，请你给我签一个字。"

在从前，吴莉珠常常听见电影明星受人家包围，要求签字，以留纪念，现在居然临到自己头上来，不免有些受宠若惊。因为自己这两年来从未握管习字，此刻要写起字来，那似乎叫自己有些为难，这就红了脸儿，有些支吾不能回答的样子。幸亏她是一个聪明的姑娘，眼睛一霎，就有了一个主意，笑道：

"我没有带着钢笔，你给我带回去，明天晚上请你来戏院后台拿取好不好？"

其实方晋三身上原带着一支钢笔，要想说我有的话，忽然又有一个感觉，这真是一件难得的机会，她肯叫我到后台去，这样我们不是可以结成一个朋友了吗？因此连说：

"好的！好的！只不过麻烦了吴小姐，真叫我有些不好意思。吴小姐，我们到那一边坐一会儿好吗？"

吴莉珠既然对他存了一种好感，当然是没有不答应的道理，于是含笑点了点头，这就和他走到大树下那张长椅子上去坐下了。在坐下之后，方晋三就开始谈话道：

　　"吴小姐这次到杭州，真是我们的荣幸，不知府上住在哪儿？伯父母，都住在一起吗？"

　　"方先生，你说得太客气，我们一班人都住在戏院里，父亲早年亡故，只有母亲在乡下。"

　　"这样说来，吴小姐的身世倒也很凄凉的了。"

　　"可不是？好在我班子里姊妹们倒也不少，平时谈谈笑笑，还不算十分冷清。"

　　"吴小姐从前在什么师范学校里毕业的？"

　　吴莉珠被他这么一问，一时倒有些难为回答了。暗想，假使我老实说，只有在乡下读过四五年书，恐怕要被他看不起；假使我承认是师范学校毕业的，万一露了马脚，岂不是又要被他笑话吗？其实吴莉珠说谎的资格在那时候还不算老，方晋三又不是考试官，纵然说了师范毕业学校的，方晋三也未必追究她。她红了脸，支吾了一会儿，方才有个折衷办法，说道：

　　"读不了两年，却没有毕业。方先生为什么不到上海去读书呢？听说上海几个学校的设备比杭州要好得多。"

　　"这学期毕业之后，父亲写信来叫我到上海去考大学，不过母亲很担心，说上海地方太繁华，会把年轻人引诱坏的。"

　　方晋三后面这两句话就是表示自己还是一个质地很忠实的好人。吴莉珠听了，笑了一笑，秋波逗了他一瞥俏眼，说道：

　　"上海地方虽然不大好，但一个人终要自己有主意，你也不是三岁两岁小孩子，难道还怕人来带坏你吗？……哦，方先生，恕我冒昧，你听了我这话可别生气。"，方晋三摇了摇头，笑道：

"我生什么气？你太客气了。吴小姐，我觉得你说的话很不错，但是我还只是一个二十岁的青年，一向住在乡下，一个人要到上海去，总有点吓斯斯的。"

吴莉珠见他脸蛋儿白里透红，说这句话的时候十足表示出孩气未脱的样子，一时觉得他一个男孩子家还没有自己来得老练，因为心里一阵爱素作用，她简直有些情不自禁地笑道：

"你不用害怕，我在这里演戏也是暂时的，说不定就要回上海去了，那时你在上海读书，我们也可以彼此照顾……"

方晋三听她这样说，心里这一快乐，几乎把心花儿都朵朵地开起来了，猛可伸过手去把她紧紧地握住了，说道：

"吴小姐，你这话可当真的吗？"

吴莉珠被他这样一来，方才感到自己说的话太露骨了一些。一个女孩儿家对待一个初次见面的男子，似乎不应该有这种亲热的表示，因此红晕了粉脸，却再也说不出一句话来了。良久，她忽然站起身来，说：

"时候不早，我要回戏院去了，恐怕扮装要来不及。"她说完了这两句话，也不及方晋三的回答，身子早已匆匆地走了。

方晋三望着她消失了的后影，由不得怔怔地出了一会子神，点了点头，含了满脸得意的笑容，慢步地踏上了回家的道路。

吴莉珠这晚散戏后睡在铺房里，连和姊妹们说话的心思都没有，她呆呆地只管想着今天遇见的这个方晋三。还只有二十岁的青年，比志刚年轻，比志刚漂亮，比志刚有钱，比志刚有学问，比……一切一切都超过志刚。在社会上有了两年经验的莉珠，她已经把过去朴素的心灵熏陶得浮华起来了，她觉得志刚这个少年是不可靠的，他在外面一定有了新爱，所以向我这里连写信的工夫都没有了。想了一会儿之后，到底她又想起在故乡和志刚分别的一幕来，记得志刚曾经这样说过，"任海枯石烂，我们两个人终也希望天长地久，所以你不要疑心我，假使我要负你的话，将来决不得好死。"这几句话虽然还在莉珠的耳朵旁隐隐地流动，但他不写信来是事实，而且前天晚上莉珠还做了一个梦，梦见志刚在南京和人家结婚了。其实，莉珠心中既然存了和方晋三亲热的意思，她自己会把一切的不是加到志刚身上，这是所谓"欲加之罪，何患无辞"。所以这一晚她整整考虑到子夜两点多钟，方才悄悄地起身，点了洋蜡烛，见小姊妹都已睡熟，她在方晋三的那本纪念册中像描花地写了"永结同心"四个字，下面写吴莉珠题。写好了后，她喜欢得笑盈盈的，方才熄了烛火，倒头睡着了。

第 五 回

第二天晚上，吴莉珠在化妆室中扮演角色，她心中却在暗暗地记挂方晋三，为什么直到这时候还不来。正在想念，小姊妹中有一个丑角儿，笑盈盈走上来，向她扮了一个鬼脸说道：

"莉珠姊，外面有个方晋三先生来找你。你什么时候去搭来这样一个漂亮的小白脸？"

吴莉珠听了这话，向她啐了一口，一面笑骂了一声"烂舌根的"，一面很快地取出了那纪念册子，笑盈盈走到门口来。只见方晋三果然在外面等候了，于是很亲热地叫道：

"方先生，你请里面坐吧。"

方晋三含笑点了点头，于是跟她走进化妆室中，好在这一间化妆室中只有莉珠和一个头肩小生坐的，此刻头肩小生还没有到来，所以化妆室内没有第三个人。莉珠把纪念册交到他的手里说道：

"方先生，写得不大好，请你不要见笑。"

"吴小姐，你不要客气，麻烦了你，真对不起得很。"方晋三一面说，一面预备打开纪念册来看。吴莉珠这就急了起来，连忙阻拦他说道：

"方先生，你此刻别看，回家去看好了。"

方晋三见她急得这一份样儿，也不知她是什么用意，于是也不打开来看的。因为时候不早，也不好意思老在化妆室中打扰人家，这就笑了一笑，低低地说道：

"吴小姐，今天夜戏散场，我请你吃点心，不知道你肯不肯赏一个脸给我吗？"

吴莉珠因为对他也有爱素作用，这自然是求之不得的事情，于是点了点头，立刻答应了。方晋三见她答应，这就很欢喜地告别出来到外面看戏了。

方晋三到了外面座位上坐下，然后方才取出纪念册，打开来一看，见到"永结同心"这四个字的当儿，他心中忍不住一阵奇痒，一个人也会扑哧地笑了起来。暗想：原来吴莉珠是个轻骨头的货色，她居然给我写上这四个字，那分明不是已经有爱上我的意思了吗？人家说戏子和婊子一样，一搭就好搭上手，这句话我方才相信的了。因为她给自己有了这一个启示，今天夜里总要动动她的脑筋。于是站起身子，去打一个电话到湖滨旅馆，预先定好一个房间，方才再来看戏。这一晚，吴莉珠做戏特别卖力，两只秋波时不时向方晋三斜瞟了过来，瞟得方晋三心中真有说不出的甜蜜，因此拉开了嘴巴，也就微微地笑得合不拢嘴来了。

晚上散戏之后，方晋三等莉珠卸了妆，两人携手一同走出了戏院，莉珠问他说道：

"到什么地方去吃点心呢？"

方晋三道：

"我在湖滨旅馆开好了一个房间，那边很清静，要吃什么都可以吩咐侍役，十分便利，我和你去谈谈好吗？"

莉珠虽然觉得跟一个男子到旅馆里去总有点不太妥当，但自己那一只手被他握得紧紧的，心内那一股子热血好像在四肢都会沸滚起来。情感的激荡，使她会没有勇气拒绝他的要求，因此毫无异议地跟他踏进了湖滨旅馆的大门。

一个女子在走进旅馆之后，事情终有些尴尬，何况在房间里只有一男一女两个人。方晋三心中好像吃下了定心丸，殷殷地叫了点心，还叫了一瓶葡萄酒，真是招待得非常周到。吴莉珠虽然没有想到这一层上去，不过自己对于方晋三原本很倾心，所以她倒也并不感觉一些害怕。就是因为她没有存一些戒心，所以倒成全了方晋三偷香窃玉的工作。在这一天晚上，吴莉珠到底是失足了。

小莉珠既然失足了之后，她倒又伤心起来，因为这样子自己到底太吃亏、太无保障了一些，这就呜呜咽咽地哭了起来。方晋三也是个色中老鬼，所以柔情蜜意，软语安慰，百般温存，说了许多好话，海誓山盟地总算把吴莉珠引逗得不伤心了。最后吴莉珠向他说道：

"晋三，你要知道，我的身子交给了你，从此我就是你的人了。你千万不能抛弃我，我希望你用功读书，将来考入大学毕业了，得能前途远大，我也不用在舞台唱一辈子的戏了。"

这时候方晋三自然不敢哼半声不字，连连地答应，并且还说了许多花言巧语，说得吴莉珠转忧为喜，也不禁破涕为笑了。从此以后，吴莉珠把方晋三视作未婚夫一样，对他好得了不得，恨不得把心都交给了他。在吴莉珠固然是痴心万分，但是所恨的是她失眼错认了人，把一块小石子当作了金刚钻看待，这就无怪她要灰心地终身长斋了。

事情拆穿是这样的，杭州城内也有几家大户人家的太太喜欢看越剧，因此爱上了吴莉珠，叫她做过房女儿，托了人来做说客。那时吴莉珠听了十分高兴，就一口答应。还有几个小姊妹也被看中在内，并且请她们吃饭。小姊妹淘里大家商量，第一次到过房娘家中去，修饰得好看一些，于是决定大家到理发店里去烫发。到了理发店，三个小姊妹都有理发匠招待去，独独吴莉珠坐在椅子上，没有人来招待。这是因为人家店里忙碌，原也不足为奇，吴莉珠便静静地等了一会儿。约莫三分钟后，果然有一个理发匠身穿白色制服走了过来，拿了一块方绸围巾含笑给吴莉珠来围在项上。莉珠觉得那人十分面熟，及至仔细一看，这就情不自禁地"哎呀"一声叫了起来。原来这个理发匠不是别人，却是自己认为杭州中学校读书的高材生方晋三。当时方晋三见了莉珠，两颊一阵绯红，一颗心儿也像小鹿般乱撞起来。吴莉珠到此才知道自己是上了大当，什么他父亲是银行经理，他本身又是中学高材生，无非是个专门拆白人家姑娘的无赖罢了。因为自己已经把处女交给了他，这一次吃亏，可说是一些代价都没有，她在羞愧愤恨交迸之中，只觉一下子头昏目眩，"哇"的一声吐出一口血来，跌倒身子便晕过去了。

这样一来，店里的人还以为她得了中风，三个小姊妹也急得了不得，头发还没有烫，连忙叫了车子，先把她送到医院里。同时这个方晋三在当月就失踪了，直到现在还不知去向，大概又在什么地方去玩这个把戏吧！

吴莉珠这一次吃亏，可说是哑子吃黄连——有苦无处诉，她睡在医院里，虽然是苏醒了过来，但是她只会滚滚地落眼泪。过房娘知道了这个消息，亲自来慰问她，只好承认自己确实因为身体虚弱才昏过去的，因此又破费了过房娘买了许多补品来送给她。

可怜吴莉珠那时候正伤心得了不得，她觉得自己本来不好，为什么见了这个方晋三就把志刚忘记了呢？那么我今日得到这样的结果，也可说是我的报应。她觉得自己实在太对不住志刚，她想自杀，不过又怕外界言论，因此她痛苦极了。心中痛苦，有人知道这还不算痛苦，唯其没人知道，可说是再痛苦也没有了，因此当夜又连连地吐了两口血。可怜一个很健康的小姑娘，只为了一念之错，直到现在变成了吐血毛病，从此心中若有不如意的事情，她便旧病复发地吐起血来，在这里真可用得着这一句"一失足成千古恨"的一句话了。

吴莉珠自从经过了这一重刺激之后，她觉得万念俱灰，大有看破红尘之意思，在她心中以为表姊玉英终于比自己幸福得多，谁知今日表姊又会到如此悲惨的结局。所以她是更加灰心十分，坐在床边，一面回忆着过去受骗的事，她眼泪像泉水般地涌上来。

正在这个时候，外面又匆匆地走进两个姑娘来，一个是陈曼丽，一个是唱小生的名叫陆桂芬，她们三个人年纪都仿佛，平日最为知己，她们两人也是来望玉英的，今见莉珠坐在床边扑簌簌地落眼泪，便很惊慌地问道：

"莉珠姊，玉英娘怎么样了？"

"哦，曼丽妹，桂芬姐，你们来得正好，我表姊恐怕是很危险的了。"

陈曼丽、陆桂芬听了这话，心中也觉悲酸，大家站在床边望着玉英枯黄的面颊，也默默地淌了一会儿眼泪。这时玉英从昏沉中醒了过来，她睁开失了神的眼睛，向床边陈、陆二人望了一眼，似乎很感激她们的意思，向她们略微地点了一点头，掀动了一下嘴唇，说道：

"外面落着雪吧？叫你们大冷的天气跑来望我，我心中真是过意不去。"

"玉英姐，你此刻觉得怎么样了？"陆桂芬含了眼泪，向她低低地问。

玉英苦笑了一下说道：

"我今天已经好得多了，说不定几天完全好了。"

莉珠、曼丽、桂芬三人听她这样说，益发伤心，因此眼泪又落了面颊。玉英望着三人，用了温和而低沉的口吻，说道：

52

"你们不要为我的死而伤心，因为一个人迟早总要要死的，像我们这种唱戏的姑娘，环境是这样恶劣，活着也未必得意。外界认为我们是很高兴，但谁晓得我们内心的痛苦呢？所以我觉得今日一死，倒也是永远解脱我的烦恼和痛苦。不过这里你们三个人，年纪都比我轻，将来说不定也会遭到甜酸苦辣的事情，我第一要告诉你们的就是切不可贪虚荣，同时切不可受外界一切的引诱，那么你们才可保持你们的清白和一切，否则，你们也会步我的后尘……"

玉英说到这里，额角上微微地冒出汗点来，以下的话却再也说不下去。

陆桂芬一面拿手帕给她拭汗，一面含了眼泪，低低地说道：

"姊姊的话，我们都已知道了，你还是好好休养要紧。"

玉英方欲再说一句什么，忽然她嘴儿一张，便"哇"的一声，吐出一堆青黄的水来。经此一吐，她的神色完全变了，眼睛也定住了，急得曼丽、桂芬、莉珠三人连声叫喊起来。正在这时，姜禄水也走了进来，一见情形不对，便转身来告诉看护。看护小姐连忙去请值班的医生到来，医生拿电筒一照她的眼睛，目光完全散去，觉得已经到了最危险的阶段。不过做医生的人总尽他最后的一份力量，于是吩咐看护们去把氧气筒抬进来，给玉英呼吸。莉珠见玉英完全失去了知觉状态，想来是凶多吉少，这就拉了禄水走到外面来，含泪说道：

"姜姐夫，我看表姊大概是很危险的了，你到底把她后事可曾预备了没有？"

姜禄水想起这一年来的情分，此刻一旦分手，由不得也伤心起来，红了眼皮儿说道：

"我想不到她会死得这样快，我一样也没有给她预备，而且我是只希望她好起来呀。"

莉珠点头说道：

"话虽这么说，不过事已如此，我们也只好硬着心肠给她料理后事了，反正冲冲喜也是好的；能够有救星，这样当然是最好。"

禄水道：

"我此刻心中乱得什么似的，那么这些事情你能不能给我代为办理呢？"

莉珠点头说也好，她就拉了桂芬，吩咐曼丽留在床边陪伴，她们两人便到外面购买衣衾去了。等莉珠、桂芬办理舒齐回来，时候已经夜里八点左右。曼丽含泪告诉她们，玉英姊姊已奄奄一息，恐怕今天晚上是逃不过的。莉珠、桂芬走近床边，低低地叫了一声，她们两人的眼泪也忍不住落了下来。

玉英似乎尚有知觉的样子，虽然已是口不能言，但她还向两人点了点头，眼睛霎了一霎，泪水却在眼角旁滚落下来。禄水见三人陪在床边都不肯离开，于是说道：

"我想今天晚上还不至于这样快，时候也不早了，你们晚饭都没有吃，还是到外面我们先去吃个晚饭再做道理吧。"

莉珠说：我们也没有饿，表姊已经到这个样子，我们如何还能够忍心再离开她？禄水没有办法，只好到外面去买一些干点心来给三人充饥。这晚玉英叹了半夜的气，直到子夜十二点半的时候方才叹完了她最后的一口气，一代艺人也终于香消玉殒了。

第 六 回

自从李玉英故世之后，头肩花旦就由吴莉珠来担任，陈曼丽担任二肩旦角儿，头肩小生为陆桂芬。她们三个人成为少壮派中后起之秀，而且私下交情也融洽，于是三人便结为姊妹。因为深恨男子都属没有良心，所以吴莉珠首先提议创立抱独身主义联盟会，征求小姊妹行中都来参加。陆桂芬目睹玉英惨死之凄凉，同时又回想过去越剧名伶大都没有一个好的结局，而且正当当的要嫁一个人，好像比登天还难。不是给人家做小老婆，就是嫁给后台这帮场面朋友或者布景匠人等等下层阶级的人物。倘然要嫁一个一夫一妻又要体面一些的，简直是一个都没有。陆桂芬既然想到了这一层，所以对于吴莉珠的提议表示赞成。至于陈曼丽，她在三个人之中本来年龄最小，只要姊姊们说怎么，她就怎么，根本还不知道什么。其实，桂芬、曼丽都是上了莉珠的当，莉珠之所以如此提议，是因为她自己已非完璧，受了外界的欺骗，感到万念俱灰的缘故，万不料桂芬和曼丽也会一致附和她，她当然是十分欢喜。

当时越剧还没十分进步，戏院当局有鉴于此，遂竭力革新发扬，要求莉珠等三人上电视播音，广为宣传。她们那时一心为艺术而奋斗，自然答应。电台里有个报告员姓沈名新之，除了什么唐小姐陈小姐穿旗袍的女性之外，据说报告之流利有噱头，要算这位先生了。当时他和吴莉珠等三人认识之后，不知怎么的，独独和吴莉珠发生一种不可思议的好感，觉得这位姑娘将来必定走红，所以报告时候捧得十分厉害。吴莉珠因为有过一次上当之后，对于无论哪一个男子都是恨得什么似的，对于沈新之的殷殷讨好，也不过置之一笑而已。后来新编那个剧本上演之后，果然大为轰动，博得各界仕女之好评，并盼望越剧还要革新研究，最好能到尽善尽美的地步。轰动固然是轰动了，只不过不幸的事情又临到了桂芬的头上来了，在事先也可说是很幸运的。

原来有一位姓张的太太，她看了陆桂芬这一出新剧本之后，对于桂芬的一切表示一万分的好感。起初不过挽人做说客，提做过房女儿的意思，后来张太太异想天开地要陆桂芬给她做媳妇了。原来张太太原有一个儿子，还在中学里读书。当时陆桂芬听了倒表示万分的为难，遂只好回答说：待我考虑考虑，再来作答。她回家之后就和吴莉珠、陈曼丽来商量这件婚事，吴莉珠听到大为反对，说：当初我们三人联盟决定抱独身主义，你如何半途就可以毁约？这是断断不能够的，倘然你一定要做张家人去，那么我们姊妹之情从此一刀两断。

陆桂芬想想也觉得自己太不应该，当时就不再提起此事。夜里睡在床上，不免又细细地想了起来，觉得古人有句话，"男大当婚，女大当嫁"，西哲也说，"结婚是男女人生中必经之路"，这样说起来男娶女嫁，实在是件很正大光明的事情，可是莉珠为什么要我们和她一同参加独身主义联盟会呢？这倒似乎有个研究的必要。再三再四地思忖，除非她自己受了什么刺激，或者她有什么难以告人之隐疾，说不定她是个阴阳人，所以她决心不肯嫁人。想到这里，倒不免又暗自好笑起来，觉得第三个猜测到底不大妥当。不过事情总有一个原因，在她决不是为了玉英的死而不愿嫁人那么简单。假使在她确实是另有原因，那么我和曼丽真变成了傻子，怎么却被她利用而去丢送自己的终身大事呢!

于是，她又想到了一个女人，在年轻的时候固然可以不必考虑一切，但是一到人老珠黄的时候，恐怕就会发生种种的痛苦。第一就是生活不能解决，比方说，赛金花在从前多么威风，真所谓红得发紫，然而到现在，老来膝下无子女，身旁又无产业，因此弄得这样的悲惨结局。想到了这样，就会想到了那样，在陆桂芬的脑海里，思绪更加涌了上来。

越剧旧称为的笃班，在绍兴嵊县地方，对于这种戏本是"大名"，夫妇唱的。为何"大名"呢？其实就是"堕民"之意思，因为这一种职业是最无出息，类如街头卖唱的。比方你家做喜事，她们来门口敲唱一回，赏几碗饭吃而已。可是一到上海风行一时，从前吃吃冷粥冷饭、咬咬干梅菜的姐儿，居然金刚钻戴在手上自备车坐起来，也可说是重新做人一样。

陆桂芬想到自己的地位，虽不能说是红得发紫，但已经有了相当的声誉，假使不趁早收篷，去找一个归宿，将来恐怕也是一无结局的。现在既然有个这样好的机会，我岂能失诸交臂呢？况且姓张的儿子还在学校里读书，将来总是一个有文学的人，所以我的嫁他，总比人家嫁老头子做小老婆来得幸福。陆桂芬这天晚上真正地思忖了三个钟头，于是她决定宁可断了姊妹之情，也要去找自己光明的大道。

第二天，陆桂芬起身，也不和吴莉珠再说什么话，就坐车到张府去答应这一头婚事。后来莉珠知道了，她躺在床上就整整地哭了大半天。人家都说吴莉珠义气好，所以姊妹一旦分离，心中这样难过，倒是桂芬的心肠硬，就这样走了。其实吴莉珠所以这样伤心，其中当然还有一点小道理，你们看陈曼丽为什么却无一些伤心的表示呢？在她心中认为，当初大家的约定抱独身主义，也无非是开玩笑而已，所以曼丽还很高兴，并预备了贺礼，庆祝大姊的婚礼。那么吴莉珠到底还有点什么小道理呢？原来吴莉珠是唱旦角儿的，陆桂芬是唱生角的，而越剧之剧情不外乎私定终身后花园，落难公子中状元的老套路，所以两人在舞台上总是配成一对夫妻，久而久之，好像陆桂芬真的是自己丈夫一样。更因为自己上当之后，原不想再嫁丈夫，倒不如怂恿陆桂芬也不嫁人，我们在私底下里可以像一对夫妻一样，这也是所谓情聊胜于无的一种办法。可是现在桂芬变心一嫁了人，自己的计划失败，拆穿了说，仿佛是第二次失恋一样，你想怎么不叫她痛心流涕呢？

陈曼丽见她哭得这样伤心，便拍了拍她的腰肢，说道：

"二姊，你何必这样伤心呢？你自己的身子也保重一点，大姊和人家结婚，这到底是一件欢喜的事，你这样大哭，到底是不大吉利。况且明天假使有人来给你做媒，你不是照样也可以嫁人的吗？"

"我是一辈子也不嫁人的。"吴莉珠"哼"了一声之后，还是抽抽噎噎地哭着。本来想问一问曼丽，你到底能不能陪伴我抱独身主义呢。后来仔细一想，曼丽和我同样唱旦角儿的，腰肢儿忸忸怩怩，一些没有男子的气概，纵然她陪我不嫁人，我也引不起一些好感，所以她对于曼丽倒是并不放在心上的了。

说起来这也是奇怪，难道越伶中的姑娘都是生成的苦命鬼？陆桂芬结婚不久，不幸的消息传来，说陆桂芬竟然服毒自杀了。至于自杀的原因，是为了婆婆的虐待。这个原因外界当然不大相信，因为对于陆桂芬这个媳妇儿本来是婆婆看中的，自己看中了的媳妇，如何还会虐待她呢？所以当时外界就议论纷纷，有的说丈夫外面另有爱人，有的说姑嫂之间不和睦，有的说恐怕是鬼在作祟，所以好好的人，往往为了一桩小事情也会寻死觅活。这个我们姑且不必研究，总而言之，陆桂芬是死了，死得很悲惨。外界一般越迷者，无不表示惋惜。这消息传到陈曼丽耳里，她是足足哭了三日三夜。但是吴莉珠却没有出一点眼泪，她还有些怨恨的成分，说她该死，当初不听我的劝告，叫她不要嫁人，她偏狠心地丢掉我，现在死了也是活该。这种情形给老王知道了，又是一篇好资料，于是他在报上说，"陆桂芬出嫁，吴莉珠哭；陆桂芬入殓，陈曼丽哭。一个哭婚，一个哭丧，遥遥相对，也是姊妹俩一片爱心。"

那时候与吴莉珠搭档的小生姓徐名敏香，徐敏香是戏剧院老板的老板娘，因为大家都是好胜的缘故，在意见上不免有点冲突，所以大家很不开心。好在吴莉珠身后也有后盾，这个后盾是什么人呢？原来就是电台里的报告员沈新之。沈新之怎么又会和吴莉珠接近起来呢？原来有人告诉吴莉珠，说沈新之虽然是个电台里的报告员，在祖上却有些家产，上海北京路开一家同夏堂药铺子，是多年老店。虽然是他阿哥经营产业，他到底也有一分子，况且他自己也有一家贴壁药厂创办着。所以他肯和你接近，是你的大帮手，因为这位先生也是万宝全书缺只角，生意上门槛固然很精，对于越剧也颇感兴趣。而且也常常写写唱唱，所以三勿精猪头肉。吴莉珠一听这话，心中倒是一动，于是立刻叫人介绍，真所谓，"鞠躬尽瘁，死而后已。"

吴莉珠既请沈新之做了剧务主任，可是他自己却不肯出面，连忙去叫他的过房子钱大风来协助事务。钱大风一名内肥，从前是话剧团里五六等的演员，后来因为一无成就，也就自告退出。此刻经过过房爷一提拔，自然大为起劲。钱大风骨瘦如柴，对于马屁功夫相当研究，他以一个五六等的起码演员，居然担任大导演的职务来，自不免有些头重脚轻。所以他导演取名为内肥，在他无非表示腹内很有些货色的意思。谁知编导部里还有一位何敬山先生，他平日为人很热心，而且博古通今，旧文学着实有些根底，还写得一笔好字，非常喜欢说笑话。他问钱大风说：你取内肥的名字，大概表示你肚子里米田共很多的意思吧！因为你骨干子看起来恐怕连排骨的资格还做不到，何来"内肥"两个字呢？类如这种笑话，会引得大家捧腹。

经过了一个很平安的时期，龙翔剧院后台又有一些新花样来了。原来陈曼丽最近被一个老头子看中了，想要讨她做小老婆。说起这个老头子，姓韩，家中很有几个钱，他对曼丽很为看重，所以曼丽行头都是他给添置的。陈曼丽虽然年事尚轻，不过也是很精明的姑娘，嫁人虽然也有这个意思，不过要红颜去伴白发，这到底是一件使自己不大满意的事情。何况她在乡下的时候，早和人家定过婚的。不过她的未婚夫就是一个种田人，不大识字，并且举动相当野蛮，在稻田里种田，看见小姑娘走过，会拉到稻蓬里去调戏的。像这一种没知没识的丈夫，在上海已经住过三四年的曼丽心中也是不大喜欢。所以，在她芳心中，可说是东不满意，西不称心。但是从物质层面而说，韩老先生对她可说是好到万分，你要什么就什么，即使曼丽要天上的明月，他自然也会设法给曼丽拿来的。

事有凑巧，家中来了电报，说她母亲生了急病，死了连棺材钱还没有。这样一来，可怜把曼丽急得双泪直流。那时韩老先生也逼得很紧，因为这是造成韩老先生一个很好的机会。试问一个孤苦的弱女子，在这四面楚歌的局面下，还有什么办法好呢？因此含了满眶子沉痛的血泪，只好答应下来。不过对于乡下这头婚姻，要韩老先生代为前去解决。世界上只怕没有钱，一有了钱，天大的事情也会化为乌有。从此以后，陈曼丽也成为金丝鸟笼里的芙蓉了。

吴莉珠对于曼丽这头婚事也并不赞成，所以姊妹两人从此分手，不再相亲相爱了。同时她想到姊妹行中，死的死了，做小的做小了，失身的失身了，差不多身为女子的就没有一个得到光明的前途。在这样一想之下，她是灰心到一百万分，在这个时期里，吴莉珠是真正看破一切了。外界都说吴莉珠头上不烫发，身上不穿绸衣服，脚下不踏皮鞋，手里不戴钻戒，脸上不施脂粉，只梳了一条长长的辫子，而且是终身长斋，不再开荤。一个艺人肯这个样子，当然是万人颂扬。大家口中连喊"难得难得"，因此"好好姑娘"的美名也就冠到她的顶上。在外表看来，她是非常荣幸，只不过她内心是痛苦的，因为她所以到今日的地步，决不是她自己喜欢这个样子，实在是万不得已而出此下策。谁知外界一些不了解她，还拼命地颂扬她、赞美她，可怜她含了满眶子的热泪向谁去诉说呢？也只好在晚上暗暗恨那些社会上人士，爱吃他人豆腐，倒弄得自己势成骑虎，永远再不能享受到所谓男女间神秘的滋味了。

"近水楼台先得月"，这句话当然也有些道理，吴莉珠既然在外面要装出一副道学派的面孔，从此外界接触的男子自然很少，所接触的是只剧务部里几个人。何敬山已经四十开外，为人有口无心，他当然不会去追求莉珠。至于这个钱大风，他似乎还没有这个资格，而且他已经有了爱的对象。这个对象说出来有些丢脸，因为他看中了一个戏院子内女茶房，并不是说女茶房就不是人，说不定女茶房比名门千金还要清高得多。但是以一个大导演的身份，去和一个女茶房谈爱，这当然在名义上总有些不大雅听。在当初，他过房爷就表示反对，说女人何处不好追求，怎么去追求女茶房？后来钱大风把苦衷告诉了，原来他们已经开始过性的生活，所谓木已成舟。倒不要说钱大风没有人格，他倒是个爱情专一、有旧道德有新思想的青年，所以没有演出始乱终弃的悲剧，这实在还值得社会上一般青年所赞美的。

再说钱大风既然知道过房爷的脾气，他在吴莉珠那里也要避些嫌疑，这样一来，吴莉珠除了与女子接触外，男子方面只有沈新之一个人了。大凡一个人，对于时常见面的人，也会发生一种好感，吴莉珠本来对于沈新之这一副尖尖嘴巴爬了牙齿的面孔，也有点感到讨厌，不过久而久之，因为所看见的面孔都是他这一个，所以如今也好看起来。有时候发起嗲来，会恶形恶状地向沈新之说：喔唷，沈先生，我今天肚皮痛了，我今天脚痛，我今天头痛，类如此种撒痴撒娇的话，把个沈新之嗲得有些神魂颠倒，不免也有些想入非非起来了。常言道，"若要人不知，除非己莫为"，后台一班演员不是个个死人，当然慢慢地都知道了，于是一传十，十传百，整个戏院里全都知道了。齐巧徐敏香和吴莉珠偶因细故，又口角起来。吴莉珠尖嘴薄舌地说人家是小老婆，徐敏香冷笑道：

"人家做小老婆还有一个名义，不知是谁，妍妍搭搭，偷偷摸摸，像个什么样子？"

这样一吵，大家弄得没有落场势，于是决裂拆伙，不再合作。吴莉珠这时候身边也多了几个钱，于是借生病为名义，回到故乡去休养身体了。

第 七 回

吴莉珠回乡之后，陈曼丽觉得这是一个好机会，于是她便从金屋中跳出来，依然开始她舞台的生活。原来外界一般人以为，越伶之中，吴莉珠可称第一，而陈曼丽可称第二，现在吴莉珠既然不在上海，她自然可以独霸海上了。

这时候陈曼丽的班子里有个唱二肩的小生，名叫常妙英。她的唱做表情都很不错，尤其转腔方面，别创一格，就是个子生得矮小一些，所以始终还是只好唱二肩小生。其实常妙英扮小生，是很可惜的，因为以她的身材儿，若唱花旦的话，一定是十分美妙。她平日十分爱装饰，对于服装方面更是讲究，不过她确实具有一副讨人欢喜的脸蛋，交际手腕也相当灵活。因为最近学会了跳舞，所以甚至连后台一下戏，就会跳起华尔兹步子来。和常妙英志同道合的是二肩花旦吕月亭，她们两个人对于跳舞很感兴趣，虽然妙英是宁波人，而月亭又是杭州人，不过倒像一对姊妹似的，常常出入于跳舞场里，过着她们逍遥自在的生活。

这天夜戏散场还早，大概是剧情较短的缘故，所以十点敲过便即散场。近来舞厅要十二点钟打烊，那么十足还有两个钟点好白相，尤其是十二点以后，还有咖啡馆一点两点的给客人们补充余兴，所以上海真可以说是人间的天堂。

妙英卸了妆，洗了脸儿，穿上了一件妃色软绸小花点的衬绒旗袍，对着镜子在拢她头上卷曲的云发，这时吕月亭已笑盈盈地走了上来，说道：

"妙英，今天晚上有兴趣吗？米高美去坐一回，茶钿我来请客。"

原来吕月亭这几天舞步还只刚学会，论资格倒是妙英老一些，所以月亭实在还需要妙英来教授她，当然她对妙英是特别客气。妙英笑了一笑，她是十足地现出顽皮的样子，说道：

"茶钿我请客倒不要紧，不过我今夜要穿西装出去，假使给人家介绍来，你要承认我是你的情郎。"

吕月亭嗷了嗷小嘴，啐了她一口，笑道：

"摸摸你自己的额角头吧，配不配做我的情郎？你自己情郎都还没有找到呢？"

常妙英"唔"了一声，扬着手儿，回转过身子要去打她，月亭咯咯的一笑，便逃进铺房间去了。

一个逃一个追，两人倒在床上扭股糖儿似的抱在一堆，最后月亭边笑边央求说道：

"妙英，我的好哥哥，你就饶了我这一遭吧，我下次再也不敢了。"

妙英这才放了她身子，站起来，理了理头发，笑道：

"看你不叫我好哥哥！假使你不叫，我就不带你出去跳舞。"一面说，一面脱了旗袍，换上了一套西装，好在唱小生的平常头发原烫成菲列滨式的，好像和男子一样。吕月亭向她撇了撇嘴，却不敢再说话。她把一件新做好的呢绒旗袍穿上了之后，在衣挂上拣了一根大红花点的领带，拿到妙英面前，说道：

"拍拍你的马屁，我给你紧领带好不好？"

妙英笑道：

"对啦，这样才像是我的贤惠的爱妻了，只要你好好地服侍我，

64

我一定什么舞步都教会了你。"

两人因为一个唱小生，一个唱花旦，所以时常讨便宜开玩笑，这也不算稀奇。匆匆地穿舒齐了衣服，妙英挽了月亭的手臂，一同到米高美舞厅去游玩了。这时候只有十点半左右，舞厅里正在上市面，所以生意之好几乎没有立足之地。音乐台上的黑人大乐队，爵士音乐的兴奋，真令人忘记了在另一个环境是正在炮声震天、血肉横飞的可怕。这里是充满了脂粉的幽香、醉人的酒气、迷人的灯光，一切一切，仿佛是人间天堂。

常妙英好容易找到了一张桌子，其实还可以说是抢到了一样，因为只差了一步，还有两位顾客却被妙英先在桌子旁坐下了。吕月亭一面在她旁边坐下，一面笑道：

"想不到上海地方一些没有战争的气味，依然歌舞升平，这也真是奇怪，生活欲高，白相的人愈多，这到底是什么道理？"

"你不知道，在这一个时代里，大家都是混水里捞鱼，所以赚饱的赚饱，饿煞的饿煞。你看这几天股票涨得多么厉害，一般投机商每天赚一百万一千万，算不了什么一回事，有了钞票，还不是都到这种地方来寻乐吗？"常妙英回过头来，望了望她一眼回答，接着又笑道，"月亭，你看得出我是个女扮男装吗？"

李月亭向她打量了一回，笑道：

"看不出，很像是个翩翩风流的美少年，假使我真有像你这样一个俊美的情人，这就叫我喜欢得心花都开了，可惜你是个西贝少年，不中用。"

妙英伸过手来，在她手背上拧了一下，一面拉她起身，一面搂她腰肢到舞池里去，附了她耳朵笑道：

"我不中用，谁才中用？"

月亭不作答，在她耳边吹了一声，两人就吃吃地笑了起来。

这时舞池里的顾客甚为拥挤，因为人太多了，简直难以跳舞，撞来撞去，差不多总是挤在一处。月亭忽然向妙英低低地说道：

"唉，你看，这个老甲鱼为什么老是望着我们呀？我们不要跳舞了，还是到位置里去吧。"

妙英随着她说话的方向，回过头去望了一眼，果然见有个戴眼镜穿中服的人，他虽然抱了一个舞女在跳舞，可是他的眼睛却不时地向这里望了过来，在这一种看人的目光中猜想，当然是很有神秘的意思。妙英到底比月亭老练得多，况且以她个性而说，也很爽快活泼，没有一些娘娘腔，所以当时见了这个曲头曲脑的老色迷，不但一些不害怕，而且还计上心来，对月亭说道：

"这个老甲鱼倒是可恶，月亭我们不妨戏弄他一下，叫他用脱几个瘟生钿阿好？"

月亭很胆怯地说道：

"你不要生是非了。这种人避他还来不及，你怎么还和他去多事呢？"

"这种曲死，要他知道上海地方不是随随便便好看人的，你不用害怕，有我在，一切都没有关系。"常妙英说着话，音乐已成了尾声，于是大家携手归座。

妙英、月亭坐下之后，回头向左右一望，说也凑巧，那个老头子奇巧坐在靠左手第三只椅子上，当她们回过头去的时候，大家眼睛便望了一个正着，那老头子由不得向两人微微的一笑。月亭红着脸悄悄地拉了妙英一下，说道：

"这老甲鱼越发有意思了，正对我们笑起来了。妙英，我们快不要再去看他了。"

妙英摇了摇头，她在西装袋内取出一个烟盒子来，打开盒盖，取出烟卷，站起身子，故意向四周望了一下。因为现在物价飞涨，舞厅里每只台子上都不放洋火，她见那老头子手里正拿了一支雪茄，于是走了上去，含笑说道：

"对不起，讨一个火。"

月亭想不到妙英竟有这样大胆的作风，一时倒为她急出一身汗来，可是见妙英忽然还在那老头子的旁边坐了下来，一时更加惊异。原来那老头子见妙英来点火，暗想，这倒是一个好机会，于是一面把手中雪茄交给她，一面搭讪着说道：

"你这位先生好生面熟，仿佛在什么地方看见过的，贵姓是?"

妙英见他把自己当男子看待，于是索性在他椅子旁边坐下，一面熄了烟卷，一面把雪茄交给他，说道：

"敝姓常，这位老先生贵姓?"

那老头子连忙在身上摸出一张名片交给妙英，妙英见写的是"上海大昌股票公司经理邬凯军"，她灵机一动，这就"哦"了一声，说道：

"对了，怪不得我也见了邬先生有些面熟，在证券交易所市场上好像碰过几次面，因为那时候小弟也在做做小交易。"

邬凯军原是色中老鬼，他所以注意妙英和月亭两个人，本来就有一个原因。他见妙英虽然风流翩翩，西装笔挺，不过在举止方面总脱不了温柔的姿态，一时也猜不透她到底是男是女。现在两人坐在对面一望而知是个女子，从说话的语气中根本就可以听得出。不过，妙英还一味地说小弟，要当作男子。凯军心中倒误会她是一个专门跑舞厅的交际花，好歹自己也是老鬼，所以存心要把她玩弄一下。大家都存了玩弄的心思，这一幕趣剧当然是很好白相的了。当时凯军暗暗好笑，忙也说道：

"这就对了，我想你一定在大昌里做过交易的，不知近来还得意吗?"

常妙英听他这样说，也不免暗暗地好笑，说道：

"这时候做股票，只要你有实力买进，当然是没有不赚钱的。不过按诸实际，这并不是赚钱，无非是不蚀本，因为股票虽涨，物价也涨。本来一千股股票，十元票面，好买十双皮鞋；现在就是给你涨到一百元的票面，可是还只有买到十双皮鞋，因为皮鞋当然也在涨上去。所以，从这点看来，并不是物价涨，实在是储备票不值钱。"

邬凯军听她谈锋颇健，而且对于社会上之生意经验，果然也很有见识，一时倒又疑心起来，暗想，莫非她真的是个男子在市场上跑跑的吗？不过，现在女子做投机的人也很多。同时，他又发现妙英手指上那枚挺大的钻戒，觉得自己不要错看她，说不定她真的也是大家闺秀，无非有男儿之风罢了。在起初，凯军心中好怕上她的拆白之当，现在稍微放心一些，于是点点头，说道：

"储备票并不值钱，从可知最后胜利的日子也愈近了。"

"可不是？我们同胞受了这八年来的痛苦，我想扬眉吐气的日子也快到头了，到那时候，生活安定，投机市场取消，全国国民都应该切实干那些复兴的工作。"常妙英确实有一点思想地回答。

凯军说道：

"话虽这么说，不过我们做生意的人真觉得为难，听见警报飞机的声音，巴不得快些和平了；但是真的和平了，像我们投机惯的人，倒又觉得无事可做了。所以在我们心中真觉得和平不好，不和平也不好。"

常妙英一听他说出这些心病话来，从可知他只是一般投机商的代表者，真不知有多多少少的市侩，心中都有这一种感觉吧。一时芳心里颇感痛心，觉得中国百姓之中那些资本家可说是毫无一点国家观念，丧心病狂，只求自己发财，甚至连亡国他们都也无所谓的。

听他这种论调，显然他们的希望和平，是怕中国飞机来炸上海的日本军事基地，而连累他们生命财产的意思。这样说来，真希望中国飞机多来几次轰炸，因为那些资本家都是丧失心肝，留在大好的中国土地上有什么用处可取呢？妙英一面感叹，一面故意刺激他说道：

"可不是吗？将来和平的时候，这些赚钱不吃力的朋友都要淘汰，那时候非有真正技能的人才有饭吃。你不见吗？现在一般有本事的百姓，可怜天天都在生活高潮中油煎，家中老的老，少的少，大家谁不饿肚子？明天光明一到，那就有翻身的日子了。"

常妙英一面说，一面注视他的面孔，大有忧愁的样子，不像刚才那种逍遥自在的表情，这就觉得自己不能再说这些关于时事的话了，遂连忙把话收住，接着又笑道：

"邬先生府上哪儿？对跳舞很感兴趣吧？"

邬凯军这才回过笑脸来，说道：

"原籍苏州，不过在上海住得很久了，近十年来不曾回过苏州。对于跳舞也说不上兴趣，因为叉麻雀、打扑克时常输钱，倒还是跳舞来得经济实惠。况且，像我们上了年纪的人，对于跳舞也可以说是一种运动，活络活络血脉倒也不错。"

妙英听了这么几句话，倒不禁扑哧一声笑了起来，明眸斜乜了他一眼，故意笑道：

"邬先生青春多少？其实也看不出什么老相来。"

"在我这种人身上，'青春'两字已经用不到，我今年已经五十三岁了，还不能算老吗？"凯军至少有些老之将至的凄惶。

妙英"呀"了一声，表示一本正经的样子，说道：

"邬先生已经五十三岁了吗？真是一些看不出，我以为至多还只有四十一二岁。"

凯军这才又浮上一些笑容来，很得意地说道：

"真的吗？不过事实上我的精神倒也真的不错，每天胃口也好，饭量至少三碗一餐。"

"这我都还及不来你的饭量好。"常妙英抿嘴几乎笑起来说。

凯军似乎和妙英谈得很投机，忽然他见到隔座吕月亭那种无聊的样子，遂忙又说道：

"常先生，那边这位小姐是你的?"

"哦，她是我的姊姊。邬先生，我给你们介绍介绍好吗?"常妙英一面说，一面已是站起身子来，走到月亭的面前。月亭至少有些怨恨的表情，白了她一眼，笑称道：

"真不知你在和他谈些什么话，也没有坐了这许多时候，难道你要看中这个老甲鱼吗?"

妙英笑道：

"你别忙呀，我要和你介绍哩！回头我说你是我的姊姊，你可要承认我是你的弟弟。"

月亭扭怩着腰肢儿，"哼"了一声，说道：

"我不去，你喜欢胡闹，回头出了乱子，假使被人家报纸上登出来，算什么意思?"

"怕什么？你老是这样子胆小，这种曲死不去玩弄玩弄他，也是作孽格。"常妙英一面说，一面拉着她的手便走向凯军这张桌子旁来。凯军早已站起身子，很恭敬的样子，静待妙英的介绍。介绍完毕，连忙把手一摆，说道：

"常小姐，请坐吧。你们再叫些什么喝?"

月亭道：

"我们那边原有两杯清茶，不用叫了。"

凯军遂叫侍者去搬到一张桌子上来，一面又取出烟盒子递给月亭，月亭摇摇头，含笑说声"我不会吸烟，别客气"。

随了这句话，大家都静默了一会儿，好像无话可说。凯军道：

"常先生，你们姐弟两人不妨去跳舞呀？"

妙英道：

"邬先生有兴趣的话，我姊姊可以和你跳一支。"凯军巴不得她这句话，早已笑嘻嘻地站了起来。月亭白了妙英一眼，因为人家已经站起身子，一时也只好站起来，红着脸儿说道：

"邬先生，可是我跳得不大好，你不要见笑。"

凯军连说"哪里，哪里"，于是两人走到舞池里去。在跳舞的时候，凯军对月亭低低地问道：

"常小姐，你们是亲姊弟吗？"

月亭觉得他这句话问得蹊跷，一颗芳心忐忑地乱跳起来，遂只好含糊地"唔"了一声。凯军接着又问：

"可是你们面孔却不大相像，而且很奇怪的，你弟弟也有些像女孩子的样子。"

"邬先生，你可不要开玩笑吧。"月亭那颗心儿愈加跳得厉害了，涨红了脸儿，但又竭力正经了态度回答。

凯军正欲再问，音乐已经停止，于是一同归坐。等第二次音乐再起，妙英向凯军说声"请坐一会儿"，她拉了月亭的手，笑道：

"姊姊，我们去跳一支。"两人在舞池里，月亭先向她埋怨道：

"妙英，你以为他不知道吗？刚才他对我说'你弟弟好像是女孩子模样的'，这……你真会开玩笑了，叫我窘不窘呢？"

"那么你怎么回答呢？"妙英嘻嘻地笑着，却毫不介意地说。

"我只好说他'你不要开玩笑吧'。"月亭低低地告诉。

妙英扑哧一笑，叫她不要担心，没有大不了的事情。正说时，音乐已成尾声，而且舞客也陆续地散了，原来时候已经十一点三刻了。待两人回到座桌旁，凯军已经付了茶账，妙英"啊"了一声，说道：

"邬先生，叫你付了账单，这可真不好意思。"

"常先生，你也太会闹客气了，这一些小事，算得了什么？"说着三人一同出了米高美舞厅，在衣帽间取了大衣，凯军先说道：

"常先生，我请你们到金谷去喝杯咖啡好吗？"

"时候不早，我们该回去了。"吕月亭先蹙了眉毛说。

"姊姊，邬先生有兴趣，我们就奉陪他去玩玩儿，反正明天是星期日，我们又不办公的。"常妙英拉了月亭的手，向她霎了霎眼睛，笑着说。

月亭这就无法，只好跟着她走了。三人到了金谷，说也奇怪，金谷里面也是有许多人先都坐着了，所以上海这地方真有些不可思议的神秘。凯军坐了一张桌子，侍者来问吃什么？凯军道：

"此刻我肚子倒有些饿了，常先生，常小姐，我们还是吃点心好吗？"

妙英道：

"也好，我叫一客鸡绒浓汤，一客火腿吐司好了。姊姊吃些什么？"

月亭道：

"随便什么，我吃一盘炒面也无妨。"凯军听她们都是很老举，显然金谷也是常跑跑的人。原来金谷咖啡是为了便利客人在半夜里饿肚子起见，所以特设中西小吃部，并非专营咖啡牛奶饮料的。当时凯军自己也点了一盘炒面。

室内本来也有音乐队的，此刻早已悠扬地奏起来，这时还未过瘾的舞女们，大家又携手离座，去欣欣然欢舞了。这里侍者把点心拿上，凯军说道：

"大家吃大家的，我们不用客气。"

妙英、月亭听了含笑点头，遂各自吃了。凯军一面吃面，一面心中暗想，这一对姐弟到底是真是假，而且究竟是什么路数，我总应该探听一个明白才好。正欲开口探问的时候，忽然间自己的好朋友，也是金谷饭店的经理，陆新生走了过来，招呼道：

"老邬，你今天怎么倒有兴趣来这里游玩？啥地方下到此地的？"他一面说，一面望到月亭的身上，这就"哟"了一声，又说道：

"老邬，你和我们这位李月亭小姐是怎么认识的？"

原来陆新生在戏院里也是股东老板之一，所以她们都是认识的。月亭被陆新生一说穿，直窘得两颊像玫瑰花朵般的红起来。这时陆新生又将常妙英细细一打量，不禁哈哈笑起来，说道：

"好一个风流翩翩的美少年，常妙英，你这个人真是够淘气，为什么今天却穿起西装来了？"

凯军听陆新生和她们两人都相识，一时弄得目瞪口呆，真有些丈二和尚——摸不着头脑起来了，遂忙说道：

"老陆，这位常先生，这位是常先生的姊姊，我在米高美里刚认识，你难道也认识她们吗？"

陆新生听了，笑得弯了腰说道：

"老邬，你这也太笨了，我给你介绍吧，这两位都是大名鼎鼎的越国红角色儿，这位常妙英小姐，这位吕月亭小姐，怎么你竟把她们当作姐弟看待呢？"

凯军这才恍然大悟，站起身子笑道：

"原来是两位艺术家，失敬，失敬。常小姐真是会开玩笑，当初我就有些不大相信的。"

常妙英虽然老练，此刻也弄得有些不好意思起来，微红了脸，只好弯腰笑道：

"邬先生，我们本来像小孩子一样，喜欢寻开心，请你不要见气。"

凯军连说"哪里，哪里"，笑道：

"常小姐天真活泼，令人感到可爱，承蒙不弃，我们就不妨交一个朋友。"

陆新生道：

"这样吧，老吴！你就把两位小姐收作过房女儿，明天好好地捧捧她们。这时候，你有了成千成万储蓄票有什么用处，好像做一个乱梦，明天和平消息一到，储备票还不是揩屁股草纸不值钱吗？"

凯军听了，暗想，这倒也是实话，并笑道：

"可是我怕没有这样好福气。"

一面说，一面一双老色眼向两人脸上骨碌碌地溜。

妙英平常吃豆腐本事第一，听他这样说，便笑道：

"谁没有这样好福气？除非我们没有这样好福气。"

凯军道：

"既然两位小姐看得起我，那么我明天晚上这儿请客。老陆，你给我订五桌酒筵。"

"好！好！闲话一句，不过我这介绍人明天得好好儿和你喝一个痛快。"陆新生笑起来说。

凯军连连说"当然"，这晚他在归家的路上只感到分外兴奋。

妙英和月亭回到戏院里的铺房间里，想到今晚这一幕趣剧，觉得上海地方曲死死勿光，，两人忍不住又咯咯地笑了一阵。

第 八 回

　　常妙英既然时常以西装革履出入舞厅，戏弄这般色迷迷的瘟生朋友，倒也颇感兴趣。有时候她在舞厅里也叫舞女坐台子，俨然像一个阔大少模样，因此有一次便闯出祸事来了。事情是这样的，常妙英晚上散戏后，一个人到米高美去跳舞，她跳的那个舞女名叫蒋云珍，生得娇小玲珑，十分美丽。爱美是人之天性，所以妙英到了舞厅，也必定去和云珍跳舞的。

　　当然，一个美丽的舞女，她是拥有大量的舞客，所以和云珍跳舞的男子真是不少。不过说起来也奇怪，云珍却和这位西贝少年表示特别好感，跳舞的时候，必定面孔贴面孔，有说有笑，十分亲热，因此看在别个舞客的眼里，大家都吃醋起来了。其实蒋云珍这个小姑娘是很聪明，她所以和妙英这个样子，自然也因为她是西贝少年的缘故。况且，常妙英花钱也很爽快，云珍觉得和她亲热，既不蚀本，又可享受温柔的安慰，真是何乐而不为？

　　这天晚上，妙英在米高美舞厅里听过一节音乐之后，她便起身走到舞池里去和云珍跳舞，谁知道对面舞池里也有一个西装少年走过来和云珍求舞。因为妙英先到面前，那少年自然只好怏怏地打了一只回票。云珍笑盈盈地站起来，把手臂挽到妙英的颈上去，亲亲热热地叫了一声"大令"，说道：

　　"你今天晚上怎么直到这时候才来？我以为你是到别处玩去了。"

"因为今天是新戏第一，我们几个演员谁高兴读唱句，所以都生疏得要命，戏就拉长了许多时间，明天晚上散戏一定可以早一些了。"常妙英笑盈盈地告诉。

蒋云珍"哦"了一声，奇怪地问道：

"照你说来，你们越剧和话剧是不同的，我记得那年加入一个业余话剧团，足足排了三个月的戏方才上演呢。据说职业剧团也得排半个月戏，否则，是很难上演的。"

妙英道：

"你怎么把越剧和话剧来比较？话剧的台词，演员们是一字都不能错的，这当然困难。越剧就两样了，有些小场子里都是唱路头戏，你道什么叫'路头戏'？就是没有唱句说白的剧本，只有一些剧情，我们根据剧情上台去发挥，和从前文明戏一个样子，所以这是十二分的便当。"

"你说便当我说很难，因为一时里从心内拿出的唱句，一定大好而不妙。我听说现在越剧也在提高水准，应该尽量革新，否则时代的进展，这种地方必定要淘汰的。"蒋云珍很关心她前途地说。

妙英点了点头，说道：

"话虽这样说，不过越剧的观众知识程度比较浅薄一些。况且，看的一般观众也是女太太居多，她们只希望苦戏，眼泪越出得多，这部戏就越好，根本不讲究这部戏的中心思想在哪里，它的主题、它的意义在哪里。至于这些曲死老板，更加不懂什么，只晓得这部戏营业好，总是好的；卖座不好，任它剧本好到怎样，也就指定是不好的了。所以这种环境下，根本就谈不上'艺术'两字。老实说，越剧院的老板除了几个行外的不算，是内行的老板，都是些什么出身？哼！说出来也无非坍我们自己的台。好在我是宁波人，不是嵊县人，倒也不要去说了。"

云珍忍不住笑出声音来，说道：

"那么编写越剧比较容易些，现在是谁资格顶老？"

"有一位章老先生在越剧界历史很悠久，不过他编的剧本只有唱句而没有说白，所以最近也落伍了许多。"常妙英说到这里，音乐停止，便各自分手归座。云珍坐下位置，她肩胛上就有人拍了一下，回头去看，原来舞女大班小曹，他笑嘻嘻地说道：

"蒋小姐坐台子了。"

云珍也不知是谁叫自己坐台子，于是跟了小曹走了过去，到了一个桌子旁边，方才知道是钱如一，就是刚才打了一只回票的少年，于是含笑坐了下去，低低地说道：

"钱先生刚才打了一只回票，很对不起。"

"没有关系，蒋小姐现在正红得发紫了，若不坐台子，恐怕连一支舞都跳不着的了。"钱如一有些不大快活的神气说。

蒋云珍对于钱如一这个少年没有什么好感，虽然钱如一在她身上已用去了不少的钱，不过完全是一种单恋，根本在云珍身上得不到一些温存，而云珍对他好像眼中钉，花了钱还时常被云珍背后骂瘟生曲死。所以在社会上，这一种少年，是前世欠的舞女们的债，当时云珍听他这样说，显然是包含了俏皮的成分，于是也冷冷地笑道：

"我们做舞女的发红，还不是全靠你们舞客热心来捧吗？不过像我这种舞女也说不上红这一个字，无非是个阿桂姐罢了。"

钱如一真是一个蜡烛，一听云珍语气也有些不快活的样子，他倒立刻又堆下了笑容，问道：

"我还没有问蒋小姐喝什么？"

"白开水！"蒋云珍不大情愿开口似的回答。

钱如一却在烟盒子里又取了烟卷，送到她的面前，笑道：

"为什么一面孔不开心，和谁生气呢？何苦来，快抽支烟消消气吧。"

云珍倒又好笑起来，一面接过烟卷，一面俏眼儿斜乜了他一眼，妖媚地说道：

"钱先生，你这是什么话？我们做舞女的人如何敢和舞客生气呢？"她说这话，向侍者一招手，装手势叫他划火柴的意思。侍者给两人点着了火，另一个侍者拿上了开水。钱如一在吸过一口烟之后，便搭讪道：

"云珍，我规规矩矩地问你，刚才和你跳舞的那一个男子叫什么名字？他不知在什么地方做事情？"

"你这话问得奇怪，他和你一样的是我舞客，谁知道他叫什么名字？至于在什么地方做事，那我更莫名其妙了。"云珍斜乜了他一眼，慢斯条理地回答。

钱如一愣住了一会儿，勉强笑道：

"就是你告诉了我，那也没有什么大不了的事情，你何必这样的秘密？我见他真是一个小白脸，而且又温和，我看得出你大概对他有些意思吧？"

蒋云珍忍不住抿嘴笑了起来，白了他一眼，却并不作答。就是因为云珍并不作答，好像很神秘的样子，以致钱如一愈加疑心起来，脸儿有些热辣辣的，心头有点酸溜溜的，说道：

"为什么不说话？是不是我猜到你心眼里去？"

"别胡说八道，我对待舞客都是一样的，绝没有谁好谁坏。况且我们是为生活出来跳舞，又不是和舞客们来对亲结眷，根本说不上什么'意思'这两个字的。"蒋云珍很大方的态度回答。

"那么，我倒要请问你一句话，"钱如一接着说道，"我看你和别人跳舞都是一本正经，只有和他跳舞，恶形恶状，肉麻当有趣的贴面孔，差不多要香嘴巴了，这难道也是一视同仁吗？今天你和我也不妨这样子跳一次舞，那么我就决不会说你和他有意思了。"

云珍笑了一笑，说道：

"这个你不用管，当然我自有道理的。假使你认为舞票拿出来有些不合算的话，那我尽可以奉还你。"

钱如一听了这话，有些表示难堪，这就绷住了脸孔，说道：

"蒋小姐，你这些话说得太不漂亮了，我们既然出来跳舞，只要白相得窝心，大少爷用脱几张钞票，算得了什么稀奇？"

云珍听了这话，更加变了颜色，冷笑一声，说道：

"我倒要请教你什么叫'窝心'？请你脑子弄弄清楚，这里是舞厅，不是卖淫的地方，你要白相得窝心，到舞厅里来是走错路了。"

"哼！黄熟梅子——还卖什么青？"钱如一吸了一口烟卷，恨恨地把香烟屁股丢到痰盂里去，表示十二分愤怒的样子。

云珍几乎要哭出来的样子，说道：

"你不要烂嘴巴的冤枉人！我什么地方做错了，你倒说出来。况且，就是我跟人家开栈房，也是我自己喜欢，身子是我的，我就得有自由。我爱上的人，不要说跟他开栈房，倒贴他几个钱也情愿，管得了别人家屁事？"

钱如一铁青了脸，冷笑了一声，说道：

"你老早就这么说，也就罢了，何必假正经，煞有介事的做好人？这种闲话我是勿领盆的。"一面说，一面站起身子，拉了云珍便到舞池里去了。

舞客舞女在吵过了嘴后再一同跳舞，这是无论如何也跳不好的，大家脸儿板起，好像欠他二百两金子。云珍被他抱住了腰肢，仿佛死人一样，两脚不要说轻快，简直变成了电线木头。钱如一这时不像在跳舞，赛过来勒拖死人。所以白相舞厅，花了钱，还要受冤气，所谓既伤财又伤精神。跳舞一事，足以使青年入堕落之门径，能够避免，希青年人宜切戒之。两人正在尴尬的时候，只见常妙英和别个舞女跳在一起，慢慢地挨近过来。钱如一此刻见到常妙英，仿佛见了冤家一样，况且自己今天受的气，又是为了她而起，因此一肚子的气愤统统恨到常妙英的身上去，故意加快了几步，将妙英撞了一撞，重重地在她脚上踏了一下。

妙英"哎哟"一声，回头来望，见了如一，娇嗔道：

"你这个人跳舞生了眼睛没有？踏痛了人家，怎么连招呼都不打一声？"

如一因为是有意挑战，所以巴不得妙英向他提出交涉，他便不管三七二十一地挥起一拳，齐巧打中妙英的下巴。妙英负痛，便跌倒地下，如一还想上前脚踢拳打，这就激动了旁边另一个少年的不平，抢步走上来，一把拉住如一的西装领带，说道：

"朋友，你火气不要太大，这儿是舞厅，可不是打人的地方，你不能太野蛮呀。"

如一此刻在众人面前死要扎面子，便挥起一拳打了过去，口中还连声骂道：

"你是什么狗东西，敢来管这闲事？"

不料那少年早已预备，伸手接住他的拳头，抽出左掌，在他脸上"啪啪"就是两记耳光，打得十分干脆。这时舞女大班知道出了乱子，早已上来劝解。钱如一受此侮辱，怎肯就此罢休？还要赶上前来还击，那少年却拔出一支手枪来，说道：

"他妈的，你敢上来再动手？"

钱如一一见到手枪，方才知道碰到了辣手，不觉倒抽了一口冷气，却是呆住了。舞女大班慌忙把他拉开，给他一个落场势，钱如一也就趁势溜出了舞厅逃走了。

这里舞女大班又向那少年再三打招呼、赔不是，一班舞客舞女见他拔出手枪的时候，大家早已吓得老远的避开。此刻场子里只有妙英倒在地上，那少年俯身将她扶起，见她满嘴巴上都是鲜血，舞女大班倒大吃一惊，那少年说不要紧，这是牙齿血。于是扶她到自己的桌子旁，给她用开水过了嘴，又拿手帕给她拭了血渍。妙英此刻才清醒了一些，她似乎明白，全靠那少年热心帮助自己，总算免去这一场侮辱，于是向他点头谢道：

"先生贵姓？若没有你的热情帮助，我真要吃他的大亏了，叫我心里真是万分的感激。"

"敝姓白，你这位先生现在觉得怎么样？我这人脾气就喜欢管闲事。他妈的，这小子实在太没有礼貌，我亲眼见他撞了你，还动手打人，这还成什么世界？"姓白的少年表示很愤怒的神气，一面回答，一面又很关心她身子有否受伤地说。

"倒没有什么，只不过牙齿有些微痛。白先生，你在舞厅里一个人游玩吗？"妙英一面问他，一面取了茶账的单子，叫侍者连同自己桌上的茶账一起去付了。

姓白的少年很不好意思地望了她一眼，说道：

"你这位先生也太客气了，我很冒昧，还未请教贵姓？"

"敝姓常，白先生，你还说得上'客气'两字。"妙英说到这里，此刻不免又显出她女子固有的娇媚，秋波脉脉含情地瞟了他一眼，又笑道：

"我们大家都很年轻，白先生若蒙不弃，我倒愿意和你结交一个朋友，不知道白先生会不会嫌我高攀吗？"

"说哪里话来，四海之内皆兄弟。常先生，你不要太客气，我的脾气很直爽，说不来什么客气话，我以为年轻人交朋友还是直率一些好。"姓白的少年微笑着说。可是他心中却有一个感觉，为什么这位常先生有些娘娘腔？好像很怕难为情的样子，大概是什么公馆里的公子哥。像这种少年当然可说是都会里的享乐者，本来是一个好人才，为了环境的熏陶，将来难免成为国家寄生虫，这是非常可惜的。今日我既遇见了他，自然非把他感化一番不可，也可以拯救一个青年走上奋发自新的道路。想定主意，便问她说道：

"常先生，你还在学校里读书吧？"

"最近半年我已经辍学了。"常妙英很虚心地回答，她简直有些受窘，涨红了脸，自然很感到局促。不过事情也有些神秘，她却不想和姓白的匆匆离开。

"这倒奇怪了，像常先生这样年轻的人为什么不继续求学呢？我想你家庭一定也很舒服，不知道尊大人是做哪一项贵业？"姓白的少年表示奇怪的神态，又向她继续探问。

常妙英觉得他所问的话，都叫自己无话可答，在万不得已之下，她是只好全部编起谎来，索性镇静了态度，说道：

"我爸爸不在上海，至于我所以不再求学，因为上海学校就是毕业之后，在这一个时局之下，这一张文凭也没有用，所以母亲的意思叫我经商了。"

姓白的少年点了点头，觉得他回答的话显然是很含糊，第一研究的，就是他父亲不在上海，那么在外埠做些什么工作？不过这句话很难问下去，还是慢慢地再问别的，或许可以得着一点头绪，遂问道：

"那么常先生现在什么地方得意？"

"在……一家银行里做小职员，也无非混一口饭吃罢了。"常妙英支支吾吾地回答，一面暗想，我被他这样问下去，也不是一个道理，让我也问他一问，于是接着问道：

"白先生，那么你在上海什么地方得意？听你口音好像不是上海人。"

"我在上海原没有家，这次从南京下来看一个朋友，所以我在上海可说是人地生疏，一切还得常先生随时指教才好的。"姓白的少年很谦和地说。

常妙英"哦"了一声，似乎也感到他这人有些神秘，凝眸含睪的向他注视一回，方才又问道：

"那么白先生现在耽搁朋友家里吗？"

"不，我在东亚旅社借了一个房间，因为我住不了多少天，就要预备回南京去的。"姓白的少年老实地告诉她。

"白先生在南京担任什么工作？"常妙英情不自禁地问出了这一句话。

"不，我是做生意的。"姓白的少年微微一笑，他脸上有些惊异的表情。

常妙英听他不肯老实告诉，自然心照不宣，也就不必追问。这时那姓白的少年又低低地说道：

"常先生，现在上海还在梦中一样，灯红酒绿，歌舞升平。明日迷梦一醒，先生对于建设新中国之机构，不知有何感想和意见？"

常妙英听他这样问，一时也猜不透他到底是哪一路人物，秋波凝望了他一回，微笑道：

"虽然我们谈这些事情还不够资格，不过民主国的人民应该有一种贡献的思想，我以为复兴中国，最要紧的是普及教育，因为现在一般人民，对于知识程度，实在太以浅薄。因了知识的浅薄，在他们是只知道利欲熏心，根本没有一些国家观念。比方说，上海这般市民，他们甚至于在担心太平时会弄得无事可做，推其原因，还不是为了没有知识吗？所以知识之灌溉于民众，实在是国强之本。白先生，我不过是信口胡说，请你不要讥笑！"

姓白的少年点了点头，说道：

"普及教育这当然是最要紧的一点，至于重工业的发展，军事人才之训练，政治工作之计划，都是今后值得注意的事项。我想像我们这一种青年，现在虽然都是没落在都会的角落里，将来都应该负起建设新中国的责任，所以我以热诚之态度，劝告常先生，切勿沉醉于舞厅。虽说逢场作戏，在所难免，但久而久之，足以消磨青年之志气，而且更会发生意外之不幸。像今晚先生之遭遇，也可说是一个教训，倘然有了不测，不就是飞来横祸吗？所以，我们沉落上海，应以坚毅之精神，刻苦耐劳，不为四周恶劣的环境而同化。只要渡过了这个难关，眼前自然可以展现光明了，不知先生以为如何？"

" '聆君一席话，胜读十年书'，今后当革面洗心，不再荒唐于舞厅了。"常妙英听了他这一番话，她表示十分感动地回答。

姓白的少年笑道：

"本来我也不敢冒昧陈谏，因为先生也是有作为的青年，一旦堕落，深为可惜。我为先生前途计，不得已而哓哓多言，请先生原谅。"

常妙英这时心里就有一个感觉，这个姓白的少年一定是重庆分子，他到上海当然是来干特务工作，所以他在舞厅里厮混，也是他们视察上便利的工作。想我不过是个唱戏的姑娘，在这个暗无天日莫名其妙的环境下也许可以出一点风头，将来当然还是归至于没落的。那么，我既然有了这一个机遇，何不跳出戏圈子跟他去干一点有意义的工作呢？想到这里，便开口说道：

"白先生，我觉得你好像是我的明灯一样，因为你说的话，会使我脑子感到清楚了许多，所以我很想和你厮混在一处，能够永远地不分离。假使你不讨厌我这个人的话，我可以跟你一块儿到东到西，

84

情愿做你的随从。"

　　姓白的少年听她这样说，觉得她好像已经知道我是干哪一项工作的人似的，心中自不免也佩服她的聪明，正欲向她回答一句什么，不料时候已经到了十二点钟，音乐已经成了尾声，顾客们都已纷纷地散去。姓白的少年这才站起身子，说道：

　　"时候到了，我们也该走了，到了外面再谈吧。"

　　于是两人一同步出了舞厅的大门。

　　是深秋的天气，夜风吹到身上已经有了一些寒意，不过今夜的月色是很好的，马路上的人一直都显得很清晰。两人在马路上踱了一会儿步，常妙英这时芳心是跳跃得很厉害，她全身像火一般的燃烧着，几次想对他吐露自己是个女子的话，可是却始终鼓不起这个勇气。姓白的少年微微地打了一个呵欠，在他心中当然以为常先生和自己可以分手了，因为萍水相逢，有了这样很长的谈话已经是不算容易。至于妙英要求自己带她同走，这当然是不可能的事，所以他在马路上自然也不再谈起。但妙英却有点依依不舍，默默地跟着他走路，虽然是不说话，她却不想和姓白的有分手的时候，不知不觉的，竟已到了东亚的门口。姓白的少年停住了步向妙英望了一眼，说道：

　　"常先生，府上在哪里？我是已经到了。"

　　"我……的家在静安寺愚园路下去，离这里还相当远。"妙英灵机一动，乌圆眸珠转了转，故意这么说了一句。

　　姓白的少年忙道：

　　"那么你一个人回去，深更半夜，在路上不是很不方便吗？你母亲对于你在外面宿夜，有没有什么问题？倘然她不会生气的话，你就不妨和我到楼上去睡一晚。"

　　"既蒙白先生热心相待，使我感激不尽，我母亲对于我的行动，她是向不过问的。"妙英到此，才露了一丝笑容回答。

姓白的少年点了点头，说道：

"也好，那么你就住在这里吧。"

于是两人进了东亚旅社，姓白的领她推进三百六十五号房间，亮开了电灯。他先按电铃叫侍者来冲上了茶，然后两人脱了大衣。姓白的到桌旁斟了两杯茶，向妙英说道：

"常先生，喝茶。"

"谢谢你！"妙英含笑走了上来。因为此刻在仗亮的灯光笼映之下，姓白的突然看到妙英的脸，他倒是怔怔地愕住了一回子。妙英红了两颊，竭力镇静了态度，望了他一眼问道：

"做什么？"

"没有什么。"姓白的被她一问，也有点不好意思，遂放了手中的茶杯，回身去关上了房门，伸手按在嘴上打了一个呵欠，他自管脱了衣服，坐到床边去。抬头望了妙英一眼，见她坐在沙发上捧着茶杯，呆呆地在想什么心事，于是说声'我先睡了'，便转身睡到被窝内去了。

静静地过了一会儿，姓白的少年在床上催她说道：

"常先生，时候不早，你为什么还不想睡呢？"

"我马上就要睡了。白先生，刚才我和你说的话，你却没有答复我。"妙英站起身子在桌上放下了茶杯，回头望了他一眼，又忍不住低低地问。

"我忘记了，你刚才和我说的什么话？"姓白的有些不解地向她追问。

"咦？我不是说跟你去一同工作吗？"妙英一面说，一面却走到房门口，伸手关上了电灯。

"哦，这件事可有些困难，况且你家中也未必肯答应你。"姓白的微笑着说。

"只要你肯答应我，母亲那里就根本不成问题。"常妙英在暗头里脱了西服上装，低低地说。不知怎么的，去挂衣服的时候，身子在椅背上撞了一下，发出了很重的声响。

姓白的忙道：

"为什么不先脱了衣服再熄电灯？撞痛了哪里没有？"

常妙英虽然痛出了眼泪，但还是忍熬住了，说道：

"没有撞痛什么，白先生，干什么不回答我？"

"可是我怕你吃不了苦。"姓白的始终有难题来阻拦她的去志。

"怕苦什么？常言道，'吃得苦中苦，方为人上人'，所以'吃苦'两字我倒不放在心上。"常妙英说到这里，走近床边摸索着被儿，说道：

"白先生，我们各睡一条被儿怎么样？"

"怎么？你难道还怕难为情吗？"姓白的情不自禁地向她打趣地说。

"并不是为了这些，因为我晚上睡相不大好，恐怕会挤得你不舒服。"常妙英口里虽然这么说，但是她那一颗芳心就小鹿般的乱撞。

"也好，那么让我起来把被儿折折好。"姓白的一面说，一面已是坐起床来。这一下子把妙英真急得不得了，因为她身上已经只剩一件小纺衬衫，倘然被电灯一开，岂不是秘密全都拆穿了吗？所以她很快地用手按上去，在她是叫他睡的意思。万不料姓白的手，也触着了妙英的胸部，经此一碰，手指到底是有灵敏的感觉，这就惊奇地"啊呀"一声叫了起来。

第 九 回

  常妙英被他这样一喊，知道自己的秘密已经被他拆穿了，一时
羞得无地自容，也不作答，慌忙去取了西服、西裤，急急地仍旧穿
了上去。待姓白的少年亮了室中的电灯，只见妙英呆若木鸡地站在
大橱面前，低垂粉脸，大有不胜娇羞的意态。姓白的还有些莫名其
妙，遂走到她的身边，拉过她的手儿凝望一会儿，怔怔地问道：

  "常先生，你到底是男的是女的？快点向我告诉明白了，我可不
是好惹的人，假使我发脾气，那你可要吃亏了。"

  "白先生，很对不起，我老实地告诉你，我确实是一个女人。"
常妙英抬起红晕的脸颊，秋波向他逗了一瞥娇羞而又惭愧的目光，
挣回他握了自己的手，一步一步移到小方桌的旁边站住了。

  姓白的跟着走了上去，站在桌子的对面，两手扶了桌沿，望着
她那种神情，倒那么楚楚可怜，于是不忍再厉声向他责问，放轻了
语气，温和地问道：

  "常先生，不，我该叫你常小姐了，我心中觉得真是奇怪，你既
然是一个女人，你怎么会跟我一同到旅馆来？我还请教你，你究竟
是做什么事情的？女扮男装在交际场中厮混，莫非专门拐骗捉弄一
般涉世未深的青年吗？不过我得告诉你，我绝不是一个色迷迷的男
子，而且我绝不会上你的圈套。"他说到后面这两句话，语气又相当
的沉重。

常妙英想不到自己今夜一再受人家的侮辱，这一次心中的难过比刚才被人家打倒在地上的时候更觉得痛苦。一时深悔自己不该这样荒唐，糊里糊涂地在外面厮混，这种言语的侮辱都是咎由自取，也怨不得人家。女孩儿家心中难过，别的没有表示，最显著的就是她两行眼泪，从她眼眶子里滚滚地落了下来。

　　姓白的少年被她这样一哭，心中愈发奇怪起来，一时倒向她愕住了一回子，方才又徐徐地问道：

　　"常小姐，你好歹也向我说一个明白，并不是我说话不知轻重，或许有委屈你的地方，不过从事实上来看，无论什么人都要起疑心的，假使你有什么苦衷的理由，你尽管向我解释，我当然可以原谅你。"

　　常妙英一听他这次语气和缓了许多，于是抬上手儿，在颊上来回地揉擦了一下眼泪，她有些惭愧的表情说道：

　　"白先生，我并不怨你说话太厉害一点，实在是我怨恨自己一个女孩家不该在行动上太随便，失了检点。我当然可以告诉你，我是一个唱越剧的姑娘，名字叫妙英。因为在上海我本来是没有家，平日是住在戏院里的，所以根本就没有人会来约束我。一个年轻的姑娘在这歌舞升平的上海都市里，所谓'近朱者赤，近墨者黑'，当然容易染上一种乐而不知俭朴的恶习，所以久而久之，我就学会了跳舞。更因我是唱小生戏的，故而头发为了装束时便利起见，也修理成男子的模样，并且也做了几套西装。因为有时候我们也得演时装戏的，今天晚上散戏后，偶感兴趣，一个人到舞厅来游玩，谁知却成了祸水，幸亏承蒙白先生热心相助，始免侮辱。后来与先生交谈，颇感情意相投，然我又未敢说明女身，但先生追问家世甚急，一时间叫我难以作答，故而编谎相复，并非有意欺骗，先生千万原谅我苦衷。至于我跟先生来此，因先生行动言语颇令人起疑，我知先生定为不平凡之青年。唱戏固非我所愿，所以心存妄想，欲追随先生左右，不忍与先生分离，竟被情感蒙蔽，跟随先生来此。及今思之，我也深悔如此行动，不免有失姑娘之身份。白先生，虽然我觉无耻，但是请你原谅痴意，则我虽死无恨了。"常妙英一连串地说完了这些话，她红晕的粉脸，眼泪忍不住要扑簌滚落下来。

姓白的少年听她说这话，颇有诚意，并不像一味做作的样子，于是倒不免激起了一点同情之心，遂在桌旁椅子上坐了下来，叫她说道：

"常小姐，你不要伤心，快坐下来，我倒要和你详细谈谈，其实我并没有恶意来侮辱你。"

常妙英这才也在桌旁坐下了，拭了一下眼泪，说道：

"我知道你是一个很有思想且有抱负的青年，其实我已向你明白地说过，我恨自己太荒唐了一些。"

"这句话也不必说了，常小姐。"姓白的摇了一下头，望着她又叫了一声，这才接下去道，"既然你是唱越剧的，我倒要向你问一个讯，在你们越剧班子里是否有个韦紫玉姑娘？"

诸位，你道这个姓白的少年是谁？原来就是紫玉旧时情人白志刚。他本来是到南京去学生意的，后来因为受不住资本主义一再的压迫，于是决心脱离这个黑暗的环境，去追求他的光明。动身的前一天写了一封信给他父亲，措辞甚为激烈。他父亲知道了这个消息，知道孩子从小刚强，因此也只好徒唤负负了。志刚在外面流亡四载，现在也是成了蓝衫党部下的中坚分子。他有坚毅的意志、灵敏的头脑，所以颇为上司器重。这次到上海，一方面是为了任务的工作，来与上海支部接洽事宜，一方面也是顺便来探望紫玉。不过到了上海，翻开报纸一看，各越剧场子里并无韦紫玉三字的姓名。他当然非常失望，此刻在无意中知道了常妙英是唱越剧的姑娘，于是灵机一动，他就向妙英顺便探问紫玉的消息了。

当时常妙英听他这样问，由不得凝眸含颦地沉思了一回，奇怪地道：

"我在越剧界也是混了好多年，对于上海越剧圈子里的越伶，恐怕也没有不熟悉的，只不过对于韦紫玉这个姓名，我却从来没有听见过。白先生，不知道她是唱什么角色的？"

"她是唱花旦的，从前在龙翔剧场曾经挂个牌子，自从她学艺至今，差不多也足足有四个年头了。"白志刚微蹙了眉尖，一面告诉，一面也表示很奇怪的神气。

"唱花旦的？在龙翔剧场？那么我问你，不知道她是唱几排的花旦？因为花旦当然也有好多个。"常妙英心中暗想，那一定是唱四五排的旦角儿，所以我并不认识，万不料志刚的回答倒是出了她意料之外，只听他说道：

"她曾经给我一封信，说已经是挂了头牌。"志刚这两句话，妙英听在耳朵里也感到奇怪起来，眸珠一转，忽然想到了一个理由，遂说道：

"白先生，龙翔剧场唱头肩花旦的，在大年前是姓李的，名叫玉英，死了后，就由吴莉珠来担任头肩。至于韦紫玉三个字，我从未闻其名，我想不知她把艺名会改了别的名字吗？"

志刚听她这样说，也不免沉思了一会儿，暗想，可是她给我的信中却从来没有告诉我说她改了姓名。那么，难道李玉英就是她吗？可是妙英说玉英已死了，莫非紫玉不幸也去世了吗？想到这里，倒不免呆若木鸡似的急了起来。忽然他又想着了李玉英好像听见紫玉的娘曾经说过，原是紫玉的表姊，这样看来，莫非吴莉珠就是紫玉改的艺名吗？不过改艺名总不至于连姓字都会改掉的，所以就这倒叫志刚有些摸不着头脑起来。

妙英见他呆呆地若有无限忧愁的样子，这就忍不住开口又问他说道：

"白先生，很冒昧的，韦紫玉小姐不知是你的什么人？假使和你有什么密切关系的话，我倒可以代你打听打听。"

志刚觉得"密切关系"四个字中至少是含了一些神秘的作用，于是摇了摇头说道：

"也没有什么密切关系，无非是我故乡的邻居罢了，因为她父母曾经托我到上海后探问探问她，所以就顺便一问。"志刚后面这两句话当然是他加的作料。

妙英点了点头，忍不住开口又问道：

"白先生，我还没有请教你的大名，不知肯不肯告诉我知道吗？"

"我的名字叫志刚。"志刚随口地说了一句，他低垂了眼皮，忍不住又沉思了一回。

妙英见他对自己很漠然的样子，从这一点看来，紫玉当然是他的情人。也不知为什么缘故，在她有了这一个感觉之后，她那颗芳心里感到空洞洞的，至少有些难过，可是她还不情不自禁地向志刚问道：

"白先生，我很想脱离戏剧生活，预备跟你去干一些有意义的工作，你为什么直到此刻还不肯给我一个确实的答复呢？"

志刚这才抬头望了她一眼，微笑着回答道：

"常小姐，你虽然有这个很前进的思想，不过这个要求我却不肯答应。一方面我本来也没有什么特别的工作在做，无非从南京到上海做做单帮而已。况且你在上海研究艺术，也是一件很好的事情，难道放弃了舒服的生活不干，倒愿跟我劳苦地去跋涉风尘，求那些蝇头之利吗？所以我为你前途打算，你是千万不能有这一个念头。"

妙英一听他这样说，明知他是编的谎，显然他对我并无一点爱

92

怜之情。在这个情形之下，诚可谓"落花有意，流水无情"，那么我也未免太痴心了一些。想到这里，觉得女孩儿家不免有些可怜，心中一阵子悲酸，眼泪会在眼角旁涌了上来。过了一会儿，她才站起身子，说道：

"白先生，很对不起，我惊吵了你许多时候，我们再见吧。"妙英说完了这两句话，她向志刚弯了弯腰，身子已向房门外走了。

这是所谓"人非草木，孰能无情？"志刚见她带了眼泪，那种惨然的样子，从可知她芳心里是感到这一份样儿的失望。因为时候已经子夜一点多了，一个女子在路上走，当然更不方便，于是他很快地赶上几步，拦住她的去路，低低地说道：

"常小姐，你预备走到什么地方去？时候可不早呢！刚才你要回家我还不大放心，此刻既然知道你是一个姑娘，而且时候比刚才更晚得许多，那叫我不是更不放心了吗？"

常妙英对于他这一个举动倒是出乎意料之外的，由不得怔怔地愕住了一回，方才低低地说道：

"白先生，我很感激你对我的关心，不过我对于你表示非常惭愧，因为像我一个女孩儿家，到底有姑娘的身份，所以我很不好意思再在这里坐下去。"

"这个又何必呢？在当初我确实说得太过分了一些，还得请你原谅我才好。"白志刚有些懊悔地回答。

常妙英被他这样一说，一颗芳心又软了下来。一个女子的情感到底是比较浓厚了一些，因此她把要走的坚决的意念又渐渐地打消了，慢慢地把身子退到沙发上去坐下了，却是呆呆地想了一会子心事。志刚站在房门口望着她，身子也跟着木然了一会儿，倒是妙英抬起头来，眼泪盈盈地望了他一瞥，温和地说道：

"白先生，那么我就在这里睡一夜，你不用理我，还是请你自管

93

地睡吧。"

"常小姐，请你睡在床上吧，我躺在沙发上好了。"志刚这才也开口向她客气地说。

"我躺在沙发上很好。"妙英摇了摇头，她又低垂了头。

志刚当然不便再向她说什么退让的话，于是在床上撩起一条绸被子，放到她的身旁，说道：

"常小姐，我不和你客气了，请晚安吧。"一面说着，一面自管跳到床上去睡了。

这里妙英又站起身子，关熄了电灯，躺在沙发上胡思乱想地忖了一回心事，方才拥着被儿沉沉地熟睡了去。

第二天早晨八点钟敲过，妙英这才一觉醒来，揉了揉眼皮，坐起身子，只见床上的志刚还酣然未醒。于是，悄悄地洗了脸，心中暗想，我总要等他醒来，向他告辞，那样才是道理。可是等了一会儿，却不见志刚醒转。正在暗暗焦急，忽听志刚一阵呻吟，好像有什么不舒服的神气，于是忙走到床边去，低声地唤道：

"白先生，你醒了吗？"

志刚"唔"了一声，却依旧闭了眼睛，并不作答。妙英心中不免有些奇怪，细窥他的脸儿，好像火炭般的一团，而且不住地呻吟，一时暗想，莫非他生了病吗？于是伸手在他额角上摸了一下，果然热辣辣的，烫手得厉害，这就吃了一惊，忙又说道：

"白先生，你怎么好好儿的生起病来了？"

"不要紧，大概路上受了一点风寒的缘故。常小姐，现在几点钟了？"志刚这才睁开眼睛来，望着她粉脸低低地说。

"已经是八点三刻了。"妙英向柔声地回答。

"哦！时候也不算早了，常小姐，你不用管我，假使你有什么事情的话，只管请便好了。"志刚不肯耽误人家工夫的意思。

94

“不，我没有什么事情。白先生，你肚子饿了没有？我可以去买点点心来给你吃。”妙英摇了摇头，向他轻声地问。

“我倒没有饿什么，不过你的早点怎么办？我却不能招待你了。”志刚微蹙了眉毛，表示很歉意地说。

妙英微微地摇了一下头，叹了一口气，说道：

“你自己病得这个样子，还来管我呢？白先生，我知道你是爱避嫌疑的人，不过说穿了，那当然也没有什么关系。我想我们把男女间的朋友也不要看得太以神秘，譬如我真的是个男子，昨晚承蒙你热心相助，今天你忽然生了病，那么我虽然心如木石，总也不忍心就此离开你吧？所以我的意思，很想把你的病服侍痊愈了再说吧。”

志刚听她这样说，心中不免有点儿感动，暗想，妙英倒是个很多情的姑娘。但是，他想到了一件事，便摇头说道：

“常小姐这一分儿热心，我当然是感激不尽，但是你在剧院里唱戏，岂可以无端缺席？所以我不能为了自己这一点小病，而连累你荒废了公务，所以我只有向你表示心领谢谢了。”

“白先生，请你别说这些话，倒叫我心里难过。”妙英逗了他一瞥美丽的俏眼，至少是包含了一点哀怨的成分，接着说道：

“唱戏不是一件要紧的工作，况且戏院里不是我唱头肩，对于我的请假，毫不受一点儿影响。至于你呢，假使你在上海有家有室，那么我当然也不必多此一举。现在你从南京到上海，可说孤零零的只有一个人，既无亲戚，又无邻居，在这异乡客地，举目无亲，而且又生了病，这样境况多么凄凉，就是我和你素不相识，岂能无动于衷呢？何况我是受过先生热情相助之恩的，所以我之服侍你，也无非聊报知遇之万一。假使白先生不嫌我粗手毛脚的话，你就不必客气，假使你讨厌我的话，那么我当然也不敢勉强。”

“听了常小姐这一番话，我心里感到很不好意思，承蒙你有这样博爱的精神，我心中感激还来不及，怎么会来讨厌你呢？常小姐，那么我就不同你再客气了。"白志刚一面说，一面把手儿紧紧地握了一阵，无非表示感激的意思。

妙英听他答应了，心中似乎很喜悦，眉毛儿一扬，颊上那个笑涡儿却深深地掀了起来。于是走到龙头旁去，开了冷热水，拿手巾拧了一把，到床边交给志刚。可是志刚此刻头痛如劈，哪里还有自己揩脸孔的精神？所以把手巾只覆在面孔上，他的手儿却落了下来。常妙英似乎明白他的苦楚，这回她不再避什么嫌疑的亲自给她揩了一个脸儿，又把他两手擦过了。志刚对于一个女子给自己这样温和地服侍，可是自落娘胎还只有第一次享受到，这就情不自禁地荡漾了一下，至少是感到一些甜蜜的滋味，望着妙英，不免微笑着道：

"常小姐，我真谢谢你。"

妙英也不说话，她脸儿微微地一红，秋波斜乜了他一眼，却自管走开去。待她把手巾搓洗了清洁，放在铜档子上，回身过来的时候，却见志刚闭了眼睛，好像很昏沉的样子。这就心中暗想，看他这病来势颇重，最妥当是给医生诊治诊治，吃一帖药方，自然好得快一点。于是她悄悄的也不惊动志刚，掩上了房门，便走到外面去了。

妙英坐了车子，先到蒋国英医生那里去挂了号，然后又在冠生园买了两只奶油面包、一听牛奶，方才匆匆地回到旅馆来。只见志刚睡熟得很浓，于是坐在桌子旁出了一会子神。望了那只奶油面包，肚子由不得咕噜咕噜地叫起来，她方才觉到自己还没吃过早点心，遂把面包吃了半只。在吃面包的时候，她又想到自己应该到戏院里去请一次假，遂站起身子，走到电话机旁拿了听筒，拨了号码，打到戏院的账房间。那边接听的奇巧是戏院老板，姓施名叫金成的。施金成在越剧界，也是数一数二的坏蛋，据说从前是流氓出身，后来搭上了一个花旦，靠着花旦的号召力吃饭，慢慢地居然也做起老板来了。这且不必说他，当时金成听了妙英的声音，便说道：

"你常妙英吗？不知有什么事情？"

"我因为有事情要回故乡去一次，多则一星期，少则三五天，就可以回来，所以特地前来请假。现在既然是老板亲自接听电话，那当然是再好也没有的了。"妙英向他一本正经地请假。

金成听她这样说，似有不信之意，问道：

"你到故乡做什么去？这几天正是生意眼最好的时候，你怎么可以请假呢？况且这一部戏的角色你也相当吃重，现在你请了假，叫什么人来代庖呢？所以，你阿好帮帮忙，没有什么大事，你就不必回乡下去了。"

常妙英听他这样说，心中不免有些生气，遂说道：

"施老板，你说话不要太自私，我若没有事情，当然不会无缘无故地请假。至于像我们这种起码演员，就是不上舞台也绝不会受到卖座的影响。请你帮帮我的忙，你若不答应，我也是没有办法，只好暂时对不起你了。"

金成这才含了笑容，连忙说道：

"常小姐，我和你说着玩的，你何必生气呢？不过你这样要紧的回乡下去，到底有什么事情？假使是结婚去的话，那我不是该送礼了吗？"

"施老板，你不要寻开心了，既然承蒙答应，我就到上海来的时候再向你面谢吧。"妙英说完了这两句话，她就把听筒搁下了。回身过去的时候，却听床上的志刚向自己低低地叫道：

"常小姐。"

妙英连忙走到床边去，含笑道：

"白先生，你这一次睡得很久了，不知头痛可好些了没有？"

"比较好一些，你刚才不是打电话到戏院去请假吗？人家老板不答应，我想你就不要勉强，不要为了我而害了你，这叫我心中不是太对不住了吗？"志刚点了点头，含了微微的笑容，向她很抱歉似的说。

妙英笑了一笑，说道：

"原来我打电话的时候你已经醒了吗？其实老板也不是真的不答应，无非和我闹着玩的意思。"说到这里，又转变了话锋，说道：

"白先生，此刻你饿了没有？时候快近中午了，刚才我给你去买了一只面包和牛奶，要不我弄一些给你吃？"

志刚"啊呀"了一声，说道：

"原来常小姐已经到外面去过了吗？怎么我却一些也不知道。"

妙英听他并没有回答说不要吃，显然他是有些饿的，于是按了电铃，叫侍役进来，把一听牛奶交给他，叫他去冲了一杯来。侍役答应下去。这里妙英把面包底面都剥去了，只剩了软绵绵的心子。侍役冲了牛奶进来，放在桌上，悄悄地出去，妙英亲自送到床边，笑道：

"白先生，你能靠着坐一会儿吗？"

志刚点点头，挣扎着撑起床来。妙英见他很费一点力气，这就免不得去扶他一把，拿了一只枕头，填在他的背后。志刚想不到在异乡客地生了病，还会有这样一个看护，体贴入微地服侍自己，心头的感激难以笔述，明眸望着她粉脸，说道：

"常小姐，难为你想得这样周到，我真不知拿什么来感激你才好？"

妙英掀着酒窝儿，笑道：

"你别说感激的话，那么昨天晚上你帮助了我，我又该怎样的感谢你好呢？"

"这样说来，真可说与人方便，即与自己方便了。在昨晚，我哪里想得到偶抱不平，今日居然会得到这样的好处，真是报过于投了，使我深感惭愧。"志刚诚恳地向她说出了这几句话，他此刻对于妙英不免又好感起来。

　　妙英在床边坐下了，秋波斜乜了他一眼，说道：

　　"白先生，其实这也算不了报答。好吧，我们不谈这些，快吃些牛奶面包吧。"

　　志刚自己吃了牛奶面包，不免想到了妙英，这就忙又问道：

　　"常小姐，你点心恐怕还没有吃吧？此刻倒又近中午了，你的肚子恐怕饿了，快掀了电铃，叫侍者拿一客虾仁肉丝饭来吃好吗？"

　　"你且自己吃了牛奶，别来管我，早点心我已经吃过了，此刻我一些也不饿。"妙英摇了摇头，她说的话至少还是多情的表示。

　　妙英服侍他吃毕，又拿手巾给他擦揩了嘴脸，说道：

　　"我看你还是躺下去养息养息吧。"一面说，一面又扶他躺下来。志刚再三催她叫侍者拿饭，妙英被他催不过，只好叫侍者拿上一客肉丝蛋炒饭。妙英还只吃了半碗饭的时候，却见一个身穿中服的男子推进房中来，问道：

　　"这儿是不是姓白的房间吗？"

　　妙英一听，早已明白，忙放下碗筷，站起身子，说道：

　　"不错，你这位就是蒋医生吗？快请坐！"

　　躺在床上的志刚，见妙英站起身子，殷殷地招待那个陌生的男子，心中正在感到奇怪，及至听她说出"医生"两个字来，这才有了一个恍然大悟。一时深感妙英待我之情，真是出乎意料之外。蒋国英医生点点头，把皮包放在桌子上，妙英慌忙把碗筷放过一旁，给他倒上一杯茶。蒋国英说声别客气，他便走到床边来，给志刚诊脉，问了一些病情，点头说道：

"没有什么大病，无非受一点风寒，给他吃一帖方子，表一表，出一身大汗，马上就会好的。"

妙英听了，这才放下一块大石，好在蒋医生写的方子原用自备钢笔，所以不用叫侍者拿笔砚。待他开好方子，送医生走后，她又把方子叫侍役去撮药，说叫药店里代为煎好了药汁送来。一切舒齐，这才走进房中来继续吃饭。志刚在床上说道：

"饭已冷了多时，恐怕吃了碍胃，还是另叫一点别的东西吃吧。"

妙英却说不要紧，匆匆地吃完饭，又叫志刚睡一忽儿。待志刚这一觉醒来，时已黄昏，药汁已送到，妙英服侍他喝药。到了晚上，志刚只觉头痛，妙英坐在床边，却给他敲了一夜的头。

光阴匆匆，不觉过了五天，在这五天中，妙英真可说是衣不解带地昼夜服侍。志刚身心安慰，也终于慢慢地痊愈起来。虽然对于妙英，真是感激涕零，但为了和紫玉有约在先，不敢得新忘旧。这天志刚对妙英说道：

"常小姐，这次病中，承蒙你衣不解带赤心服侍，衷心感激，莫可言宣；且荒废你的公务，更感不安。今我已病愈，在上海耽搁已久，故决于明天动身赴京，小姐之大德，唯有报答于来生。"说完，大有凄然泪下之概。

妙英知道他有苦衷，不禁心酸泪下，默不作答，两人相对凄然。还是志刚邀她到舞厅跳了一次舞，且又到梅龙镇上吃一次饭，是夜两人在火车站洒泪而别。

妙英从此以后，不再上舞厅跳舞，而且也不再装饰，每天散戏后，唯有看看小说解闷而已。人家说她受了刺激，她也不加以反对，性情是沉默了许多。

志刚坐火车到南京复命之后，想起紫玉不知究在何方，于是回故乡一走。到了故乡，先在自己家中耽搁了一夜，母子团圆，自有一番欢聚，次日急急到紫玉家里。谁知紫玉娘向他告诉，我家紫玉在家中休养了三个月，她又被姓沈的相约，到上海去唱戏了。志刚听了这话，倒是怔怔地愕住了一回子。

第 十 回

　　吴莉珠回到故乡家里，她的母亲见了这个会赚钱的女儿，当然是欢喜得不得了。不过见了女儿的身材，真是高大了许多，无论是胸部、臀部，都觉得肥胖了不少。从可知在上海的生活营养，当然比在故乡的时候咬咬干梅菜要好得多，所以人也会变换了一个样子。但女儿的身材不但是改变了样子，而且她的脾气也判若两人。在从前，她是天真烂漫，有说有笑；可是这次回故乡，竟变成了沉默寡言，文雅了不少。在她母亲的心里，总以为女儿年龄一年一年长大，女孩子家自然而然会文静起来，所以倒也不以为意。只不过有一点最奇怪的，就是她身上的服装，依旧相当朴素，而且头上还梳了一条长长的辫子。这倒姑且不谈，就是她手上竟然没有一枚钻戒及金戒指之类，这是她母亲认为最失望的一点。不过，她母亲心中暗想，也许在路上怕被强盗土匪抢劫，所以不戴在手指上，这也说不定的。紫玉娘有了这个存心，故而表面上还是装出欢欢喜喜的模样，直到夜里睡觉的时候，她的娘方才向她低低地问道：

　　"紫玉，你在上海唱了三四年的戏，虽然我每个月也收到你不少的钱，但是你私下难道一些没有兑几只金戒指吗？你看现在金子真涨得热昏，倘然一个人有几两金子的话，真可以一生一世都不用愁用吃的了。"

　　紫玉听了，笑了一笑，说道：

"你别着急，我戒指虽然没有，却有了比戒指更值钱的金块。妈，我把皮箱打开来给你看吧。"一面说，一面在小皮箱中取出一只小小的盒子来。在油灯下面，把盒盖儿揭开，见有用纸包着像杏仁软糖那么大小的数块。紫玉娘一数，共有六块，她心中还有点怀疑，不要是女儿和自己开玩笑吗？一面这样想，一面把两眼死盯住在紫玉手里正透开的纸包上。当她果然见到黄橙橙一块金子显在眼前的时候，不知为什么，她一颗心儿会别别地乱跳起来，猛可伸手像夺过来般的细细地把玩了一回，真是有点分量，可见得不是假的。她拉开了嘴儿，只管咪咪地笑，几乎有点痴然的神气，向女儿问道：

"紫玉，这六块难道真的全都是金子吗？"

"当然是真的，难道我还会来骗你吗？"紫玉见母亲这一副表情，忍不住也微笑着说。

"啊！我从来没有看见过这许多黄金，我真是太高兴了。"紫玉娘几乎有些喜之欲狂，身子向后一仰，这就把屁股脱离了凳子，竟仰天一跤跌倒在地下去了。

紫玉见了这个情景，心中又好气又好笑，连忙把她扶起身子，说道：

"妈，你何必欢喜得这个样子？不知可有跌痛了没有？"

"没有跌痛，没有跌痛，倒是这块金子不知道可曾跌坏了没有？"她母亲虽然觉得屁股是跌得很厉害，不过她紧紧地握住了这一块金子，把一切的痛苦全都忘记了。

紫玉有些怨恨母亲太以曲头曲脑的表情，向她瞅了一眼，说道：

"母亲，你不要自说自话了，金子哪里会跌得坏？好了，好了，你还是快点收拾过藏起来，时候不早，我在路上真也有点疲倦了，还是早点儿睡觉吧。"

紫玉娘听她这样说，点了点头，可是接着困难的问题便发生了，她皱皱眉头，呆若木鸡地沉思了一会儿，说道：

"可是……可是……"

紫玉见她说了两个"可是"，却依然没有说下去，而且涨红了脸儿，好像急得没有办法的样子，一时奇怪地问道：

"可是什么？你有话不妨快说下去呀。"

"可是我想我忽然之间有了这么多金子，叫我藏到什么地方去好呢？"紫玉娘方才支支吾吾地向她忧愁出这几句话来。

紫玉忍不住笑了起来，娇嗔地逗给她一个白眼，说道：

"我道是为了什么事，原来怕没有地方藏，这是你真有点糊涂了，箱子底下不是可以藏的吗？"

"不对！不对！紫玉，你不知道，这几天村子里小贼很多，昨天晚上，贾家嫂子一箱子衣服全都偷完了，所以箱子里是千万藏不得的。"紫玉娘连连摇手，一面说，一面那种脸部的表情是相当的紧张。

"妈，你别说呆话了。贾家嫂子被贼偷了东西，这是她自己不小心，哪有户户人家都被贼偷东西吗？"紫玉却不以为意地说。

"可是我总觉得不大妥当，最好另想一个安全的办法。"紫玉娘摇了摇头，表示她心中总有些放心不下。

紫玉伸手打了一个呵欠，她真有些生气的样子，站起身子，恨恨地说道：

"好了，好了，又不是议军机大事，我可没有这许多工夫跟你多缠绕，一共也不过六两金子，算得了什么稀奇？上海地方，家里藏着十条廿条金子的人也不知有多少，人家也不算怎么一回事，你竟会弄得没办法的样子，叫人不是恨吗？随便你藏到什么地方去，我都不管账。"一面说，一面自管歪倒床上去，表示要睡了的神气。

紫玉娘此刻因为一心对着在金子上面，所以对于紫玉的发脾气倒也不以为意，心里暗想，女儿说不管账，随便我藏在什么地方，这倒也好，因为少一个人知道，当然安全许多。虽然女儿不会向别人家告诉我家有六两金子，但我一个人知道藏的地方，自然更秘密更妥当得多了。于是，她含笑先走到床边来，扶起紫玉身子，说道：

"我的好小姐，你不要发脾气，我知道你一路上很辛苦了，那么我服侍你睡吧。"一面说，一面给她脱了衣服，又给她盖上被儿。紫玉这时真的有些倦意，就闭上眼睛睡去了。

紫玉娘听了女儿呼呼的鼻鼾声，知道她的确已经睡着了，于是呆呆地想了一回心事。忽然，她有了一个万全之策，立刻在床底下取出一只坛来，到厨房里去盛了半坛的灰，然后兴冲冲地拿进房来。她第一要紧是关上了房门，再把纸窗也关上了。可是，她还怕有小贼在窗外偷看，又把火油灯吹熄了，觉得在黑暗之中把金子藏好，这总可说是神不知鬼不觉的了。谁知她忙了一阵子之后，却忘记了金块放在什么地方，此刻吹熄了油灯之后，更加摸不着了。她心中这时候一急，几乎把她急得哭了起来，一时之间伸手摸洋火又摸不着，因为心慌意乱，脚踝头却在桌脚上猛撞了一下。这一下子又酸又麻，比吃麻辣烫还要难受，但又怕惊醒了女儿，所以她弯了腰肢，痛得双泪交流。好容易摸着了火柴，再把油灯点着了，用目四处看了一遍，心中这才放下一块大石，原来六块金子依然好好地放在桌子上。一时暗暗埋怨自己真也健忘，真可谓"天下本无事，庸人自扰之了。"拿了六块金子，然后再把油灯吹熄，蹲下身子去，一块一块地放在坛里，又把灰盖了上去，用麻绳扎了坛口，再在坛口上盖了一块砖头，安安稳稳地放到床底下去。

一切舒齐之后，觉得万无一失，心里轻松了许多。不过，她还有点疑心外面有贼偷窥，探首向窗外望了一望。只见院子里黑黝黝的，万籁俱寂，一无人声，只有秋天的风吹着天空灰白的浮云，在来去不停地驶行。紫玉娘深深地透了一口气，暗想，幸亏今天没有月亮，这真是老天帮忙。因为经过一阵忙碌后，全身觉得有点热臊，而且额角上还有几点汗珠，此刻被风吹了几阵，倒觉得凉爽了许多。正在这时，忽然听得紫玉在梦中呜呜咽咽地哭了起来，紫玉娘慌忙关了窗户走到床边，拍着紫玉的身子，低低地叫道：

"紫玉，紫玉，你快醒醒，你快醒醒呀。"

紫玉被母亲叫醒，方知自己是做了一个大乱梦，但回忆梦境，则历历如绘，而且伸手一擦眼皮，泪水还沾了满颊，于是低低地问道：

"妈，什么时候了？你还没有睡吗？"

紫玉娘听了，连忙撒了一个谎话，说道：

"我也早已睡了，原是被你梦中哭醒的，此刻大概十二点了吧。你梦见什么了，竟这样伤心？"

"哪有什么，大概是我手放在胸口的缘故。妈，你只管自己去睡吧。"紫玉低低地说。

紫玉娘这才自己摸索到床边脱衣睡了。这回紫玉娘倒睡着了，可是紫玉自从做了这个梦之后，却再也睡不着了。你道她梦见了什么？原来她看见志刚笑盈盈地走过来，和她握手言欢，好像四年前一样的情形。不过，紫云心中好像因为自己已经失了身，有点儿愧对志刚。而志刚言语之中，似乎也向她讥笑谩骂，说她言而无信、水性杨花、爱不专一、得新忘旧、爱好虚荣、假正假经，大凡一些不大雅听的名词都涌上了她的脑海。可怜紫玉羞愧得无地自容，虽然向他哀哀苦求，可是他却声色俱厉，恨恨地把她推倒，回身走了。紫玉心中痛苦万分，一时便"哇"的一声哭起来。

此刻，紫玉细细回想梦境，她真是悔恨交迸，忍不住又扑簌簌地落了一回眼泪。谁知正在伤心的时候，忽听母亲在床上大喊："捉贼！捉贼！"这冷不防的倒把紫玉大吃了一惊，立刻跳起身子，只见母亲真的跳下床来，预备捉贼的样子，于是连忙说道：

"母亲，母亲，你……听到了什么声响？竟大喊捉贼起来。"

"难道我听错了不成？"紫玉娘糊里糊涂地回答。

"当然听错了，快去睡了，别自说自话地唬人。"紫玉对于母亲真有些怨恨，生气地说。

紫玉娘不说话，便又回到床上去躺下睡着了。紫玉听娘一睡倒就鼾声如雷，从这一点子猜想，可见母亲也许还在梦中。想到一个乡下妇人，偶然得了金子，连睡觉都不定心，这真是黄金害人了。思前想后，总感觉到十二分心酸，因此又整整地泣了半夜。

紫玉在故乡住了三个月，在这三个月的日子中，每天和青山绿水为伴，起初倒很觉逍遥自在，可是日子一久，她也有些腻起来了。齐巧这时候沈新之在上海来了一封信，叫她再到上海去登台献艺。紫玉接到此信，正中下怀，当时立刻写了一封回信给沈新之，说：有沈先生肯帮助我，我一定再来上海，过舞台生活。这封复信写出之后，不多几时，就由宋西平班长，亲自到嵊县来接她到上海去。谁知紫玉去不到三天，志刚就匆匆地到故乡来探望她了。

当时紫玉娘见了志刚，就告诉他说紫玉又被人相邀到上海唱戏去了。志刚当然很感到失望，由不得怔怔地愕住了一回子。紫玉娘见四年后的志刚，身材儿也魁梧了不少，虽然皮肤较黑一点，精神却十分饱满，而且穿了一套西服，更见英俊十分，于是问他说道：

"志刚，你到南京去学生意，这四年来不知还得意吗？几时回故乡的？紫玉虽然不在家，你也坐一会儿，我给你倒茶喝。"一面说，一面给他倒了一杯茶。

志刚自然也要问问紫玉这几年中的情形如何，于是他就在桌子旁坐了下来，说道：

"伯母，你不要客气，我在南京也说不上得意两字，也无非混口饭吃而已。听说紫玉她已唱得很红了，不知她的艺名还叫作紫玉吗?"

紫玉娘"哦"了一声，说道:

"不是叫紫玉，她也改名叫吴莉珠了。"

志刚听了"吴莉珠"三字，他记得常妙英是曾经向自己告诉过的，方才有了一个恍然大悟，暗想，居然紫玉真的都挂了头牌，士别三日，当另刮目相看了，遂又问道:

"伯母，紫玉改名为什么连姓字都改了呢?"

紫玉娘道:

"吴字是我娘家的姓，所以她也改去了。志刚，你没有看见我的紫玉，她现在长得更胖了，明天你到上海去碰她，准会叫你不认得了。"

志刚含笑又说了一会儿，方才告别回家，这夜睡在床上，想着紫玉现在露了头角，恐怕环境的改造，把她的脾气也会改变了吧。四年后的紫玉，她不知还能想起过去在故乡分离时的一番话吗? 也许她是随着环境的改变而完全遗忘了吧? 想到这里，他脑海里又想起了常妙英小姐，虽然和她萍水相逢，她对我倒确实有一番真心实爱。在东亚五天病中的殷殷服侍之情形，也可说是我生平中一知己了。可惜我和紫玉是已经有约在先，不能再接受她的热爱。回忆北站洒泪而别，诚使人黯然魂销也。志刚这晚想了半夜，直到敲过了子夜一点，方才酣然入梦。

志刚在家住了一星期之久，匆匆又赶到上海来，他到上海来的目的当然是来望紫玉的。谁知那时候紫玉还未登台表演，而且也不知在哪一剧场，更不知紫玉在上海住在什么地方，因此又只得暂时住在东亚，预备慢慢地打听。

这天志刚在报上看到一则广告，是常妙英等一班角儿又迁移到东京剧场献艺，一时暗想，我何不到东京剧场去望望妙英，也许她可以知道莉珠的住址。想定主意，遂匆匆到东京剧场来。谁知常妙英生了病，没有登台，志刚听了倒代为着急了一阵，忙问她住在哪儿，预备来望望她的意思。可是他们回答说，妙英住在过房娘家里，不知什么路。志刚颇为失望，很难过地告别出来。在东京剧场门口遇见两个人，一个身穿西服，戴眼镜，嘴衔雪茄；还有一个身着长袍，他们在门口看新戏的预告。只听穿长袍的问道：

"老王，听说吴莉珠又到上海来唱戏了，不知道场子问题可曾解决了吗？"

这两个人原来就是办小报的王先生和赵仲臣，专门登载越剧界消息的。这时志刚听到了关于吴莉珠的话，自然也就是指紫玉而言的，于是也就站住了步，假装看报的样子，只听老王笑道：

"场子问题大概解决了，据我所知道的是五星大戏院，地段还算热闹，现在正在大事宣传。听沈新之在电台报告，吴莉珠这次登台，捧得九十九天的样子。我听了就不入耳，要打倒越剧皇后毕芝珍，我先有点勿领盆。"

"不过吴莉珠的艺术还算不错，唱工颇为甜润，就是稍粗一点；至于做工方面，也很稳重。据说莉珠之成功，就是私生活方面很严肃，不烫发，不穿华丽衣服，不戴首饰，而且还吃长素，这种艺人，到底很难得的。"仲臣代为莉珠解释其成功的原因。

老王听了，却冷笑了一声，说道：

"你以为她果然是一个老实的好姑娘吗？这里就被她瞒骗了。要知道她的吃素、不戴首饰，当然有一个缘故。因为她在杭州时候，曾经上过人家的当而失了身，也无非是受了刺激，万念俱灰的表示。听说近年来，她的性情又慢慢地改变了，外面虽然穿了一件布旗袍，而里面却都是粉红色的小纺衬衫。本来一个女人家，穿粉红衬衫也是很应该的事，我们外界根本不必言论人家。不过她口里却要一本正经，不习虚荣，而实际又未必如是，完全是一副假面具。所以外界报纸上攻击者颇众，还有人说她和电台那个姓沈的报告员有点儿牵丝攀藤。究竟如何，倒也未明真相。"

"说起那个报告员，据人家传说，殊属可恶，他靠着自己有家贴壁药厂为后盾，俨然放出了一副资本家的面孔。在戏院老板面前，假说我是帮忙吴莉珠成功艺术，所以不支薪水，不开车马费，终日吃自家饭，替别人家做事发财。你想，他是一副多么慷慨的脾气！然而，拆穿了说，其中捞钞票，真是拿手第一。比方说剧务部总数开支至一百万，他起码要报上四五百万，仿佛军队中之克扣军饷一样。这种势利小人，刻薄成家，凡是和他交往的人无不恨之入骨，就是他最为得宠的过房儿子钱大风，背地里也常说他闲话。从可知此人之人缘将来无人与之搭讪。倘若做了瘪三，定然要饿死在马路上呢。"仲臣和老王说到这里，两人匆匆地走进东京剧场去了。

志刚在无意之中已经知道紫玉在此四年的经过情形，觉得果然是曲折离奇，真是一部艺人小传的好资料。他想不到紫玉果然会变得这样快，他内心是相当惨痛。说什么海誓山盟，说什么情深义厚，女子到底是水性杨花的多。他深深地叹了一口气，拖着沉重的脚步走出了东京剧场的大门，当秋风扑面的时候，心中感到一阵说不出的凄凉。

第十一回

　　五星大戏院开幕的一天，门口车马不绝，真是人山人海，不到下午一点钟，客满牌子早已放在大门口了。原来上海人都是吃噱头的，因为那天开幕之前，还由吴莉珠及小生平月琴等亲自剪彩，一班太太小姐们认为这般越伶穿了便装登台，真是很难得看见的。所以，定座之踊跃，好像是看戏不用花钱的样子。

　　这时后台的工作人员也非常忙碌，尤其那位电台报告员，因为他既已做了剧务部的负责者，所以奔来奔去，指东挥西，更见忙得满头大汗。在抽空的时候，他少不得还要走进莉珠的化妆室中去张望张望。这时莉珠穿了一件墨绿软绸的旗袍，脸部也都化妆舒齐，在镜子内瞧到了那电台报告员，她回过头来，满脸堆了春风得意的微笑，说道：

　　"沈先生，你看看我这样打扮好不好？"

　　电台报告员被她这种嗲的表情一来，立刻改变了他对下属职员那副跷了嘴巴的丑脸，立刻骨头很轻松地笑了起来，说道：

　　"这样打扮，真是好极了，好极了！又大方又朴素，而且更文雅，好像是一个女学生。"

　　莉珠微微的一笑，扭动了一下腰肢，说道：

　　"真的吗？沈先生又开我玩笑了。"说到这里，忽然又一本正经地说道：

"沈先生，我有三个多月的日子不唱戏了，这次登台，我真有些吓斯斯的。万一失败了，固然是我的不幸，就是沈先生，你为我白辛苦了一场，你想叫我担心不担心？"

报告员笑道：

"你这个是一些也不要担心的，我相信你这次登台，成功的力量，比过去一定更有功效。你不见这几天电台里来定座的票子，半个月之内的座位不是统统都没有了吗？"

"就是有成功的希望，也都是全靠沈先生的大力。"莉珠逗给他一个妩媚的俏眼，这总算是给报告员为她竭尽心力在旗袍下效劳的一些小安慰。

报告员心里荡漾了一下，他把昨晚一夜未睡的疲倦也消失了，得意地笑道：

"说哪里话来，这大部分还全靠你自己的努力。"

正在说着，舞台监督小申匆匆地推门进来，他见房中只有他们两个人，于是慌忙又回了出去。原来小申之为人，很能博得上司之欢喜，其本领就是在马屁功夫上有着相当的研究，故电台报告员颇为宠用，视为心腹。不过今天这一下子举动，虽然为了方便他们起见，可是在莉珠的心内未免又有些不好意思，遂忙问道：

"是谁？只顾进来好了。"

小申被莉珠叫住了，于是又推门入内。他有些脸红，见报告员和莉珠两人却又显出一本正经的态度，很小心地说道：

"沈先生，时候将近两点了，不知可以行开幕典礼了吗？"

"她们也都化妆舒齐了吗？"莉珠不待报告员回答，先向小申低低地反问。

"平小姐也都舒齐了。"小申弯了腰肢，满眼含了微笑回答。

莉珠于是点头，说那么我们就开始吧。小申点头出去，这里莉珠又向报告员温和地道：

"沈先生，你很辛苦了，那么你此刻该休息休息了。"

报告员说道：

"倒也辛苦不了什么，况且还有许多事情呢。"果然话还未完，前台职员又来叫他有事商量去了。

剪彩揭幕仪式完毕，接着便开始演戏了，这时跑上跑下最忙的要算大导演钱大风先生了。还有这位何敬山先生，他却站在台下后面排几座旁，和一个戴黑眼镜西装少年谈着剧本故事。这个西装少年也是最近加入剧务部的一个工作人员，姓尚名叫无为的。第一部剧本原是他的手笔，不过他生平就很高傲，大有落落寡合的脾气，故而虽为工作人员一分子，除了编写剧本之外，其他事务一概不问不闻。无为和敬山比较莫逆，所以两人时在一起谈笑。这时匆匆走来一个瘦得像猴子一般的少年，戴了一副足足有一千两百度的近视眼镜，他脸部像一张白纸，可说一些血色都没有，见了敬山、无为两人，便笑道：

"你们两位老兄真适意，倒预备在台下笃定泰山看戏了，别人家昨天晚上四点钟才回家去睡的。"

你道这位少年是谁？原来是装置先生申小楚，人家因为有了舞台监督小申，所以都唤之为大申。敬山笑道：

"这是你的劳苦功高，明天叫老板赏你金质奖章一枚。"

"铜质奖章也不想，还说得上金质奖章呢？"大申苦笑了一下，说道。

这时钱大风匆匆走来，好像在寻人的样子，他见了大申说了一声：

"我找得你好苦，怎么直到此刻才来呢？"

大风这种语气至少是包含了一些吃排头的成分，不过脚碰脚的同事，照理就不应该这样对付，所以大申也有点不乐意，说道：

"大风兄，你不要一本正经地放出大导演的派头来，要晓得昨天晚上开夜车到四点钟，回家睡不到两个钟点呢。你要知道一个人不是机器，况且像你还好在角儿面前讨好讨好，阿拉拼了命，为了作啥？"

钱大风这人就有点蜡烛脾气，其实是他年纪轻，不懂得世故人情，只晓得捏着鸡毛当令箭，此刻被大申一抢白，他倒也无可奈何了，遂讪讪地笑道：

"你不要发脾气给我看，沈先生在后台有事情找你呢。"

敬山是笑话大王，他从中插嘴笑道：

"你们两个人都是排骨一块，可说是同族同种，一副老枪架子，何必争吵？快点去吧。"

大申这才一笑，匆匆地走到后台去了。钱大风待他走后，便对敬山说道：

"大申这种人就没有良心，在当初沈先生委我做考试官，我放交情，把他录用了。谁知现在他却专门和我作对，说话欺人，所以对待朋友也不能太以热心。"

敬山是个心直口快的朋友，他听大风这样说，心中就有点不受用，便说道：

"阿弟哥，你这几句闲话就说错了，你不要以为大申是你考取进来的，所以就可以随意指挥人家，要知道吃这项饭的人，大家都有专门技能，并没有一点什么靠山排头的。所以，你说闲话，总要客气为主，切勿像小人得志似的有吃人家排头的样子。不是我说你年纪轻不懂事，你在社会上做事还没有头绪，真还要好好地学习学习才行哩。"

钱大风在别人面前不服帖，只有在何敬山跟前他终是吃瘪的，所以被他老气横秋地教训了一顿之后，倒也弄得无话可说，便悄悄地自管走开了。

无为在旁边说道：

"戏院还只有刚开幕，内部工作人员都要争权夺利做大阿哥，小小的一个组织如此，更何况是一个国家？"

敬山道：

"你不知道大风的脾气，我和他做了几年朋友，总算全都明白。他这个人就是会卸干系，无论一件什么事，有功劳的，他都会冒认了去；假使做错了事，他都会推得干干净净。而且马屁功夫更属能手，讨好又是专门技能，这种小人之行为，虽然老板们是很喜欢，对于朋友之间，自然要伤感情了。我时常劝他，做人总要厚道，不能唯利是图。常言道，"只有千年朋友，没有千年东家"。可是他却忠言逆耳，所以将来这种人是要吃亏的。"

无为因为初次加入，不便加以评论，也只不过微笑而已。这天下午散戏，差不多已近七点，观众对于该剧尚属满意。敬山道：

"肚皮倒饿了，我们还是想办法吃饭。沈先生到什么地方去了？怎么一转眼就不见了？"

小申在旁边努了努嘴，说道：

"在吴小姐房中，大概是慰劳她的辛苦。"

敬山道：

"我们不必等他，大家到隔壁千里香去吃客饭吧。"于是大申、小申、大风、无为等都和敬山一同到千里香去了。

自从五星开幕以来，营业创各越剧场子的纪录，不过生意虽然是这样好，但待遇还是相当微薄。好在剧务部里这班朋友，都不是专门靠此为生，所以没有一个人去和他计较。但据戏院老板方面消息，还说剧务部虽然组织有方，而开销太大，那么这样看来，事情

115

当然有了蹊跷。后来调查真相，毛病是出在这位报告员的身上，他口里仁义道德，而心中男盗女娼，因为他把所有利益，都捞在腰包里去了。

常言道，人好比是鱼，钱好比是水，那么不管是什么人，钱总是没有一个不爱的，所以报告员的克扣军饷，这倒也不必稀奇。但俗谓人有千算，不及天之一算，任你怎样刻薄精明，东括西括的要钱，可是结果，冥冥之中却来了一个迅雷不及掩耳的报应，说起来当然是非常的齐巧。可知道，一个人固然总要良心好，这是所谓行什么良心过什么日脚的一句话。

事情的发生，还是报告员四十荣庆的那一天。原来那报告员今年已经四十岁了，人家说三十岁不做寿，四十岁就不会发财，不过这种迷信的话，以报告员那种精明的头脑，他是绝对也不会相信的。所以他不肯过事铺张，不但是不肯铺张，简直是不愿举行庆祝。不过几个亲戚朋友当然是要凑热闹的，所以他的姊姊很热心的就送过来一桌酒筵，那报告员的心中似乎还怪姊姊多事，害他破费了不少的酒钿车力。

这晚报告员当然不再到戏院里去，他在家里和一班亲戚们坐一回圆桌面。一班亲戚还说了许多好话，什么团团圆圆，合家欢喜；什么寿比南山，福如东海。报告员听了，笑得嘴巴倒又蹺了起来。正在觥筹交错之际，这当然是做梦也想不到的事情，忽然电话铃响了起来。其实来了电话，更属普通的事情，所以他心中根本毫不介意，遂起身去接听了。谁知这就应着了不听犹可的一句话，他唔唔的响了两声，顿时面色惨白，几乎呆若木鸡般的愕住了。你们以为是什么一回事，原来这电话铃是同夏堂打来的，说同夏堂忽然火烧，现在蔓延得不可收拾。最奇怪的，就是没有人家起火，好好儿的栈房里着了火，好像是天火烧的样子。当时大家听到了这个不幸的消

116

息，正是合家皆惊。报告员也无心再喝这杯断命的寿酒，立刻坐了三轮车，到外面去看个仔细。车到跑马厅面前，抬头可以看见天空中一片红光，一阵浓烟。因为时在黑夜之中，所以在浓烟里面还可以见到血红的火光蹿冒上来。那时报告员心中的疼痛，真比万把钢刀在猛刺还要厉害万倍。他想自己平常省东省西，南括北削的节省下来，今日老天瞎了眼睛，竟然把我老家付之一炬，这……不是比我死了还要更属伤心吗？所以，他眼泪会滚滚地落了下来。可是，前面马路已经禁严，各车不能通行，报告员心想此刻赶到同夏堂也是无益，还是先到捕房去报告吧，于是叫车夫在大新公司门口转弯驶行了。

这消息不知怎么的会传到五星大戏院的后台，舞台监督小申听了，第一个先起劲，他也是为了讨好的意思，竟去告诉吴莉珠知道。但莉珠一听这话，她立刻呆住了，忙问这消息到底可否准确。小申当然说是千真万真，绝无不确实的理由。因此吴莉珠这晚演戏就一点儿心思也没有了，单等散了场后，她在化妆室内就呜呜咽咽地痛哭了一场。小申知道这一回事，他又急得了不得，忙着赶到报告员家里。齐巧报告员从捕房回来，望着杯盘狼藉的残肴，正在感到凄凉，一见小申到来，忙问什么事情。小申说吴小姐为了沈先生家中火烧，整整痛哭了许多时候。报告员听了，心里倒又舍不得起来，一时忘其所以然地要坐三轮车到莉珠寓所里去安慰她。谁知旁边那位贤淑的沈夫人却再也忍熬不住了，说道：

"你也看看时候，快近一点钟了，这么深夜你还要到她寓所里去，那么我问你，今夜到底还回来不回来？况且你自己家里已经遭了这样不幸，明天还有多少事情要做？你难道还有这样好心思再去和她说话吗？而且我也不明白，你此刻到底为什么要去？你家里发生事故，她不来慰问你，难道反而要你去慰问她吗？并不是我多嘴，为了帮忙这些戏管的事情，把自己家中事情都丢在一旁，现在管得家中大火烧了，你难道还不死了这条心吗？她这种烂腐货，当她是什么海宝贝？老实说，她真是一个白虎星，你要再去迷恋她，恐怕连你性命都要丢送哩。"

沈夫人的确也可说是个大度容人的贤妻，她也不是呆笨人，对于丈夫和莉珠的举动，哪里有不知道的缘故。只不过自己不爱吵嘴，所以平常装着一个瞎眼聋子，不闻不问。但事到如今，她觉得除非死人是不开口的了，所以她到底忍熬不住的向他说出这样一番话。可是报告员认为她放着小申面前坍自己的台，所以心中恨得什么似的，便将台子一拍，骂道：

"你这女人太不知好歹了，胆敢来教训我丈夫吗？我问你，你在未嫁之前也知道三从四德吗？丈夫做的事情，你们做妻子的就根本不需过问。真是岂有此理！"

小申一见他们夫妻吵闹起来，心中这一急，他额角上的汗点像蒸汽水似的冒上来，急得走投无路的神气，连连向沈夫人赔不是，说：一切是我不好，不该前来告诉，害得你们夫妻吵嘴，都是我的罪恶。沈夫人的脾气就是绝对不愿得罪外人，虽然明知小申是个马屁鬼，而且还是从中拉皮条的客人，不过她也不愿恶言责他，说道：

"小申先生，其实也怪不了你，因为你吃了沈先生的饭，当然应该忠心于沈先生，所以这一点我也很赞成你。不过，在公事方面固然应该如此，对于今夜什么吴莉珠哭的消息，我以为你不必来报告。这一点未免是太热情了一点，所以我劝劝你，以后对于公事以外的事情少巴结一点，知道吗？"

小申不敢哼半个不字，红了脸儿，就匆匆地告别回去了。这时报告员自己想想，也觉情理错了，所以他很识趣的不再说话，就匆匆到楼上自管去睡觉了。

沈夫人心中为什么要怨恨，当然有一个原因，报告员外表看起来好像很阔绰，而实际也是很空虚的。比方说，他家里一日三餐，两粥一饭。至于菜肴方面，数一数，倒有六七碗，里面盛的都是素菜，什么黄豆芽、绿豆芽、萝卜干、青菜，油汆黄豆是一只大菜肴，客人到他家里去吃饭，把它视作鱼翅、海参一样名贵。虽然节省俭朴，沈夫人也很同情，不过为了他色迷迷的在女人面前一掷千金而无吝色，这自然是叫家里的妻子要怨恨起来了。

且说吴莉珠到了家里，呆呆地坐在床边，却不脱衣服就睡，只管扑簌簌地落眼泪。她的女侍阿巧给她倒了一杯茶，安慰她说道：

"吴小姐，你也不要伤心，好在沈先生家里有钱，偶然烧一次火还不算什么。倒是你自己身子很虚弱，前星期还刚吐过了血，明天为他伤心得生起病来，这还不是你自己受痛苦吗？"

莉珠拭了拭了泪，说道：

"你不知道，他家里烧了火，还不是烧了我的东西一样吗？因为他曾经对我说过，他的一切也就是我的一切，你想叫我痛心不痛心？"

阿巧听了，不由暗暗好笑，遂又安慰她道：

"好在同夏堂是他兄弟两人开设的，所以他的损失也只不过一半，只要他自己那个药厂不发生什么祸事也就是了。吴小姐，我说你不要太傻，沈先生这个人谁都知道，他是一个狡猾的东西，所以你不能听他花言巧语的欺骗。凭良心说，你只有帮他忙，他几时在你身上花过一个钱？表面上说得好听，实际上他是在利用你。比方说，他安慰你他的就是你的，但到了明天，他是否把所有的一切会给你呢？我想这是绝不会的，你不见他家里还有这许多孩子吗？所以，你要一心迷恋他，说句老实话，你还是去倒贴小白脸来得爽快。"

莉珠听她说得干脆，倒也不责备她，反而含着眼泪笑了起来，说道：

"所以你看中了舞台监督小申先生，是不是？唉，说起小申先生，倒也讨人欢喜，就是胡须髭长一点。"

阿巧红晕了脸儿，她倒老实地向莉珠央求道：

"吴小姐，你既然已经知道了我的心事，那么请你从中做一个媒，玉成我这一头好事，不知你肯不肯发慈悲心吗？"

莉珠所以这样说，无非是试试阿巧是否有这一种事实的意思，因为她曾经听到外界说起，阿巧和小申确实有一段很香艳的浪漫恋爱史。同时她注意到阿巧近来的生理变化，似乎全身也发胖了许多，想不到一种猜测居然成了事实，这就秋波瞟了她一眼，笑道：

"想不到阿巧也动了凡心，成人之美总是一件好事情。你放心，这件事很容易，明天我和大风先向小申探问探问口气，也许小申知道是我吴莉珠做媒，他就会欢欢喜喜地答应了。"

阿巧当时听了，千恩万谢地谢个不了，很小心地服侍莉珠睡了之后，方才自己也去寻甜蜜的好梦了。

次日，吴莉珠在后台化妆室中吃花生米，只见钱大风哼着一种不入调门的京调踱了进来，莉珠笑道：

"钱先生，花生米吃点吗？"

大风连说了两声谢谢，他用戴了那副白纱手套的手指去夹花生米吃，吴莉珠奇怪地问道：

"钱先生，你戴了手套做什么？"

"这叫作丑不能外扬，很不幸的手里有了湿气，又痒又难过，真是讨厌得很。"钱大风现了一副尴尬的面孔，有点哭里带笑的表情，低低地告诉。

吴莉珠"哦"了一声，说道：

"那么，你快去买密加来搽吧，倘然蔓延开来，是很不好的。否则，我劝你还是去打清血针，我想你的血液中大概不清洁。"

大风红了脸，说道：

"我想自己又不打野鸡，平常日脚规规矩矩，所以血液不清洁，我觉得很怀疑。我听人家说，生这种湿气，一定是运道不大好。"

"也许是这个缘故吧。"莉珠被他这么一说，倒也不好意思起来。因为在当初自己说的原属无心，如今被他一说穿，倒也好像自己有意的了，于是点了点头，也不再加以讨论了。接着又笑道：

"不过从今天起，你的运道也许会好起来。"

"这是什么话呢？吴小姐，你倒给我说出一个道理来。"大风明知话中有音，遂含了笑容向她急急地追问。

莉珠道：

"我先问你，因为你在后台时候比较多一点，不知道你平日也注意小申的行动吗？他是否正在钟情着一个人？"

大风听她这样说，不禁"哦"了一声，笑起来道：

"吴小姐，你问他做什么？是否有玉成之意，还是另有其他作用？"

"那当然是有玉成美意，难道还从中有破坏不成？"莉珠知道大风也知道这件事情，便点了点头，笑盈盈地说，"我知道小申和你最亲近，所以请你去做个媒，不知你肯担任这一个月老吗？"

大风一听吴小姐还是叫自己做媒的意思，这就求之不得，连说可以可以，他便匆匆走到台上来了。在戏院的后台，真可说是人多口杂，无论一件什么事情，要么不做，做了总要破。比方说，小生的跟差叫什么小苏州的，前几天夜里竟异想天开去强奸一个四肩花旦，那么花旦大惊之下便叫喊起来，总算免去一场侮辱。类如此种丑史，不胜枚举。总而言之，除了几张布景三夹板，什么都是乱七

121

八糟，一塌糊涂。这且表过不提，再说大风做媒还只有第一次，他起先有点豆腐性质，所以小申不肯承认自己和阿巧的确有过一段恋爱史。大家在辩白之下，声闻隔壁效果，朋友名叫富宽的，他偏偏是一个豆腐客人，因此一传十，十传百，大家都知道有这一回事情了。

大凡男女间的事情，最好是外界没有人知晓，那么在他们两人是会继续地亲热下去，若被外界一哄之后，使各人心中自然而然要避一种嫌疑起来。在小申心里，认为自己秘密拆穿，若被报告员知道，难免有停生意的可能，所以他是绝对否认。其实，他并不知道钱大风是诚心诚意做媒来的，所以他是完全错过了机会。在阿巧心中以为小申负情，不肯答应，因此伤心得整夜地哭了几夜。莉珠劝她说道：

"阿巧，你不要傻了，婚姻大事早有注定，他既然无情，你又何必太痴心？从可知世界上男子都没有一个真心的爱，我看你还是看我的样子，抱抱独身主义倒也很清静哩。"

阿巧抽抽噎噎地哭道：

"你虽然抱独身主义，到底还有一个沈先生常常来和你解闷，可是我有什么人来给我做候补员呢?"说到这里，又伤心地哭了起来。

莉珠听了也觉难过，因此也代为流了一回眼泪。其实钱大风不做媒，他们倒有成功一对的希望；被他一做媒，反而硬生生拆散了一对婚姻。所以钱大风实在有伤阴骘，背后反被小申骂得狗血喷头，还以为是他故意拆散他们的好姻缘，这次钱大风也可说是够冤枉的了。

第十二回

　　志刚在上海住了半个月之久，他在五星大戏院也去欣赏过吴莉珠的艺术，他觉得紫玉果然是改变了人样。回首前尘，自然是不胜感慨，而在报上又听到吴莉珠种种的丑史，觉得人生的变化，真是令人意想不到。环境之改造人生，有斯魔力，曷胜可叹。所以，他此刻爱的方针，不免转向常妙英的身上去。不过常妙英这几天没有登台，要找她也无从找起，所以志刚心中是感到十二分的苦闷。

　　这天下午，志刚翻了一会儿报纸，又打了一个电话到东京剧场，问妙英到底可曾上台表演。账房里回答，说病体已经痊愈，还在休养之中，大概下星期日可以登台了。志刚放下听筒，心中暗想，今天星期四，那么还有三天就可以去望她了。不过此刻左右无事，一个人在旅馆内实在寂寞，何不到外面去走走？想定主意，遂披了西服上装，匆匆到外面去了。

　　志刚到了外面，东荡西荡，也觉得没有地方可去，偶然走过公园的门口，他便懒懒地踱了进去。只见公园里面游人如云，红男绿女，手挽手儿的，无不笑意生春。志刚不免触景生情，站在一池秋水之前，由不得感叹了一回。偶然回过头去，只见那面长椅子上坐着一个豆蔻年华的姑娘，她手里拿了一本书，低了头儿，静悄悄地正在看书。

　　志刚见她身穿一件天蓝条子花呢的旗袍，外罩湖色羊毛短大衣，脚踏平跟蓝鹿皮的皮鞋，仿佛是一个女学生的打扮。单看她侧面，似乎有点面熟，不过自己所认识的女性不多，当然不会和她熟悉。正在暗暗地思忖，谁知那姑娘不知怎么的，却也回过头来，齐巧和志刚的脸儿望了一个正着。这一瞧正是应着了不瞧犹可的一句话，两人不约而同的"啊呀"一声叫了起来。志刚立刻走了上去，那姑娘也站起了身子，两人紧紧地握了一阵手，志刚笑道：

"啊呀，我真想不到你就是常小姐，因为你穿了旗袍，我还只有第一次看见，所以老远的望过来，竟不认识你了。"

"白先生，你什么时候到上海来的？真巧极了，想不到在这里会遇到了你。"妙英扬着眉毛儿，乌圆的眸珠在长睫毛里一转，掀着浅浅的笑涡儿，表示她内心是感到这一分样儿喜悦的意思。

志刚见她病后新愈，容貌更见清秀脱俗，不知怎么的，此刻见了妙英，感到她无限的美丽和可爱，于是说道：

"我到上海快近二十天了，到东京剧场曾经来找过你，谁知他们告诉我，说你请了病假，不在戏院里。我问他们你是在什么地方养病，他们说不知道。那时我心中又急又难过，时时刻刻替你担心了一回子，谁知道此刻却在公园里碰面了。你生了这次病，果然脸儿显得清瘦多了。"

妙英听他说到心中又急又难过的时候，她芳心里荡漾了一下，红晕着粉脸，秋波逗给他一瞥娇羞的媚眼，笑着道：

"原来你到上海已经有这许多日子了，那么我这次生病恐怕也有二十天光景了。医生说我是湿瘟伤寒，热度在上个星期才完全退去，幸而病后胃口倒还不错，昨天才起床来走走。因为心里闷得慌，所以到公园里来呼吸一会儿新鲜空气，不料却遇到了你。"

志刚见她说到"你"字的时候，好像特别欢喜的样子，一时望着她，也有说不出的甜蜜，真所谓"小别兴更浓"的一句话了。妙英把手摆了一摆，方才又接下去笑道：

"白先生，没有别的事情，请坐一会儿吧。"

志刚于是含笑点头，和她并肩在长椅子上坐了下来。因为妙英今天穿的是女装，志刚自不免向她呆望了一回，觉得一个女子总要女子装饰，方才有一股子妩媚的风韵。妙英似乎被他看得有些难为情，秋波斜乜了他一眼，笑道：

"白先生，老望着我干什么？难道不认识我了吗？"

"因为你穿了旗袍要比穿西装美丽得多，所以我真有点不认识你了。"志刚微微一笑，向她低声地说。

妙英"嗯"了一声，若有不胜娇羞意态，逗给他一个白眼：

"白先生，你不要取笑我吧，我是个最不好看的女子。"

志刚听了却连说了两个"哪里"，妙英伸手在他身上拍了一下，倒又忍不住咪咪地低着头儿笑起来了。

两人静默了一会儿，志刚在她身旁拿起一本书来看，见是小说，名曰《遗产恨》，这就笑道：

"这又是什么言情小说吧？常小姐，里面不知道说些什么？"

妙英抬头望了他一眼，低低地说道：

"这一本书的内容倒很实情实理，而且情节也很悲哀，我还只有看了一半，倒流了许多的眼泪。"

"常小姐真是一个多情人，为书中人物伤心，那不是太傻了吗？"志刚翻着书本子说。

妙英道：

"'多情'两个字谈不到，因为写得合情理，想起社会上说不定真有这样一回事情，所以我看了觉得感动罢了。"

"不知道写的是怎么样一回事，我想大概是男子狠心负情，女子痴心而已。"志刚笑着猜测。

"被你一猜就猜到了，可见得男子都是这一种脾气。爱你的时候，好得什么似的；不爱你的时候，恐怕连正眼都不愿望一眼了。"妙英俏眼儿白了他一眼，神秘地说。

"不过，事情也不能一概而论的，有的女子负心男子，也很多很多。因为大多数女子都是爱虚荣的，假使布衣淡饭能知足，这恐怕在现代社会上很不容易找寻得到吧？"志刚摇了摇头，他在把自己的写照来感叹地说。但是既然说了出来，他又觉得在一个女子面前说这种话，那到底有点不大妥当，于是忙又含笑说道：

"常小姐，我说的无心，你是女子，你听了千万不要生气。"

妙英笑了笑，望了他一眼，说道：

"你又并不是指点我而说，我为什么要生气呢？不过，女子负心男子到底很少，虽然大半女子都是爱虚荣的，这个我也并不否认，但是男子又何尝不爱虚荣呢？总而言之，两性相爱，能够真正知道爱情的能够有几个人呢？"妙英说到这里，微微地叹了一口气。

志刚点了点头，说道：

"你这话说得很不错，大凡一个人都是随环境而改变的，假使一个人能不受环境之支配，这除非是超人。"

妙英沉吟了一回，却并不作答，过了良久，方回头望了他一眼，笑道：

"白先生，我倒没有问你，你那个韦紫玉小姐到底可曾找到了没有？"

"找是找到了，不过……"志刚说到这里，顿了一顿，没有再说下去，微蹙了眉尖儿，似乎感到有些隐痛的样子。

"不过什么呢？你倒是说下去给我听听。"妙英瞟了他一眼，微微地笑着问。

"不过什么？我老实地告诉你，不过她的人样儿完全变了。"志刚有点恨恨的神气回答。

"哦,我明白了,原来你刚才说的就是现身说法,大概你是失恋了,紫玉小姐另外爱上了别人是不是?"妙英"哦"了一声,她情不自禁地说出了这几句话。

可是志刚低下头儿,并不作答,这种态度至少是包含了一些凄凉的成分。

妙英俏皮地说:

"可是当初我问你,你还瞒骗我,说紫玉姑娘和你不过是很普通的朋友吗?现在你可瞒不了我。不过,我劝你也不用难过,爱情本来是要双方相爱,那么才有美满的结局。假使你爱她,她不爱你,就是将来结了婚,恐怕也会感到种种的痛苦。想你也是一个明白人,难道也会郁郁在心头吗?"

志刚点了点头,说道:

"你这些话虽然不错,但是我和紫玉的交谊,在过去可说海无其深,天无其高。想到过去的情爱,似乎在今天她不应该负我,所以我觉得男女之爱根本都是空虚的。"

妙英说道:

"我倒又要问你了,你在什么时候遇见过紫玉小姐?是不是她已经嫁了人?"

志刚摇头道:

"我也没有碰见过她,而且更不知道她是嫁了人。"

"那么你这话就觉得奇怪了,既然还没有和她见过面,你如何知道她负心了你?我觉得你是太多心了,在事情还没有完全弄清楚之前,你是不能够随便冤枉好人的。"妙英微微蹙了眉尖,有些不了解的样子,向他很诚恳地劝导。

志刚想不到她会站在第三者的地位,向自己来殷殷地劝告,从

127

可知妙英不是一个好妒的姑娘。一个姑娘有这样大方的态度，这当然是非常难得，因此在志刚的脑海里，对于妙英更留了一个好感的影象，点头笑道：

"常小姐，你倒猜一猜看，这一个韦紫玉小姐，你道就是什么人。"

妙英想了想，说道：

"这个我又哪里知道，你还是直截了当地告诉我吧。"

志刚道：

"我也还只有刚刚知道，原来韦紫玉就是吴莉珠，她是改了姓名的。"

妙英"哦"了一声，乌圆眸珠一转，笑道：

"原来就是这位大名鼎鼎的吴莉珠小姐，这是我们越剧界中的杰出人才呀！不过吴莉珠就我们所知道的，她实是一个好好姑娘，不烫发，不穿高跟皮鞋，不戴首饰，而且终身长素。我认为这些都是我们越伶中及不到的事情，这样一个朴实的姑娘，她爱上了一个少年，难道也会三心两意的转变恋爱的方针吗？这个一定又是你自己多心，况且像你这样一个有作为的美少年，她更不会来负心你了。我想，你们其中有什么误会的事情吧？"

志刚冷笑了一声，说道：

"好好姑娘？真是放屁之极！这种水性杨花的女子，根本是不值一文铜钱。你道她为什么这样朴素起来？原来她是受了刺激的缘故。我老实地告诉你，那年我们在故乡分别的时候，我早就担心她到上海之后就会受环境的支配而改变了她原有的面目。她却哭着对我说，假使她要变心，将来没有好的结局，还说十年二十年之后，她也不会转变她爱我的方针。可是到了现在，还只有过了短短这四年工夫，她就上了人家的当，竟在一个理发匠手中失去了她女儿的清白。现在，她尚执迷不悟，听说和一个报告员有牵丝攀藤的事情。虽然事无实据，而无风不起浪，多少总有一点儿因头的。你想，这种女子，还能算是一个人吗？"

妙英听他说得气呼呼的，表示无限激愤的样子，于是淡淡的一笑，说道：

"我说你究竟太小器一点，一个女子，在这个荆棘遍地的社会上厮混，和外界这般畸形势力的人假意周旋，其实也是无可奈何的事情。说起来，在她们的心中也是万分的痛苦，况且你所知道的也无非是外界传说，到底如何还是一个问题。所以，我劝你不要断然地冤枉她，应该和她去碰一碰面，假使她对你果然有不情的表示，你再和她绝交也不迟。"

志刚望了她一眼，正色道：

"常小姐，你对我说这些话，我认为你不是我的朋友。老实说，紫玉在外面的情形，除了旁人不知道，对于你们圈内人当然是瞒不了的，所以你还要向我这样的安慰，你难道存心再叫我去向一个把我遗忘了的女子去求爱吗？纵然我是一个庸俗的村夫，也决不肯低头去受这一口怨气。"

妙英听他这样说，一时望着他的脸儿，倒是怔怔地愕住了一回子。良久，方才微笑道：

"白先生，何苦来生这样大的气？要知道我是一片好意，因为我和莉珠都是女子，而且都是越伶，我不情愿帮着人家去说别人家的丑话。况且，各人有各人的苦衷，说不定她的失身是出于无奈。我想她现在的脑海里一定还有你这一个人，你不能因她的失足而鄙视她的人格。常言道，'圣人尚有三错'，何况是一个平常的女子？"

志刚听她这样说，猛可地站起身子来，绷住了面孔，说道：

"常小姐，再见！"

妙英被他这么一来，遂忙把他拉住了，笑道：

"为什么把我恨得这个样子？慢些走，坐下来吧，我们不谈这些了。"

志刚到底又被她柔美的手腕而屈服了，他身子在椅子上又坐了下来，说道：

"常小姐，你说这样的话，根本不是安慰我。你明明是在讽刺我，讽刺我失了眼珠，会痴心地去爱上这一种不知廉耻的姑娘，是不是？"

"不！那是你误会了我，我绝对没有这一个意思。"妙英秋波脉脉含情地逗了他一瞥哀怨的目光，温情地说出了这两句话，她却慢慢地垂下头来。

志刚见她若有无限哀怨的表情，他情不自禁地把她手儿握住了，低低地说道：

"常小姐，我和你虽然认识了不久，但是我觉得你待我的好处，我是刻骨难忘。假使你不讨厌我这一个人，我希望你能和我做一个永远的伴侣。"

妙英听他竟然向自己求起爱来，因为是出乎意料之外的事情，所以她那一颗芳心好像小鹿般的乱撞起来，低垂了粉脸，全身是怪热臊的，却默默地没有回答一句话。

志刚见她并无表示，心中一急，两颊也会红晕起来。但自己站在男子的地位，总比女子要厚皮得多，于是把手儿去抬她的下巴，这就四目望了一个正着。谁知妙英的粉脸上却沾上了晶莹莹的眼泪，这倒叫志刚吃了一惊，慌忙问道：

"常小姐，我不懂你这是什么意思？"

妙英有些羞涩而带哀怨的秋波，逗了他一瞥，低低地说道：

"那一夜在车站分手的时候，恐怕杀掉你头你还不肯说这几句话吧！我想到一个女子的痴心，所以我感到有些心酸。"

志刚这才恍然大悟，一时感动得把她手儿是紧紧地握住了一阵，凄然地道：

"常小姐，我知道你的心，我更知道你的情，只不过我绝不是一个浮滑的少年，所以我在未知紫玉变心之前，我是决不肯得新忘旧。常小姐，我在当初就对你说，你待我的好处，我是感到心头，不过我没有分身术，所以我只好徒唤负负而已。常小姐，你也是一个明亮的人，所以你也应该同情我，原谅我的苦衷才好。"

妙英点了点头，说道：

"我当然谅解你的苦衷，我知道你是个爱情专一的少年，所以我不怨你的无情，正因为你对我无情，而更衬你的多情。"

志刚听她这样说，倒不禁笑了起来，说道：

"常小姐，不，我很想叫你一声名字，你似乎说得我太好了，倒叫我感到惭愧。"

妙英秋波逗给他一个媚眼，微笑道：

"我倒没有过分地褒奖你，你大概是抱这个宗旨吧，谁不负心你，你终也不会去负别人。除非别人抛了你，那么你才和她绝交，是不是？"

"对了，妙英，你说这几句话，真像我一颗心一样，我也不知拿什么来感谢你才好。"志刚有些乐而忘形地说。

妙英"呸"了他一声，逗给他一个娇羞的白眼，却低下头儿微微地笑了。志刚见她粉脸儿像海棠般的娇艳，在落日的余晖笼映下，更显得令人倾爱。这就拉了拉她手儿，低低地又道：

"妙英，我刚才要求你的话，你到底也应该给我一个答复呀。"

妙英听了，心中暗想，志刚这个人倒也刁得可恶，我说这些话，根本已经答应了他，谁知他还要追根究底地问下去。于是斜乜了他一眼，笑道：

"其实我根本不必再答复你，难道我对你那种态度，你还有一个看不出来的道理吗？"

"这个……叫我如何看得出来呢？总要你亲口对我说了才是。。"志刚有点顽皮的口吻回答。

妙英"哼"了一声，鼓着小嘴儿，有些生气地表示，说道：

"我既然明白你的心，你却不知道我的心，从可知你对我根本一点儿不了解。唉，我们女子到底太痴心了。"妙英说到这里，却叹了一口气，大有盈盈泪下的神气。

志刚这才急了起来，连忙向她赔不是，说道：

"妙英，你不要生气，我是早知道你的心了，不但现在知道，在我病中的几天内也是早已明白了。"

"既然知道了，何必一定还要来问我？"妙英拭了拭眼皮，还是余恨未消的意态，生气地说。

志刚见她那种生气的表情，是更增加了她的妩媚，这就低低说道：

"我想叫你再亲口答应我一声，也好叫我心里甜蜜甜蜜，谁知道你偏又生气了。这是我不好，这是我不好，请你饶我这一回，下次再也不敢了。"

妙英以手划在脸上羞他，又向他噘了噘嘴，却忍不住又抿嘴好笑起来。志刚握了她手儿，轻轻地抚摸了一会儿，正是一个郎情如水，一个妾意如绵。虽然秋天的风是含了一些清凉的成分，但此刻吹在他们两个人身上，也会像三月里春风一样，软绵绵地把两人的心都吹得陶醉起来了。

经过良久的静默，志刚方才又低低地说道：

"妙英，你预备星期日那天登台了吗？我想身子还没完全复原之前，你应该多休息几天才是。"

妙英抬起头来，用了惊奇的目光望了他一眼，说道：

"你怎么知道我星期日登台的？"

"因为我曾经打电话到戏院里问过的。"志刚向她含笑告诉。

妙英听了，方才知道志刚对自己确实有一番关怀的心，这就妩媚地望了他一眼，微微地笑了。

太阳的光芒已经是暗淡得很凄凉了，小鸟儿括着翅膀在空中飞鸣，好像是对太阳唱着胜利的凯歌。公园里的游人都纷纷地散去了，妙英和志刚也慢慢地踱出了公园的大门。在大门口的时候，志刚低声问道：

"你现在到过房娘家里去吗？不知在什么路，我送你回去好不好？"

妙英点了点头，跳上一辆三轮车，吩咐踏到马霍路振德坊一号。三轮车到了振德坊门口，志刚才和妙英匆匆地分手。车夫回头问志刚还到什么地方去，志刚说到东亚旅馆好了，于是车夫又向南京路驶行了。车过静安寺路白克路的时候，见横路里也驶行一辆自备三轮车来，上面坐了两个女子，一个不知是谁，一个却是韦紫玉。紫玉似乎也看到了志刚，她两眼向志刚注视了一会儿，忽然招手叫道：

"志刚！志刚！"

志刚却装作没有看见的样子，理也不理她，于是三轮车夫是无情的，在这匆匆之间，也就背道驶远了。这晚志刚睡在床上，心中想着紫玉：她倒还有脸孔来招呼我，真是不知羞耻的东西。一时又想到了妙英，今天无意中在公园里遇见，这当然也是一个巧，可见婚姻大事早有缘分。因为对妙英有了无限的好感，也会感觉妙英比任何女子来得令人可爱，尤其是在今天穿了旗袍之后，似乎更显得美丽可爱一点，因此他心里是充满了无限甜蜜的滋味。

紫玉今天散戏是应了一家钢笔厂的老板娘之邀去吃夜饭的。说起来那老板娘，是个孀妇，平日有男子之风，因为生得粗脚毛手，看起来绝无女子风韵。大概她死了丈夫之后，这票货色无人再来过问，所以异想天开和紫玉去搅七念三。紫玉因为她是女子，外界不会议论，而且身材魁梧，所以视她为男子，乐而交友，因此两人颇为莫逆。

　　当时紫玉高喊了两声志刚，老板娘在旁边奇怪问道：

　　"莉珠，你在叫什么人？"

　　"我在叫我的表哥，有好多年不见了，他不知几时从南京到上海的。为什么到了上海，却不来找我呢？真叫人感到奇怪。"莉珠一面回答，一面微蹙了眉尖儿，似乎有点难过的样子。

　　"也许是刚到上海，明后天总会到戏院里来望你的，你忙什么呢？"老板娘低低地安慰她。

　　紫玉于是不再说什么，可是她心里却乱得十分，不要说晚饭没有心思吃，就是夜里这场戏也没有好好地唱了。夜里睡在床上，胡思乱想地忖了一回，觉得一个女子无论唱戏，无论为妓，都是卖的青春钱，归根结底，还是要找一个丈夫方才得到最后的归宿。想起自己和志刚的交情，不可谓不深厚，在故乡分别一幕，那种柔情蜜意、海誓山盟的情景还映现在她眼前。可是到了上海之后，我竟随环境而转变得这样快速，狠心地负了他。假使是看中了一个有作为、有家产的男子倒也罢了，偏偏又瞎了眼睛而上了理发匠的大当。到现在，又成了报告员的附属品一样，这样既无名目地延宕下去，将来的结局还不是一败涂地吗？想到这里，她悔恨得忍不住又淌了一会儿眼泪。一面又想到美玉妹妹，虽然她嫁了一个老头子，可是老头子对她很不错。不管她的生活如何，至少也得到了一个知音，像我现在孤零零的，内心虽有热情，而外表又不能显露出来，这……叫我不是太痛苦了吗？左思右想，还是觉得志刚好，那么我应该想办法仍旧和志刚来结成一对。可是志刚是否知道我到上海后荒唐的情形了？假使不知道，我也许还可以向他冒充一个处女；万一他是知道的，那么当然是不会再来和我结合了。

一时又想到今天在马路上和志刚相遇，我高声地叫他，他不知道是真的没有听见，还是故意不理睬我？莫非他已经知道我的行为，所以和我绝交了吗？这倒也说不定，因为他既然已经到上海，为什么却不到戏院来望我呢？想到这里，自不免又悔恨又伤心了一会子。后来，她又有一个感觉，因为自己艺名已经改了，莫非志刚并不知道吴莉珠就是我韦紫玉吗？对了，一定是这个缘故，那么我明天倒要想一个办法，叫他知道我就是韦紫玉才好。莉珠自己安慰着自己，她方才睡熟了过去。

过了几天，志刚接到上司的命令，要他到广西去担任工作，这是没有办法的事情。志刚预备明天动身了，谁知下午在小报上越剧栏类见到一则消息，是吴莉珠找寻白志刚启事。大意是既然已到上海，为何不来一叙？志刚方知那天莉珠叫我不理，在她还以为是我没有看见她呢，遂一笑置之，匆匆到东京剧场找到了妙英。齐巧妙英已经没有戏了，正在卸妆，她见了志刚，含笑叫道：

"志刚，快坐一会儿，我一会儿就好了。"一面说，一面匆匆洗脸，换了旗袍，然后走到志刚面前，说道：

"你今天怎么倒有工夫来游玩？有什么事情吗？"

"事情是有一点，这儿不是说话之所，你有工夫和我到外面去走一会儿吗？"志刚向她低低地回答。

"我下了戏，本来就没有什么事情。"妙英说着，便和志刚一同走出了东京剧场的门口。志刚道：

"我们找个地方坐坐，这时五点一刻，还是隔壁米高美去坐一会儿。"妙英虽然多时未进舞厅，不过她也没有表示反对，两人遂到米高梅舞厅去了。

在舞厅里坐下之后，妙英忍不住又开口问道：

"志刚，我看见你脸色很不好，莫非有什么心事吗？你有什么为难的话不妨告诉我，也许我可以解你的苦闷。"

"妙英，我明天就要和你分离了。"志刚被她一问，这才低低地告诉，语气是包含了一些清凉的成分。

"那么你预备到什么地方去呢？"妙英微蹙了眉尖，急急地追问。

"我……要到广西去……因为……妙英，事到今日，我也只好向你老实地告诉了。"志刚支吾了一会儿，方才附了她耳朵，向她喁喁地诉说了一阵。

妙英笑了一笑，说道：

"你不告诉我，我也早已意料之中的了。志刚，你不要难过，一个青年总要干一番轰轰烈烈的事业，那样才不愧是中华民国的国民。所以这次你调任到广西，我很高兴，不过我有一个条件，就是请你允许我跟你一块儿走，只要你肯答应我，无论怎样吃苦我都不怕的。"

志刚以为她听到这个消息，至少是有悲哀的表示，谁知她竟说出这一番话来，从可知妙英真是一个不平凡的女性。于是，情不自禁地握住了她的纤手，很敬爱地点了点头，说道：

"妙英，你真伟大，我有你这样一个好内助，将来我更会成功伟大的事业，因为你能鼓励我，使我当然增加了不少的勇气。不过，你要跟我一同走，这恐怕是不可能的事情，请你原谅我的苦衷，我不能答应你这个要求。可是，你不必疑心我有什么对你爱不专一的存心，因为便利我的任务上起见，我是决不能随身带一个女子同行的。妙英，你难受吗？你信得过我吗？"

妙英虽然感到有点难过，但是经过他一番解释之后，她又觉得不能为了自己而妨害了他的任务，所以她脸上还是含了浅浅的微笑，说道：

"我并不难过，而且也很信任你，我知道你有重大的使命和责任，决不能为了一个女子而误了你的前程和国家的重任。志刚，我希望你成功，我希望你达到光明大道。来，我好久不跳舞了，今天是应该和你狂舞一下，回头我在金谷与你送行。"妙英一面说，一面已站起身子，拉了他的手儿，走到舞池里去了。

茶舞散后，两人到金谷晚餐，妙英要喝多量的酒，却被志刚阻拦了，说道：

"你不要多喝酒，一则有伤身子，二则你还得到戏院里去上戏，我们虽然暂时分离，将来自会有重逢的一天。我知道最后胜利已经快到了，所以我们全国民众出头的日子也就在眼前了。妙英，你应该静静地忍耐着，我相信不久的将来，老天总会给我们团圆甜蜜的好梦。"

妙英听他这样说，本来已经是喝过了酒，此刻粉脸儿更一圈一圈一圈地红晕起来，秋波盈盈地逗了他一瞥娇羞的媚眼，频频地点了一下头，却报之以甜蜜的微笑。志刚心里有些荡漾，因为两人是坐在并排的，他见四下无人看见，遂凑过嘴去，在她唇上吻了一下。

妙英"嗯"了一声，却恨恨地送给他一个妖媚的白眼。

这晚志刚回到旅馆，把一切行李都整理舒齐，想起紫玉的启事，觉得自己总应该给她一封信，叫她可以明白自己所以不来望她的原因。而且，更可以叫她知道，不是我负她，而是她来负我。想定主意，遂写了一封很长很心痛的信，自己读了一遍，方才匆匆地脱衣就寝了。

次日一早起身，志刚在正在梳洗，妙英就匆匆地来了。志刚问她可曾用过早点，妙英说道：

"还没有吃过，预备请你到大三元去吃一顿。"

志刚笑道：

"不必了，我怕时候来不及，还是在这里吃一点吧。将来我们重逢的时候，好好吃杯团圆酒，此刻就马虎一些吧。"一面说，一面掀了电铃，叫侍役拿上两客肉丝汤面，又吩咐他开上账单，付清了房饭金，然后两人便一同坐车到火车站。在车站上又谈了一会儿，直待火车将开的时候，方才各道珍重，洒泪而别。

志刚走后的第三天，吴莉珠在五星后台化妆室中接到了志刚的来信。她见信封上志刚的具名，心中先别别的一跳，暗想，这就奇怪了，他不来望我，却写信来和我谈话，这到底是什么用意呢？于是急急地拆开信封，展开信笺，念道：

　　紫玉小姐芳鉴：

　　　　不，在今天我似乎不应该再称呼你紫玉小姐，当然，我是应该向你称呼莉珠小姐的。因为你如今的环境，已非昔日在故乡时候可比了，所谓彼一时此一时。"韦紫玉"三字不及"吴莉珠"出风头，就是韦紫玉的固性，也不及吴莉珠来得幽静美丽呀！

人生的变幻莫测，真仿佛是流水浮云，就是你自己恐怕也梦想不到，一个朴素的韦紫玉姑娘，在短短这四年之中，竟变成了红遍海上的越伶了吧。这是多么的可贺！这是多么的光荣！我在这里抱了十二万分的诚意向你致敬，因为外界传说你是一个好好姑娘，不爱虚荣，不习奢华。这样一个好的越伶，从哪里去寻找啊？

我从南京到上海已经是第二次了，第一次来的时候，还不知吴莉珠就是韦紫玉。我打听了许多日子，可是一个人也不晓得韦紫玉究竟是什么人。后来，我到故乡去找寻你，问了你的母亲，才知道大名鼎鼎的吴莉珠就是从前的韦紫玉。可是，我这次到上海来的时候，忽然在无意中知道了你在这四年里种种的事迹，我觉得你真是伟大极了！你是一个不受外界诱惑、品性崇高的女艺人，你是值得令人赞美的越伶。虽然我们过去有着天高地厚的情谊，不过我是一个落伍者，你是一个前进者，在两相比较之下，我自然没有资格再来和你相认了。

紫玉，我想你看了这封信，你一定也会赞成我这样办法吧？因为我知道你现在有现在的环境，当然把四年前过去的事情也不值得再记起来了吧？所以，我这次到上海，没有资格再来和你见面，因为我还是过去四年前一样呆笨。而你呢？是已经由呆笨而变到社会上最聪明的姑娘了。

紫玉，当你接到我这封信的时候，我已经是离开上海

了。最后，我希望你不必学那外表的美丽，请你把内心的
美改造得完备一点，这便是你真正的美了。

　　不多说了，特此奉告！

白志刚手启

即日

　　吴莉珠看完了这封信，她一颗心是片片地碎了，好像刀割一般
的痛苦。她脑海里方才浮现出四年前分别的一幕，忽然一阵眼花，
她的身子便向后跌倒下去。这一下子，把后台几个小姊妹都闹得轰
然起来了。

歌舞春江

第一回

忧心郁郁味觉甘酸苦
喜气洋洋语多谑傻狂

　　这是一个很幽静的书室，收拾得毫无纤尘，真个是窗明几净。书室内铺一张克罗米银色梗子的半床，床前一只新式的梳妆台，妆台对面列着一架玻璃门的书橱，橱内陈列着一排精装厚厚的书籍，都是红绿布面烫金字样，瞥眼露在眼前的是金字"石头记"三字。此外是《辞源》《辞海》以及种种英文辞典法律丛书等等，不一而足。有的整齐，有的倒在橱内。橱后的壁上挂着梵哑铃、披哑那乐器。窗口一张长方形的写字台，台旁靠壁，又是一架挺高大的钢琴。钢琴旁边一只红木花盆架子，架上摆一盆西洋草本，碧绿绿水葱似的叶子，开着蝴蝶般的藕色花瓣，鲜美夺目，发出一阵阵的幽香。壁上挂着一张半身的相片，金黄的镜框，里面正是一个少年，满面春风，好像含笑近人的模样，相片上题着的是：高志云玉照摄于一九二六年一月二日。这个少年当然是书室的主人无疑了。时候是黄昏将近，四扇落地玻璃正明朗地开着，窗外还挂着半卷沉沉的湘帘，想见主人性情不俗，雅好琴书音乐，定是个富于情感的时代英年。

　　庭心里种着一株枇杷树，顶圆好像张盖，枝叶下正结着累累似灿烂黄金的佳果，微风一阵阵地吹送，摇动得瑟瑟作响。天空飞来一只羽毛翠绿的小鸟，一见枝头上黄澄澄的果子，便偷偷地飞钻进绿叶丛中的枝条上站住，把那尖锐的嘴儿，啄食那果子，一跳跳的，状颇得意，且不时地歌唱着美妙动听的曲子，好像她已踏进美丽的乐园了。

枇杷树的下面，站着一个面如冠玉唇红齿白的西服少年，那少年就是书室中的主人高志云。志云一心爱着那翠绿的小鸟，却又一心爱着那金黄的佳果，欲待保护佳果，但又舍不得驱逐那只美丽的小鸟，因此抬了头只管赏玩着呆呆地出神。已经熟透的枇杷被小鸟嘴儿一啄，便离枝坠在地上。志云想鸟儿啄过的果子是特别甜，因俯身从地上拾起两个，慢慢剥着果皮，送进嘴里尝了一口，果觉味甜而美，但回过味来却又觉得甜中带有些酸，这就皱了皱眉毛，把口里剩下的核向前呸的一声吐了出去。不料那枇杷核齐巧吐到一个匆匆奔来婢子的颊上，只听她娇声哎哟了一声，连忙伸出纤手，揉擦着脸儿。志云正在忍不住好笑，只见她又抬起蛾首，双瞳剪水似的瞅着志云，频频含笑喊道：

"少爷，你怎么啦？把枇杷核吐到我的脸上来了，真累得好痛！快跟我到上房里去，太太等着你哩！"

"小蛮，你来得太巧，为什么早不来迟不来，刚刚我吐核的时候你来了。不要怪我累痛了你，我还剩着一只枇杷给你吃，再叫你甜一甜吧！"

志云咯咯地笑弯了腰，同时把手中剩下的一只枇杷，剥去了皮，送到了小蛮的樱口里去。小蛮不好意思，便伸手来接，志云不依，定要亲手送到她的口里，小蛮红着脸儿只好羞答答地张开了小嘴，这就露出了一排编贝似的嫩齿和那红润润很神秘的舌尖，瞧在志云的眼里，心中不觉荡漾了一下，早就情不自禁地凑过嘴去吻在小蛮的粉颊上，顿觉一股幽香从小蛮的肌肉上直传送到鼻管里，好像饮着天上的仙露琼液也没有这样香甜。小蛮倒退了一步，无限娇羞地

144

瞟了他一眼，嫣然笑道：

"这个味儿比昨夜少爷分给我尝的那个甜得多了，可见是一天天地成熟了。"

志云偏又走上一步，拉起她的手儿，憨憨地笑问道：

"可是给你尝着了甜的，就忘记刚才痛了吗？"

"枇杷核又不是枪弹，哪里会老痛着，这个虽然很甜，但可惜终脱不了有些酸味。"

小蛮并不躲避，手儿尽让他紧紧握着，眼儿瞟了瞟，忍不住抿着嘴儿味味笑。志云见她意态正好像小鸟依人似的，柔和得不得了，心中愈加感到她的可爱，牵着她手，一面向上房走去，一面又嘻嘻地笑问道：

"酸的你不喜欢吃吗？那么你上次为什么又唼着碧绿绿的梅子呢？那梅子不是比枇杷更酸得多吗？"

"梅子是要吃酸的，枇杷是要吃甜的，比方少爷喜欢吃橄榄，为什么不喜欢吃烂腐的桃子和那还没成熟的杏子呢，不是因为桃子和杏子是要吃甜的？那橄榄虽没酸味，一经上口，即有涩嘴的味儿，比醋性的更要难受。但橄榄原是先涩口而后方才有回味，比不得刚才少爷给我吃的那个枇杷，虽然已甜，但酸溜溜的滋味，实在和梅子不同。"

小蛮一跳一跳地走，回眸望着志云，絮絮地说出了这许多的道理来，且还有许多的比方。志云听了，心里虽然更觉她的可爱，但口里却假意和她辩驳道：

"你这话也不对，烂腐桃子，是桃子已过时了，那自然不好吃。没有成熟的杏子，是杏子还没及时，这当然也没有味儿。不但果子要及时才好吃，就是你们女孩儿家，也要像你那样年龄……这才得够味呢！"

"呸！日后新奶奶进了门，这才……"

小蛮听少爷这样打趣她，立时红晕了满颊，似嗔似喜地回说了这一句话。说到这里，却又不说下去，咯咯地一笑，遂摔脱了志云的手儿，回眸又白了他一眼，便先向前跑到太太房里去了。志云一听新奶奶三字，颇觉刺心，不觉长长地叹了一口气。

志云的妈妈方氏，爸爸高凌霄原是前清遗老，拥有多资，现在海上做寓公。凌霄因晚年得子，对于志云不免放任一些，但他性情非常古怪，所以志云见他，实在不怒而威。方氏因膝下只有一子，自然更加溺爱，不过在封建思想极坚固的专制家庭中，做父母的一片好意，往往会引起儿女心中强烈的反感，这也许是溺爱太甚的缘故，因此反酿成了种种悲惨的结果，溺爱过了度，反贻害了儿女。惜乎，世界上做父母的心里，偏喜欢把儿女的终身幸福，紧握在自己的手掌里。志云的爸妈就是这样的一个典型。

"云儿，礼服已取来了，你倒穿给我瞧瞧看，明天就是你的大好日子了，怎么成天还是孩子气，这礼服如果不合身的话，今天还来得及去改制呢！"

志云一脚跨进上房，只见妈妈坐在沙发上抽烟，小蛮把一只精致的盒子端到桌上，这才明白妈妈是叫自己试穿结婚礼服，因淡淡地笑道：

"去定做的时候，不是量着我的尺寸吗？哪里会不合身呢！"

"这孩子，你在干什么大事，穿一穿合身不合身，那也花不了你多少时候的。"

"横竖爸爸喜欢这样，叫爸爸给我代穿也得。"

志云懒洋洋地在方氏旁的沙发上坐下说。高太太听了这话，真又好气又好笑，吸了一口烟，指着他笑嗔道：

"傻孩子，又说骏话了。礼服又不是你爸爸穿的，合身不合身，终要你自己称心，爸爸怎能给你代穿，真是淘气。小蛮，你把礼服取出来，快给少爷换吧！"

小蛮听了，把一件蓝缎长袍取着，提了领子，到志云面前，却只管哧哧地笑，志云只得站起身子，脱了西服外褂，勉强把两手向后垂下，小蛮遂趁势给他披上，回头再去拿马褂。谁知志云纽襻也不扣，把脚跳起，低头随便瞧了瞧长短尺寸，也不说合适不合适的话，就把那长袍又脱下来。小蛮回身提着黑毛葛的马褂咦了一声叫道：

"少爷，你这样心急干吗？还有黑马褂哩！"

"不要再穿了，都好的，真麻烦极了。"

"穿一回衣服都没心思，爸妈给你娶个亲，办这样，办那样，费了多少心血，也不说麻烦两字，叫你试试衣服样子，你倒说麻烦了，回头你可别再向我说这褂子太长啦，那袍儿太短啦！"

高太太听志云说麻烦，脸上显见是现着不高兴，但志云并不理会她，拿着西服外褂，也不及穿上，早一溜烟地跑到书房间里来了。

"少爷，你热吗？衣服我给你去挂。"

志云踏进书房，就见书童画官笑嘻嘻迎上来，接去他手中的西服褂子，给他挂在衣钩上，又去倒一杯玫瑰茶，送到志云面前的桌上，跳着脚儿笑道：

"少爷，你答应给我买一双新鞋子，明天我要吃少爷的喜酒了，少爷，你快给我钱吧！"

"昨天已拿钱去，说是买袜子，今天又要买鞋子，我想你明天定还要买帽子呢！问我拿钱不要紧，但你为什么老说是为了少爷的结婚，我不要你提这事，否则我偏不给你。"

志云这几句话，倒把画官呆住了。娶亲是最快乐的事，少爷怎么偏是不高兴呢？为了要向他拿钱，不提起结婚也不要紧，画官因

147

忙又笑道：

"那么我就不说这个事，少爷终好给我钱了！"

"再拿两元钱去，以后别来麻烦我了！"

志云说着，在袋内摸出皮匣，取了两元钞票，放在桌上。画官谢了一声，伸手把钞票抓了，一转眼间，早已转身跑了出去。

志云坐在写字台旁，眼瞧着窗子外的枇杷树，碧油油的树叶儿，被风吹着不停地摇摆。志云呆呆地出了一会儿神，忽然若有所思，拉开抽屉，取出一张四寸照片，只见照片上立着一个杨柳临风的二八女郎，鹅蛋的脸儿上配着两只灵活的眸珠，上面覆着两道细长的眉毛，好像对着志云脉脉含笑。志云心中欢喜极了，便拿了照片，移坐到钢琴面前，揭开琴盖，捺着拍子，对那照片的女郎唱道：

"真是……清静的良夜……那……月儿多么美丽，但我比……月儿是更美丽的——一朵鲜花……你是……吮花的蜂……儿，我愿永远让你……吃个……不……止。哥哥啊！……哥哥……趁这甜蜜的良夜……哥哥啊！……哥哥！……放下你的六弦琴来……拥抱我……我将和着热烈的吻声，献出我心底，酬……你的……幽……情……"

志云边唱边弹，唱罢曲子，书室中仿佛还回荡着琴声的音韵，志云又把倚在钢琴上的照片拿起，凝眸瞧了一回，口中忽自念着道：

"杏妹，你别气我，我整个心终是你的，我虽然和她结婚，我是出于强迫，并不是真心。你不信？我此刻就来瞧你，杏妹的脸蛋儿，我是永远忘不了。杏妹，你的歌声儿，我是永远听不厌呀！"

志云自语了这几句话，猛把照片凑到嘴上，热烈地吮吻了一回，把照片藏在袋内，披上外褂，匆匆出门去了。

行了不多路程，即见一条里门上面写着"乐群里"三个大金字。志云走进弄内，便向第三家石库门敲了进去，就有个老妈子出来开门，见了志云，便开口叫道：

"高少爷，你快上楼去坐吧！小姐昨晚是整整哭了一夜呢！"

志云听了这话，心中一酸，险些立刻滚下泪来，也不回答，就急急奔到楼上，只见一个二八女郎，身穿白纺绸衬衣衬裤粉红丝袜，伏在床上，呜咽咽地啜泣。志云瞧她花容不整，残粉未褪，好像是带雨海棠，越显得妩媚动人，显见她今天还没有起过床，因走到床前，轻轻抚着女郎的发际，叫道：

"杏妹，为什么哭啦？我和你说得好好的，怎么你又不信我了。你的妈妈到哪里去了？你快别哭！你哭了我的心就要给你哭碎了！"

"你是谁呀？谁又是你的杏妹呀？你别理我，我不是高家人，你也别到这里来了。我是个舞女，我是个苦命的人，我没有资格够得上你来叫妹妹！"

杏回过头来，泪眼凝视着志云，志云被她这样一顿抢白，脸上突然涨得绯红，心上好像泼着一桶冷水，又好像刺着一把尖刀，心上一滴一滴的热血都已化成一点一点的热泪，直向眼眶里像泉水一般地涌上来，扑簌簌地掉了满颊。杏见他坐在床沿旁，望着自己一声不响，却像泪人儿哭泣，心中一阵软化，也自觉不该如此对待他，因反而坐起身来，随手在枕边撩起一方帕儿，轻轻地给志云颊上的泪水拭去。四目相窥，杏觉得志云的目光，柔和中且带有无限的多情，愈见他的柔情绵绵，更衬自己说话太过任性，实在是令他难堪。这就愈觉得不好意思，愈是不好意思，要想安慰他几句，一时也就更说不出话来了。两人默默地相对一回，杏眸珠一转，她便跳下床来，两只瘦削的脚儿套上了睡鞋，在台子上去倒了一杯冷开水，递到志云面前，无限娇羞地喊了一声：

"哥……"

第二个"哥"字还没叫出，那泪早又滚满了粉颊。志云知道她现在的淌泪实包含着好几层意思，伤心中似乎还带着一份儿抱歉，因接过茶杯，同时把她手儿牵来，在床边一同坐下，柔声安慰她道：

"妹妹，你千万别难过，我今天便不回去，我今天若回去，便不是你心爱的哥哥！"

志云这几句话，倒出乎杏的意料，粉颊顿时一怔，秋波凝视他道：

"你这是什么话，明天是你爸爸给你做主娶亲，就是你一生最难得幸福的大好日子，你住在这里，给你爸爸知道了，叫我又怎样对得住人呢？你回去，我决定不愿破坏你的幸福！"

"什么叫作幸福，简直是堕入苦海，爸爸喜欢她，叫她和爸爸结婚去，我已抱定宗旨，我心中只有妹妹一人，妹妹就是撵我，我也不去，我情愿死在妹妹这儿，我的幸福是早已给他们剥尽了！"

志云把茶杯放在梳妆台上，紧紧握着杏的纤手，表示他内心这一份儿的坚决和肯定。杏听他说到"死"字，心中一急，慌忙把手向他嘴上一扪，同时她的娇躯已倒向志云怀内，十分感恩而又十分亲密地叫道：

"哥哥的恩情，我始终都感激着，你又何苦一定要说死。只要哥哥有这个心，妹妹也绝不变心的，但明天你终得依着爸爸去结个婚，且待婚事过后，你再和爸爸说知，那时天可怜见的，也许你爸爸会应允了你。妹妹给你做一个妾做一个婢子，妹妹都心甘情愿。现在废话大家都不要多说了，你若真个赖在这儿不回去，那妹妹就死在你的面前，也好断了你这一条心！"

志云听她说出这样斩钉截铁的话，心里不但不怪她无情，觉得她用情的苦内心的痛，实在可称是天下第一人了，遂把她身子紧紧搂住，偎着她的脸颊，感激得说不出一句话来。正在无限柔情蜜意的当儿，忽听一阵脚步声响进房来，两人连忙离开站起，回头瞧去，

150

只见一个徐娘半老的妇人姗姗进来，杏早已跳着迎上去叫道：

"妈，你回来了，我正闷得慌，幸而云哥走来，解去半日的厌气！"

"云哥是多早晚来的？我的杏儿是天天记挂着你，今天她还不曾吃饭哩！我刚才买了些新鲜的蛋糕，你和云哥一块儿尝尝，我去烧些水烹壶茶。"

杏妈说完这话，就把手中一袋蛋糕放在桌上，提着洋风炉上的水壶，匆匆地走下楼去。杏把纸袋打开，觉得蛋糕尚有些热气，真个是再新鲜也没有了，因向志云招了招手。志云走到桌边，杏就亲手递过一块蛋糕，送到志云口边，志云就在她手中吃了一口，然后再伸手拿来，说了一声谢谢。杏把秋波水盈盈地向他一瞟，又问着道：

"你今夜到底回不回家去？"

"我原不想回去，但妹妹这样真挚多情，深明大义地劝我，我自然不敢违拗的，但是妹妹千万放心，我绝不负你，你不信，你往后瞧着好了。"

杏听他这样说，粉颊上浮现了一丝苦笑，同时眼眶子里又不自主地滚下泪来！

原来杏的名字叫作杏佛，姓姜，她的妈妈周氏，只养了杏佛一个女儿。她们本也是一本分好人家，居住苏州，爸爸守义在银行里办事。不料在杏佛幼年时，适值内战爆发，守义遂为乱军所杀，杏佛母女因避难到上海。好容易给杏佛读到初中毕业，在苏州她还有一个外祖母，却仍住在那儿。

杏佛原想在银行里或电话局做个职员，但结果是失败了。上海是寸金之地，举目无亲，为生计逼迫，不得不进香海跳舞学校学习舞艺，现充大上海舞厅舞女。自从碰到高志云，两人一见倾心，遂订嫁娶盟誓。不料事为凌霄所闻，恐志云被舞女引坏，所以另外定亲沈氏女翠喜。翠喜父名沈仲泉，为海上钱业巨子。现定本月十八日迎娶，假座大东酒楼。志云本非心愿，且也不赞成不中不西的结婚仪式，所以高太太叫他试穿礼服，他便一肚皮的不高兴，此刻偷偷来瞧杏佛，还是瞒着爸妈。杏佛自得知志云爸爸给他另定亲事的消息，心中既怨专制家庭的顽固，又恨自己的命薄，今见志云实在是真心爱她，要宿在这里，恐志云家庭突生变故，所以又劝他回去。志云固出于无奈，杏佛亦情非得已，翠喜则绝不知两人有此一段纠葛，三人各存着一条心，因此随后又生出曲曲折折的种种变化。

周氏泡水回来，见两人相对着淌泪，心里倒是一怔。杏佛把手背向眼帘下一擦，便催志云回家，志云欲再留恋片刻，又恐杏佛不悦，因此只好向周氏叫着道：

"妈妈，我走了……"

"你为什么不再坐会儿，我们晚饭开得很早，晚饭吃了去也得。"

"今天不用留他，过几天来吃饭，好了，我不同你客气！"

杏佛说着，披了一件浴衣，就匆匆送志云下去。到了大门口，志云将她拦住，杏佛点头，扶着门框，直到瞧不见志云的影儿，这才没精打采地回到楼上去。

志云坐在车上，一路上只是想着杏佛，觉得杏妹待我的情分，真个是委屈体贴无微不至，她处处都为我打算，她尚恐我在她家里耽搁久了，又要遭爸爸的斥骂，所以急催我回去。想爸爸强迫我娶亲，结婚虽可由他做主，但结婚后我不和新妇要好，爸爸哪里又再做得来主，难道能够硬令我要好吗？我现在处于专制家庭之中，而且没有自主的能力，既然不能够积极地向他们反抗，不过我亦必当消极地抵制，以报杏妹爱我的一片真心。杏妹平日对我，每每唱着："哥哥呀，哥哥，放下你的六弦琴来拥抱我，我将和着热烈的吻声，献出我心底，酬你的幽情。"她所以唱这两句歌曲，我知道她完全是赤裸裸地爱我，我亦把这两句甜蜜的歌声时时记在心头，因为这真够令我寻味啊！现在我要和翠喜结婚，在爸爸的心意，原希望着我们琴瑟调和，我今听杏妹的曲子，又想着杏妹待我的一片深情蜜意，又叫我怎能够和这个毫无情感的翠喜终身厮守调和着琴瑟。杏妹情愿自居小星，她是用尽十二分的苦心，但我又怎样对得住她？我为求家庭的太平起见，就只好顺从爸爸的命令和翠喜结婚，但我为报杏妹的一番苦心，我更不得不放下了六弦琴来待和杏妹拥抱。志云既存了这一条心，所以当时回家也不再做任何反对了。

这天正是志云结婚的前一天，家中已有许多亲戚走来贺喜，大家找寻志云，高太太因喊小蛮到书室去请少爷出来，不料小蛮来告诉少爷没有在那边，高太太一听，心中又起了种种疑惑，诚恐志云逃避结婚，这可怎么办？正欲吩咐仆人分头去找，幸而华灯初上时，志云已从外面回来，小蛮在院子里一见，便高喊道：

"少爷，你去了哪儿？累我好找！上房里许多亲戚，都要向少爷道喜哩！"

志云听了，便向上房里奔去，只见表哥方镜清、表嫂袁娉娉正坐在妈妈身旁，谈那新嫁娘的美不美，因连忙笑着招呼。高太太心中这才放下一块大石，笑着道：

"云儿，表哥表嫂是等候你好久了，你又到哪儿去啦？"

"没有什么地方，就在商店里买些东西。"

"姑妈，我说你多虑了，表弟这几天还会到哪儿去？怕拖也拖不走呢！现在你可信我话了吗？原来他在商店里给新嫂子买日用品哩！"

志云听表哥这样说，虽然心中明白，却做不理会模样，笑了笑，又向房内伯伯婶婶招呼，回头见表嫂娉娉只管向自己哧哧笑，因搭讪道：

"表嫂，桌上那盆馒头你怎么不吃呀！"

"我们都已吃过了，这是留给表弟吃的，可是这几只水晶奶油馒头已冷了，我想还是放到表弟心里去贴贴热，再给你吃，你可赞成？"

志云知她是取笑自己新婚将临，心里火热的意思，因也笑答道：

"这是要问表嫂自己的，想表哥和表嫂结婚那夜请客的馒头，一定是表嫂胸口里煨出来的，想不到表嫂竟是个烘馒头的老前辈！"

娉娉本想取笑志云，现在反给志云取笑了去，因此倒引得房中众人咯咯大笑起来，高太太见志云很高兴的样子，心中倒也放心不少。镜清听志云反来取笑自己和娉娉，因站起身子，伸手向志云怀里一摸，只觉志云衬衫上腻湿的一片，因也哈哈笑道：

"表弟不但心热，而且有许多的水蒸气湿透到外面来呢！"

志云明白这是刚才和杏妹相抱哭泣着所淌的泪水，他竟当作我出的汗了。志云一面躲避，一面笑道：

"表哥，你不怕难为情吗？我和表嫂说了一句笑话，你就大帮其忙了。"

"家里要没有年轻的亲戚闹着玩笑，大家是感不到什么兴趣的。镜儿和娉儿，明天新人来了，你们尽闹着好了，问他还要嘴强吗？"

镜清和娉娉听姑妈也附和着，大家更鼓起兴致，娉娉秋波向志云一瞟道：

"你听见没有？姑妈也叫我们吵，明天吵的人正多着呢！伯伯也好吵，婶婶也好吵，三天无大小，我们当然更好吵，不过你快去多备些喜果，明天我准给你新嫂嫂做好保镖。"

"你又不是给我做保镖，怎么倒要我来备喜果呢？"

"新嫂嫂不是和你一样的吗？你不肯备喜果，明天我们吵起来，你可别肉疼。"

"她是她，我是我，你们如喜欢吵，我还帮着你们一同吵，你们可相信？"

娉娉见他涎皮嬉脸地辩驳着，竟一些都不怕羞，不觉眉儿一扬，眸珠向他瞅了瞅，把手指抬到粉颊上划着羞他道：

"好了好了，口硬骨头酥是没用的，此刻是她啦、我啦、你们啦，说得怪好听的，明天见了新嫂嫂，恐怕就要不舍得了哩！"

说得众人都又哈哈大笑起来，正在这时，小蛮匆匆进来喊道：

"外面已摆席了，请各位太太、少爷、奶奶吃酒去吧！"

众人听了便都客气着让前让后到大厅上去，那时厅上早摆好银台面，四角上摆着一大盆枇杷、一大盆花旗蜜橘、一大盆柠檬、一大盆金山苹果。志云想起方才鸟儿啄下来的枇杷，真是甜少酸多，好像今日自己的结婚，也是个甜中带酸。这样一想，脑海里早现着杏儿的娇小倩影嘤嘤哭泣的情景，顿觉一阵心酸，不但毫无甜蜜的滋味，真感着苦而又苦，酸而又酸了，可是在镜清和娉娉的心里又哪里能够知道呢？

第二回

装痴作骏洞房春虚度
带愁饮恨好事不到头

西乐悠扬地奏着，男女傧相站在新郎新娘的两旁，并立在证婚人的面前，司仪员高喊道：

"新郎新娘交换饰物。"

"证婚人致辞。"

"唱新婚歌。"

志云翠喜便在这众宾欢笑同散掷五色米声中，成就了这个隆重的结婚典礼。

凌霄和高太太忙着招待男女来宾，忙碌了一天，直等堂会戏散，众宾方才各道叨扰，欢然散去。这里由两部汽车载着凌霄高太太和志云翠喜，同时回到公馆，伴娘又和志云翠喜向公婆上房去请了安，然后送入洞房。

新婚的第一夜本是人生最欢喜最得意的一夕，但在志云的心里，便和众人不同，他想："今夜便是自己最不幸最受束缚的一天，今日结婚种种仪式自己都处在被动地位，那今夜洞房的主角当然是只好算她。"自己不过是这出戏中的一个配角而已，配角用不着卖力，凡事我都置之不理不睬装聋作哑也就是了，因我对这个翠喜，完全是父母之命，绝对毫无情感，只要今夜渡了这个难关，明天我便可装病，叫爸爸送我到医院去养病，或者我自己一个人住宿到书房去，那我就有种种的方法好想，但今夜她如果要我和她……我到底怎样对付？"想到这里，他好像自身是一个女子，被人用强霸住，要把他使用暴力强奸的模样。在这千钧一发之际，仿佛自己的童贞将要被人立刻破坏，心中这一急，那全身的肌肉不寒而栗，每一个细胞都觉紧张得了不得，那一颗心的跳跃，真的几乎要直跳到口腔外来了，不过仔细转念一想，自己未免也胆小得太可怜、太可笑了。"我究竟是个男子，翠喜到底是个女子，而且又是做第一夜的新人，她纵然是浪漫，是交际名花，但在这新婚初夜，她难道会自动来要求我……这也许不会这样放浪吧！因为这个神秘的新婚在她处女的心里，到底有些羞人答答的。"想到这里，就放心了不少，回头瞧那梳妆台上一架意大利石的摆钟，时针已指在两点半，志云心中便更觉欢喜，因为夏夜的时间最是短促，再过一个半钟点，天便要发鱼肚白了，我只等天一亮，就可以逃出房外，到书房间装病去。

志云这样怪想着，那翠喜也正在暗暗地偷瞧志云，只见志云端坐在一把自动椅上，正是眼观鼻鼻对心的，好像一个泥塑木雕的模样。她那芳心不禁稀奇起来：我听爸妈告诉我，说志云不但容貌英挺，而且是个性情风流的青年，现在瞧他容貌，倒真个名不虚传，但瞧他情形，究竟是傻还是骇呢？时光是真的不早，他若一声不响，照样地呆坐下去，那千金一刻的良宵，不是生生地要辜负了吗？况且夏夜又不比春宵，春宵长漫漫的差不多好抵夏天两夜，现在时已三点将近，就是急急就寝，也是好景无多，他只管这样呆坐，或许故意放刁，叫我前去亲密地温存他也未可知。翠喜这样一想，便站起身来，走到志云身边，温和地轻轻叫道：

"云哥，时已不早了，请你睡吧！"

才说得这两句，羞人答答红晕了双颊，底下便再也说不下去。

谁知翠喜这样叫着，那志云竟装起打盹来。翠喜偷眼一瞟，见他低头合眼，还道真个是辛苦乏力醉酒了，因又伸了纤手，轻轻把他扶起，替他解衣。志云见她果然实行强迫，心中老大不悦，暗暗骂声不知廉耻，怎么来强奸我了！因索性装着痴呆，把她手儿摔开，大声叫道：

"妈妈，我害怕，她是什么人？为什么要拉我剥我衣服？妈妈，我害怕极了！"

志云一面说着，一面还装出种种傻呆的神气。翠喜起初道他故意调情自己，这原是新婚的甜蜜情景，所以先喊他睡，后来见他合眼低头，又道是酒醉打盹，所以给他脱衣，不料他竟大喊起来，而且开口就喊"妈妈，我害怕"，这分明是个骏子！一时想起自己这样的摩登女子，现在爸爸却给我配了一个这种戆憨的夫婿，明天我要是和他回门转去，不但要给自己许多姐妹们看轻，说不定还要闹出许多笑话。这时志云还向她挣扎衣服，两手拉着衣襟，抵死不放。翠喜瞧此情景，心中一阵辛酸，几乎在甜蜜的新婚初夜里落下泪来，因竭力忍住泪水，向他细细打量，只觉志云唇红齿白，面如冠玉，实在是个风流俊俏的夫婿，但为什么这样聪敏面孔笨肚皮，竟连自己结婚娶妻子都不晓得呢？这样瞧来，那老天待他真太苛刻了。这时翠喜心中倒反而怜惜他了，竟把他真的当作了骏子，因此她也不再含羞，索性把长袍用强脱去，拉他坐到床上，笑着道：

"你不要害怕，我就是你的妻子呀！你喊妈妈，不怕难为情吗？"

翠喜肯忍耐着替他脱衣，翠喜实在还不脱是个好人。但在志云眼中瞧来，反觉得翠喜是一个不要脸的女子，所以翠喜愈温柔，志云愈憎恶，今见她自己坐到床上，问出这几句话，因也呆呆地瞧着她道：

"我不认识你！你的妻子我更不认得。我要妈妈，妈待我好，你要做我的妈妈吗？你倒真个是不怕难为情呢！"

翠喜听他又说出这许多痴痴呆呆的话，真是又好气又好笑，又伤心又怨恨，知道他呆戆的程度极深，倒又非常可怜他，以为他是从来没见过生人，也没离开过妈妈，所以他一心只要妈妈。这时翠喜把志云又当作小孩子模样，拍拍他肩膀，哄他道：

"你别怕，我欢喜你，我给你橘子吃。我虽不是你的妈妈，我和你妈妈是一样欢喜你。"

志云见她一手握着自己的手，一手按在自己肩上，粉颊好像出水芙蓉，眉毛一扬，眸珠在长睫毛里一转，显出不胜娇媚而又无限柔情的姿态，虽然不及杏佛的国色天香，实在亦可称得是像笼烟芍药了。"不过我既和杏妹有约在先，我又岂能移爱于她，虽然她亦出于父母之命，可是我只好辜负她了。"志云这样想着，便呆呆地望着她的娇靥，只管出神。翠喜心想，凭我这一副脸蛋儿，就是戆到极点的痴汉，哪里会有不爱我的道理，他这样目不转睛地瞧我，也许他已有三分和我亲热的意思了，因此芳心里倒存着了最后的希望，将来若给我感化到不戆不痴，那是多么快乐的一件事呢！因站起身子，在银子高脚盆上取了一只橘子，又给他剥去了皮，亲手递到志云手里。志云把手藏在自己背后去，不肯来接，翠喜却咪咪笑道：

"这个橘子你不喜欢吃吗？"

说着便把橘子摆在床上，又脱去了自己的旗袍，连同志云的长袍，都挂到玻璃橱去。志云心里暗想："这妮子倒是个厉害的！她竟把我真的当作傻子，要做我的妈妈，真岂有此理！你把我当傻子，我也偏要你做傻子呢！"志云想时，翠喜已笑盈盈地回过身来，扭了扭道：

"你瞧我的身段儿美不美？"

志云见她身上穿粉红色绝薄麻纱衬衫，雪白的酥胸显在外面，挺结实的奶峰高高地堆着，顶端还隐约着一粒紫葡萄大小的黑点，下身穿一色的短裤，肉色的丝袜，窄窄的腰肢，肥胖臀儿，真是十足显露出曲线的美妙，觉得她身上每一部分的肌肤，没有一处不含着肉感的诱惑。志云忍不住心神摇摇不定，但一时里眼前突又显出杏佛的倩影，比她更美丽更娇媚，心中顿时又一阵冰冷。翠喜见他兀是呆着，一些不动心，真个呆得木石人一样，不觉也叹了一口气，因伸手又抓了一把糖果，自己先睡到床上，又把志云拉倒，并头在外面睡下，一手剥去了咖啡糖的锡纸，一手送到他的口里，说道：

"你不喜欢橘子，我晓得你一定爱吃糖果的。"

志云见她用尽了种种手段，无非是要自己爱她，但自己有一个心爱的杏妹，任她口出莲花，也断断不上你当的，因把她塞进嘴来的糖吐出道：

"糖，还是橘子好吃！"

翠喜正在无限柔情蜜意地温顺他，把身子紧紧依偎着他的身子，谁知他糖不要吃，倒又要吃橘子，因伸手把床上方才摆的橘子拿来，分了一瓣，扯去上面的筋条，送到志云口里道：

"你这人真会作弄人，一会儿不要吃，一会儿又要吃了，现在我给你吃吧！你要明白，我是你最亲爱的人，你要什么，我都依得你。"

翠喜说时，把粉颊也慢慢贴到志云脸上去，谁知志云把橘子一嚼，脸儿一偏，嘴儿正凑在翠喜的嘴上。翠喜还道他和自己接吻，心中一乐，把樱口微启，不料志云呸的一声，把自己嘴中的橘子，直吐到翠喜的嘴里去道：

"我吃过了，我还给你。"

翠喜冷不防被他这样一来，倒是吃了一惊，但见他举动已不像先前那样怕陌生的神气，心中反而略觉欢喜，一面把他塞进自己嘴里的橘子吐出，掷到地上去，一面又分了一瓣，送到志云口边，笑嘻嘻道：

"你橘子喜欢吃，就只顾吃吧！"

志云这次并不开口来吃，抬起自己手来接过，反送到翠喜的嘴里去道：

"你把酸溜溜的橘子给我吃，你是个坏人，你为什么不自己吃呀？"

志云这两句话倒把翠喜问住了，因只好将橘子咽下，向他解释道：

"我哪里故意给你吃酸橘子，你说我是坏人，那你真不知我的心了。你好好的为什么会变成这个样子，我很可怜你，而且我也很爱你，我终希望你慢慢好起来……"

翠喜把橘子丢在桌上，纤手抚着他的脸颊，十分温柔地说到这里，志云早瞪着眼儿道：

"我不是很好的一个人吗？你还要我怎样好起来，你真黑良心，你咒我生病吗？"

"唉！你这人真太糊涂了，你是我的丈夫，我是你的妻子，我怎么会咒骂你生病呢？你不是个学校里的高才生吗？听说你每次考试成绩很好，我瞧你这样痴痴癫癫的神情，怎样考得出好成绩来？我真太不明白了……我平日素来不信鬼神，今夜瞧你如此模样，你莫不是真的被鬼迷住了吗？"

翠喜想了又想，忖了又忖，说也可怜，在万分无聊中，竟想出这几句话来。志云听了这话，不但不爱惜她，反觉得很是恼怒，因大声说：

"放屁！我好好的人会被鬼迷住吗？不要你就是……"

志云说到这里，觉得不忍骂下去，自己虽然无情于她，但在她

161

到底也没有什么恶意对待自己，因默默地呆住了。翠喜却并没有理会他以下的话，反怪自己这话原也说错了，无怪他要不高兴，但他既懂得这是不好的意思，那么他也并不见得十分戆驶，因把他的手儿拉来，左手把床上的电灯开关捏熄，凑过嘴儿吻着他颊，笑着低声道：

"我原说错了你，我亲爱的，你橘子糖果既不要吃，那么我就给你好东西吃吧！"

翠喜说着却把拉着志云的那只手，放到自己乳部上去。志云摸着她的奶头，好像莲子似的一粒，只觉软绵绵的富于弹性，同时心里好像有一道电流，从她的奶峰上直贯到自己的全身，顿时血液都沸腾起来，那只手肉感得有些麻木，心里不免荡漾了一下，只觉得有着不可思议的神秘，但是转念一想，立刻又镇静了态度，这是肉的引诱，我绝不能上她的圈套，因连忙把手缩回，怪叫道：

"你真不是好人，怎么把我家的面包偷来了，却藏在你的怀里。"

翠喜本以为自己这样奉承他，他终该也好动心了。谁知他竟这样一些不懂人道，心中真有无限的怨恨，咬紧了银齿，便把他狠狠地一推。志云冷不防给她用力重推，一时身不由己，竟真的给她推下床来，志云累痛，便索性大喊道：

"妈妈！妈妈！新妇打我……"

志云喊着竟赖在床下不肯起来，一面大声喊，一面大声哭。翠喜听得"砰"的一声，志云真被自己推下床去，心中倒也懊悔起来，万一被翁姑以及众亲戚知道，不要被人家当作大笑话吗？正欲下床来扶他，她不料镜清和娉娉刚巧打好雀牌，正躲在门外听房，一声"砰"的声音，接着又是志云大喊"妈妈！妈妈！新妇打我"，心中倒大吃一惊，以为两人真的吵闹起来，便在房外叫道：

"新嫂嫂！新嫂嫂！"

162

翠喜一听房外喊声，知道这事已被外人听去，心中无限悲酸，因也不去扶志云，就伏在床上呜呜咽咽哭起来。

　　镜清娉娉听不见答应，一会儿，那床上的新人也抽抽噎噎地哭泣，更确定两人相打是实。镜清忍不住好笑，娉娉因大厅上尚有许多客人打扑克，倘使客人知道了，姑爸姑妈脸儿多不好意思，因又敲着门儿喊道：

　　"新嫂嫂，今夜是你们的大好日，怎么好哭？表弟倘有不好，你也得让他三分，讨个吉利才是呀！"

　　翠喜受了满肚皮的委屈和怨气，还要听娉娉的嘲笑，心中便整个的冰冷，遂把电灯扭亮，跳下床来，穿好旗袍前去开门。镜清和娉娉走到房内，见志云尚躺在地上不肯起来，翠喜坐在靠窗的椅上去，只是扑簌簌地落眼泪。两人瞧此情景，忍不住又抿嘴好笑，镜清一面把志云扶起，一面向他笑着劝问道：

　　"表弟，快快乐乐甜甜蜜蜜恩恩爱爱的新婚之夜，怎么竟相骂起来了呀？"

　　"新嫂嫂，凡事终要忍耐些，表叔别的没有什么，只是孩子气一些，我们来听房，原是听你们恩爱的哥哥妹妹话儿，谁知吵闹起来了，倒累我们吓了一跳，好了，好了，大家别赌什么气，一会儿就好了。"

　　娉娉见镜清劝志云，因也边说边笑地劝翠喜，翠喜听了并没回答，暗暗啐了一口："什么孩子气，竟是骄子气哩！"志云本来心中还并没有恨翠喜，后来被她推落床去，跌痛了屁股，因此心中大恨特恨，一不做，二不休，反而攀她一口，说道：

　　"表哥，表嫂，我真气急了。我好意给她橘子吃，她倒反而把我推下床来，还要打我，我真怕死了，她真强横得很，欺负人！"

　　志云被推下床躺在地上，这镜清和娉娉进来的时候都亲眼瞧见

163

的，并不是虚话，这时倒反而不好批评志云的错处，但要埋怨翠喜吧，这更不能，因为翠喜到底是个新人，况且新夫妇闹嘴，外人绝不能评判是非，你说他坏，新人也不会记你情，你说新人不好，她倒牢记在心，一会儿两口子又好了，哥哥妹妹叫得怪亲热的，也许还会讲外人的不好。镜清娉娉既知道这个原理，所以他们不说谁是谁非，只不过带取笑带玩话地劝了一回。

这时翠喜心中也有了主意，巴不得天亮立刻回母家去，再也不要这个傻儿做丈夫了。新房里虽然是装饰得非常华丽，蕴藏着无限温柔的春意，新郎亦虽然是长得非常俊美，但竟是一个和绣花枕头烂稻草似的一些也不懂爱情的骏子，就是勉强作为终身伴侣，自己一生的幸福，不是完全被他剥夺尽了吗？当初我之所以要竭力和他要好，实在还是自己一片慈悲心，幸喜他是一个呆到底的笨人，不然他若是一窍能通，自己不是白白地被他糟蹋了身子去吗？翠喜想到这里，只觉房中一切的一切已变成冰块和雪堆，热情的春意亦变为寒冷的冬意，所以对于志云的谎话也不加以辩白，对于娉娉的劝导，始终也给她一个不理罢了。

镜清娉娉劝说了一回，仍叫他们好好安睡，遂退出房来，先到上房里去溜了溜，见姑妈歪在床上，两人也不说起。过了一个钟点，两人又暗暗来到新房瞧看，谁知房门大开，新郎新娘仍呆若木鸡地背坐着。两人走进去正想再好好地劝他们，谁料不知哪个仆妇，已向上房里偷偷告诉。高太太听了，便叫小蛮到新房来喊志云到上房里，高太太急得跳脚劝道：

"你这个小祖宗！我昨天为你担了一夜心事，后来瞧你结婚都是好好的，我心倒放了一半，况且新妇的容貌和人品，也着实不坏，你到底安着什么心，竟把她如花如玉的人儿不要，和她吵吵闹闹，人家也是一个千金小姐，现在你闹翻了，将来怎样收场？好孩子，你瞧在我——妈的脸上，快回心转意跟新妇去赔一个礼吧！"

高太太正说着，凌霄还睡在床上没合眼，都已听得明白，因也大声道：

"天下哪有你这样的傻孩子，我好意给你娶个新妇，你偏要倔强，和我反对，我再也饶不过你了……"

志云听妈妈爸爸都埋怨自己的不是，他索性也横了心，恨恨答道：

"孩儿哪里存了这个心，这个新妇把我推下床来打我，她自己不守妇道，叫孩儿怎么不要气？怎么忍得下呢？"

上房里他们只管辩白着，时候倒早已六点多了。那时，女宅方面已着人送来十碗白银耳早茶，并有许多喜果，送茶来的女佣叫方妈，是翠喜从小的乳娘。她一走进新房，只见翠喜伏在床上啜泣，伴娘在旁劝着，又有许多男女客陪在房里，却是不见新姑爷，心中吃了一惊，便拉着翠喜到后房间，轻轻问道：

"翠姑娘，你这是算什么？今天欢欢喜喜的还是第二朝，给人见了，怪不好意思的，伴娘李妈呢？到底是为着什么啦！"

伴娘李妈跟着进来，呆呆的却是回答不出。方妈见她木头木脑地怄气，也不再和她说话，拿着手帕给翠喜抹去泪珠。翠喜听方妈这样说，愈加伤心，那眼泪不但不止，反而扑簌簌滚落更多，半晌方说道：

"他是一个傻子，什么事儿都不晓得的，我有什么欢喜，我更有什么不好意思呢？"

"也许姑爷是怕羞，姑娘，你终要忍耐着过几天，两口子还不是扭股糖儿似的拆不开吗？此刻快别哭，我替你向上房里送个早茶，我们先回去吧！"

"方嬷嬷这话对极了，翠小姐快别伤心吧！"

李妈听方妈这样说，也凑着趣。翠喜一听"回去"两字，那真是求之不得，便收束泪痕，回到前房重新梳妆，男女众客也觉没趣，各自散去。

梳洗完毕，方妈李妈伴翠喜先到上房里去，这时凌霄因骂志云，倒反把自己骂苏醒了，遂也不愿再睡，披衣起身。小蛮见志云兀是呆立，因轻轻一扯他衣袖，叫他到套房里梳洗去。这时方妈李妈已伴翠喜进房向凌霄高太太请过早安，又送上银耳茶，方妈便向高太太笑道：

"太太，我们太太叫小姐先回门去，姑爷也请早一些来。"

高太太听了一面含笑点头，一面又向套房里高喊道：

"云儿，你快出来！你媳妇儿要回门去，她还要先向你送茶哩！"

志云听了便故意又傻里傻气地从里面奔出来，一见翠喜柳眉微蹙杏眼低垂站在一旁，殊有无限怨抑。这时镜清娉娉也都进来，见方妈扶着翠喜，手中捧着一碗银耳茶，一面交给志云，一面代翠喜叫道：

"新姑爷，我们姑娘请姑爷用茶！"

志云把茶接过，便向翠喜方妈笑嘻嘻道：

"刚才妈妈叫我赔不是，现在我就给你们赔个礼是了。"

志云说着把碗向桌上一放，就向方妈扑地跪了下去，慌得方妈把他扶起来，连连说道：

"哎哟，姑爷，你真要折死我们姑娘了，我们老爷太太今天都请姑爷早些去，我们姑娘先走一步，姑爷随后就来吧！"

方妈话还未完，志云又要向翠喜跪下去模样，旁边走过镜清，早一把拉住，瞅他一眼，低低附耳道：

"表弟，你这算什么意思？当着大众，你有意给新嫂子怄气吗？事情吵过算了，你再这样，未免太无丈夫气了。"

翠喜见志云不痴不癫的样子，心中又气又羞，把脸儿变成了灰白色，背过脸儿，几乎要淌下泪来，幸而这时仆妇进来喊道：

　　"新少奶，阿二的汽车已备好了。"

　　方妈一听，遂又嘱翠喜向凌霄高太太以及众亲戚面前鞠了一个躬，方妈又向志云笑喊道：

　　"那么姑爷随后就来吧！"

　　说着便同李妈扶翠喜上车回去了。

　　刚才志云这种不痴不癫的神情，凌霄和高太太是都瞧见的，高太太心里虽怪志云不是，但究竟是疼儿子的，况且新妇并没有半句话儿，大家遂也装着半痴半聋的模样，不再研究下去，只向志云道：

　　"回头你回门去，酒少喝些，见了丈人丈母，要有礼貌才是。"

　　"妈妈，这个我理会得，还用你嘱咐我吗？"

　　凌霄方才已瞧见媳妇暗暗淌泪的样子，心里非常代媳妇委屈，想要当面就骂志云，怕事情弄僵，所以把一肚皮怒火竭力压住，这时媳妇已走，他娘告诉他一些礼节，他反而给妈碰钉子，老得什么似的，一时再也按捺不住，不觉把桌子一拍，大骂道：

　　"你这逆子，这个如花如玉美人儿似的媳妇，到底什么地方不好，你要这样不称心！你不是和媳妇作对，这简直是和你老子作对了。你是知道礼节的人吗？怎么你方才竟向方妈跪下去赔罪，方妈是什么人？她不过是一个用人罢了，亏你做得出这种事来，这种人嘴多坏，万一说了开去，你做爷们的固然被人笑话，我的脸要被你丢到什么地方去呀！……这真气死……我了……我白花费了许多心血和金钱栽培你读书，竟读成了如此模样……唉！你这不是人种的，直把我气死……"

　　志云为要绝了新妇翠喜的一条心，所以要装呆子，而且傻态越装越像，他的用心苦极，而且也是险极，可怜翠喜竟完全堕入他的

167

术中，不料凌霄却不理会儿子苦心，因就愈瞧愈气，破口大骂。志云是个畏父如虎的人，见爸爸强迫自己和翠喜结婚，是第一步计划的成功，现在竟进展第二步计划，要强迫自己和翠喜要好，这……怎么能够呢？表面上虽不敢违拗，心里却起了强烈的反感。高太太见凌霄气得这个样子，一面劝着老头子不要气坏身子，一面又劝儿子要听爸爸的话，众亲戚也向凌霄劝慰，凌霄指着志云却愈跳愈厉害。镜清娉娉见事不对，便拖着志云到书房间去了。

三人到了书房间，志云好似闷闷的神气，镜清便取笑他逗他高兴道：

"表弟，你真是个傻子，骑马都骑不来，像我就决计不会翻下马来。"

娉娉听了，也咯咯笑得花枝乱抖，直不起腰来。志云听他嘲笑自己，又见表嫂这样好笑，一时把气消了些，便瞟着娉娉一眼笑道：

"表嫂是表哥骑惯的活马，那自然好得多了。"

志云说完这句话，猜到娉娉要来打他，因预先躲到镜清背后去，果然娉娉啐他一口，嚷着不依道：

"你表哥说的，你怎么拉到我身上来了，我可不饶你！"

娉娉一面嚷着，一面站起走到镜清面前，伸手到镜清身后打下去。志云把身子避到左边，把镜清身子当盾牌用，一面连喊表哥救我，一面又向表嫂求饶。三人正在嘻嘻哈哈地笑作一团，忽见小蛮匆匆奔来道：

"少爷，太太说你喜欢穿西服，叫你快去换了衣服，就到新少奶家里回门去。"

第三回

商妇孤男暗室前缘结
呆儿怨女回门笑话传

那天杏佛送志云到门外，眼瞧着他出了弄口，方欲回到楼上去，但因为志云他是结婚去，虽然现在是说得很好，将来在新人的怀抱里享尽了温柔的滋味，也许把他昔日的恋人早置在九霄云外了。这样一想，好像两人今日分别是最后一次见面了，心中便起了无限依依不舍之情，把那已跨进门槛的那只脚回出来，急急追到弄口，只见志云坐在人力车上，已拉去好一截路了。杏佛深深地叹了一口气，呆呆地站在人行道旁的一株杨树下，低头兀自出神，足足有了一个多的钟点。她为什么站了这样长久呢？她的心事是只有自己知道，她暗暗地伤心，想不到女儿竟和妈妈一样命薄。

这是八年前的事了，齐庐之战，苏州也遭了兵灾，杏佛的爸爸被乱兵杀死了，妈妈周紫玉含着满眶悲酸的眼泪，挈着阿杏漂流到上海来。那时紫玉还只有二十九岁，年轻的寡妇，伶仃的孤女，凭着十指的操作来苦度那寂寞的光阴。

每日清晨太阳还刚从东方地平线上升起，紫玉就向后马路一带各钱庄店里去收集伙友们龌龊的衣服被单等物件，回家代为洗濯。每洗一件衣衫，也不过四五个铜子，生活的清苦，也就可想而知了。

紫玉既以洗衣度日，光阴当然是非常宝贵，每日太阳未出，就披衣起身，不及吃稀饭，先去收集衣衫。晓风扑面，走在马路上，除了几辆粪车，恐怕再也找不出第二个伴侣了。

后马路一家福来钱庄，有一个跑街，名叫沈仲泉，年纪虽已三十五岁，却生得漂亮，看过去也只不过三十左右。仲泉有换下的衫裤，他终留着交紫玉去洗，这是为什么呢？因为仲泉所有破的衣衫，或是破的袜子，紫玉给他清洗之后，把那破的地方，她必定找一块布条，给他补好，不上三天就立刻送来。在紫玉意思，倒也并不是和仲泉表示好感，为的是可以拉牢一个长主顾，不过在仲泉的心里，未免觉得有些有情。紫玉是苏州人，说话固然很清脆动听，就是脸蛋儿也着实生得不错，因此仲泉就存着了一个心。衣服当然给她洗就不必说，代价自动地也加了一半。紫玉不好意思，有时不肯收，但在仲泉方面说，却是很有道理，是酬谢她的缝补，这样各人的心中，是都十二分感激着。

从春天洗起，直到夏天，仲泉和紫玉的见面也不止一次了，有时仲泉还睡在床上，紫玉便蹑手蹑脚到他房里，自己去取。紫玉无论待谁，都非常和气，所以福来的茶房、老司务没有一个不信用她，当然对于她每日清晨照例来收衣，也不当这么一回事了。

这天清晨，天气非常炎热，紫玉轻轻推门进入仲泉的房中，恰值仲泉坐在床上，赤着膊，正在把裤子脱下换掉。紫玉一见之下，慌欲退出，可是已来不及了，仲泉裤下之物，整个已暴露在紫玉的眼底，紫玉这一羞涩，直把她两颊涨得血红。仲泉抬头一见，早已红了脸，哎哟一声笑出来。紫玉连忙急退到房外，那一颗芳心，却兀忐忑不定，约三分钟后，只听房内仲泉喊道：

"姜妈，你进来吧！"

紫玉听了，这才又走进房来，只见仲泉已穿上一件汗衫和一条纺绸裤。紫玉为了要避免刚才羞涩，便含笑叫道：

"沈先生，你换下的裤子，都给我去洗吧！还有衫子袜子，在哪儿呀？"

紫玉道这句话，仲泉好像并不曾听见，他那双眼，只管向紫玉细细打量，见她上身一件白府绸短衫，下穿黑印度绸裤子，头发梳得光光的，一双脚儿瘦削削的，虽然是乱头粗服，却是巧俏得很。一副白净的脸儿，天然生成两道细长的眉毛，两只灵活的眸珠，水盈盈像秋波那样动荡。她并不搽胭脂，但由于刚才怕羞的缘故，玉白的颊上，很自然就添了两圈红晕，这好像是出水芙蓉那样娇艳。仲泉见了紫玉的美丽可爱，同时又想起了家中的妻子秦涵芬，脸儿固然及不来紫玉美，性情那是也不要说了，为了涵芬的悍戾成性，所以自己才住到宿舍来。"假使我有像紫玉那般容貌那般性情的妻子，我还肯一天离开家庭吗？那真是我终身的幸福。"仲泉想到这里，对于紫玉，无形中更生出了进一步的情感，这就不自然地望着紫玉，很多情地一笑。

紫玉见他目不转睛地凝望自己，问他的话也不回答，反向自己憨憨地笑，在这笑的成分中，多少带有些神秘的意思，紫玉这就愈加觉得难为情。愈是难为情，那脸儿也愈加红晕得可爱，同时心中想要说话，口里却羞答答的再也说不出来，低垂了蠕首，两眼望着自己的脚尖儿，只管在地上画圈子。这样默默地经过了四五分钟，谁也没有话说，紫玉猛可理会到这是人家先生的卧房，自己一个年轻的妇人，老是呆站着，这成个什么样儿。因硬着头皮，抬起脸儿，向仲泉瞟了一眼道：

"沈先生，还有什么物件要洗啦？"

仲泉这才恢复了他原有的知觉，哦了一声，把压在被褥下的袜子衫子，连同刚才换下的裤子，一并交给紫玉，笑了笑道：

"姜妈，上次洗衣的钱还没给你吧？"

"回头一块儿算也不要紧，那天我还没找你十个铜子呢！"

"哪儿，哪儿，我早已忘记了，也许已找给我了吧！姜妈，这儿四角钱，你先拿去，明儿再算吧！"

仲泉这个假装糊涂的神情，倒引得紫玉又嫣然笑了，既然他自己情愿多给钱，这也就不必客气，伸手去接他角子，因为彼此举动是太急促了一些，所以两手竟是碰了一下。仲泉见她虽然是成天洗衣的手，想不到却是软绵绵的柔若无骨，心中这就荡漾了一下，又搭讪着笑道：

"姜妈，你家里是住在什么地方？家中还有谁呀？"

"我家里是很苦的，丈夫是没了，只有一个女儿，这我前时不是已告诉过你吗？我家是住在青云里二号亭子间。"

"哦！你就住在青云里二号吗？这我跑街是天天跑过的，明天我来瞧瞧你，好吗？"

仲泉憨憨地笑着凝望了她，好像期待她一个圆满的答复，紫玉眉毛一扬，掀着嘴儿，嫣然笑道：

"哟！沈先生你还问我好吗！我们地方又小又脏，怕见不来客，沈先生怎请得你到呢！"

紫玉这几句客气的回答，乐得仲泉耸着肩只是笑，终算是非常满意了。紫玉撩过衫裤袜子，挽在臂上，向他点了点头，回眸一笑，便走出房去。紫玉这一笑，几乎把仲泉勾去了灵魂，不禁为之神往，情不自禁地脱口喊道：

"姜妈，你回来。"

"沈先生，喊我干吗？可不是还有长衫要洗吗？"

紫玉停止了步，回过头来，绕过媚意的俏眼，向仲泉含笑问。仲泉既喊住了她，却又一句话都没有了，呆了半晌，方挥了挥手笑道：

"我不说了，晚上我到你家里来再谈吧！"

紫玉听了这话，心中好生怀疑，怔了一怔，一面步出房间走下楼去，在回家的途上，一面暗暗地思忖："自己真不应该穿房入室，以致瞧见了他胯下的秘密，幸而房间内只有我和他两人，倘然有第三人进来的话，那我不是更加要难为情了吗？"想到这里，那脸上不自主地又一阵一阵红起来，一会儿又想到刚才自己临走的情形，他对我欲语还停的神气，我问他喊我什么事，他却又说晚上来我家细谈，这个……其中必有许多的讲究，莫非他对我真的有爱情……吗？我是一个很可怜的身世，他的年纪我虽不知道，不过瞧他脸蛋儿也不见得大了我许多，倘使他果然有心的话，那么将来阿杏长大起来，什么读书啦、衣食啦，倒也有了不少的照应。紫玉这时的一颗芳心里，便好像有个英挺的沈仲泉向她求爱的神气，但摄定心神，仔细一想，又连连抱怨自己道：

"人家是一个很朴实的先生，你不要胡思乱想地瞎猜了。"

紫玉自语到此，不免又深深地叹了一口气，回到了家里，一面洗衣，一面又要看顾杏佛。她把一天洗衣的工作做完，只觉周身酸痛，便倒在床上休息一会儿。杏佛小手捧着她的脸儿，跳着小脚儿笑道：

"妈妈，我唱歌给你听，好吗？"

"好的，我的好宝宝！妈妈喜欢你，你快给妈妈亲个嘴。"

紫玉把杏佛苹果般的脸颊吻了一回，杏佛乌圆的眸珠转了转，便边跳边唱道：

"我的好妈妈！天天真辛苦，清早到傍晚，只把衣儿洗……"

紫玉听到这里，正在无限感触，忽听门房响处，推门走进一个人来，紫玉抬头一瞧，原来正是沈仲泉，果然不失约。因连忙翻身从床上站起，拉着杏佛，向仲泉笑盈盈叫道：

173

"沈先生，快请坐，这儿地方小，宽一宽长衫吧！"

仲泉一面笑着点头，一面脱了长衫，紫玉连忙接去挂在衣钩上。仲泉见杏佛天真活泼，十分可爱，因把她拉到身边，抚着她的发儿问道：

"你叫什么名字？几岁了？可在念书没有？"

"她叫杏佛，今年才八岁，像我们这样人家，哪儿有钱给她念书。杏儿，这是沈家伯伯，你喊一声！"

紫玉回过身来代杏佛说，杏佛乌圆的眸珠，滴溜圆地一转，听从妈妈的话，向仲泉喊了一声。仲泉十分高兴，便伸手在袋内取出五张簇新的钞票，拿两张塞在杏佛的手里，三张放在桌上，笑着向紫玉道：

"姜妈，这一些给杏囡买些糖果吃，还有这三元钱，请你给我买些酒和菜，今天我很高兴，想借你的地方，大家喝一杯，不知你肯答应我吗？"

"沈先生，这怎么好意思叫你破钞呢？你要借我的小地方，我去买酒菜来请你好了，这三元钱我是断断不敢受的，你请收回吧！杏囡这两块钱我也不同你客气了，杏囡，你快谢谢沈伯伯吧！"

紫玉一面说，一面又倒了一杯喷香的茗茶。仲泉听她这样说，心中真有说不出的欢喜，便睃着她笑道：

"姜妈，你别再和我客气，快拿去买吧！你若不肯受，我便要回去了，况且你是多么辛苦，我若要你辛苦得来的代价请我，我心中怎能够过意得去。姜妈，假使我们认为是知心……那么你就别客气了。"

仲泉这几句体贴的话儿，是多么委婉多情，听进紫玉的耳中，真把他当作唯一的知心人了。

大约费了半个小时，紫玉已从市场回来，手中拿着大大小小的纸包儿，见仲泉和杏佛却絮絮地聊着天，因把纸包放在桌上，一包一包地透开，仲泉见有酱鸡、酱鸭、咸蛋、烧肉、鱼松、熏鱼、牛片……慢慢地摆了一台子。仲泉心里十分欢喜，连说劳驾，紫玉扑哧一笑，瞟他一眼道：

"我出去先到善元泰叫了两斤花雕，不知有送来了没有？"

"也只有刚才送来，喏！你瞧，这不是吗？我们坐下来喝一个痛快，杏儿和我一同坐吧！"

仲泉说着，把杏佛抱在桌边椅上，紫玉含笑点头，把小菜都装了盆碟，一面拿着两只杯子，一面便在他对面坐下来。两人浅斟低酌谈笑风生，真所谓酒落快肠，兼之孤男寡女，倾心已久，酒至半酣，各人都脸泛桃红。仲泉人以诱词，紫玉顿时想起早晨换裤情景，芳心一动，肉欲骤发，不觉娇媚地嫣然一笑。就在这一笑中，从此两人便结成不解的因缘。

这一件事到现在，差不多已有八个年头了，仲泉已由跑街升为经理，杏佛也已有十六岁，在初中里毕了业，一切都是仲泉照应。照理仲泉可以把紫玉娶回去做妾，但因为仲泉的妻子秦涵芬是一个有名的雌老虎，见仲泉发达，已面团团做富翁，钱业当中差不多已推他做领袖，所以管得很紧。仲泉既是个金融界中的闻人，当然更要顾全面子，所以对于涵芬并不是畏之若虎，实在也是要为顾全自己的地位，因此事事都委曲顺从，不敢把紫玉公然娶来。但究竟八年来的恩爱，情分实在深不过，虽然紫玉现在已是三十七岁的徐娘了，可是仲泉抽空还常来瞧紫玉，有时被紫玉缠住，免不得也应酬一夜。

涵芬虽然管得紧，但仲泉还是有身份的人，交际场中和朋友应酬，这也少不来的事，况且前年他做了一票公债，又赚着十六七万，饱暖思淫欲，天天花天酒地，自然难免和堂子里倌人发生了爱情。

两年前头，曾在小花园讨一个花美娟做妾。自从花美娟进了门，涵芬便吵得日夜不宁，差不多连仲泉到外面应酬去，她也要跟在后面监视，唯恐他再把狐狸精似的人娶来，因此仲泉对于紫玉，好像蓝桥阻隔，一月里也只好偷偷地来两三趟。至于要想把紫玉纳进去，这是万万也不能够了。

紫玉见他慢慢地疏远开去，心中虽然非常怨恨，但自己又没有给他生一男半女，若要名正言顺地要他承认是个妾的身份，也是很难的事，因此也就冷了一半的心，便要把女儿送到跳舞学校去学习舞艺，预备下半世有个靠傍。果然因杏佛的容貌超人，性情温和，同她跳舞的舞客，自然不在少数，所以每月进益倒也不错，现在已新搬到乐群里第三家，租一间客堂楼，生活显见是安定许多了。

杏佛站在人行道上的杨树下，站了一个多钟点，只管呆呆想了心事，直到工厂里呜呜的汽笛叫了，她才意识到暮色已降临了大地，自己还只穿着睡衣，这成什么样儿呢！因急匆匆地忙又回进屋子里去。

"咦，沈伯伯多早晚来的呀？"

杏佛一脚跨进卧房，只见仲泉和妈妈同坐在床边，妈妈柳眉微蹙，眼帘下似有泪水，仲泉在皮匣里取出一叠厚厚的钞票，放在妈妈的膝上，喁喁的好像在安慰模样。两人突见杏佛进来，便都站起身子，仲泉道：

"我才来了一会儿。杏囡，我告诉你一件事，明天是我第三个女儿出嫁，在新新旅社，你同妈妈可高兴一道来吃酒吗？"

"你们客多，羞答答的我们怎好意思来呢？"

杏佛扭着身子，抿了嘴儿微笑。紫玉这时正倒上两杯玫瑰茶来，放在桌上，听了仲泉话，便忙问道：

"怎的我一些都不知道啊！对了，你也好久不来了，是配给谁家呀？"

仲泉听她话中还是带着怨恨的意态，心里实在也觉对不住她，不过这雌老虎确实太厉害，今天还是偷偷地出来呢！因此也只好装作不理会，望着她道：

"这也怪不得你不知道，我是一个同事做媒的，只有一个月就说成功了，新郎叫高志云，他的爸就是高凌霄，前清曾做过江苏藩台，家道倒很靠得住，单就我的钱庄里，少说也有十万存款哩！"

杏佛听仲泉说出高志云三个字，顿时大吃一惊，花容失色，立刻低下头来，心中暗想："志云他对我说他爸爸给他定了一个亲，叫作沈翠喜，原来就是仲泉的第三个女儿。唉！她是仲泉的女儿，我一半也好算是仲泉的女儿，她偏好和志云结婚，我却偏不能和志云正式结婚，志云虽说绝不爱她，但一个人的心里，怎能料得到底呢？"想到这里，她又恨自己的命薄，一样是一个女孩儿家，相亲相爱的不能成配偶，倒是一些没有情感的反能成鸳鸯，这是什么缘故呢？不就是为了出身地位的不同，就得不到一样待遇的幸福吗？紫玉嗯了一声，骤见杏佛盈盈欲泣神气，猛可理会过来，但这事又不能和仲泉商量，叫他女儿让步，恐杏佛更要伤心，便也把这事含糊过去，打岔道：

"那么你今夜是又不能住在这里过夜了，你几时来呢？我尚有许多话要跟您说呢！"

"住夜本也可以，但天气这样热，叫杏囡又睡到外面去，那也很不便当。今夜我是不宿了，况且家里还有许多事等我回去办，你有话此刻说好了，这二百元钱大概可以用四个月吧！"

"我也不稀罕你钱，只是你这么许多天不来，终太狠！好了，你没有空，我也没意思和你说，改天再谈吧！"

紫玉无限怨抑中带着无限多情似的，娇媚地瞟了他一眼。仲泉望望杏佛，又瞧瞧紫玉，心中虽然十分爱怜，但自己身子又不好分开来，只好硬着心肠站起来告别道：

"你的心，你的情，我都知道。但……唉！我走了，等我过了三女儿的喜事，我一准再来和你长谈是了。"

仲泉说完，叹了一声，便匆匆走了。杏佛听了这话，宛如志云对自己的口吻，想不到妈和女儿竟一样命苦，无限伤心陡上心头，不禁呜呜咽咽哭起来。

"孩子，你别伤心！妈是老了，今生没有幸福希望了，你还年轻，目前暂时充个舞女，将来怕找不到一个温柔的如意郎君吗？志云这孩子虽然有情，但他先和人家结婚，即使你跟他，亦是一个妾的地位，这又何苦呢？我劝你快死了这一条心吧！"

杏佛听妈的话虽然不错，但志云和我的爱情是与众不同啊！我原谅他的苦衷，他完全是出于不得已的，我知道他绝不会负我的，但是翠喜万一比我更美丽更多情，志云被她迷住了，把我真的忘了……那叫我怎……想到此，那泪又滚滚掉下来。紫玉见女儿哭，自己也哭了。娘儿俩哭了一回，杏佛便对镜梳妆，薄匀脂粉，紫玉劝道：

"杏儿，你不吃饭了吗？我说你今夜别上舞场去，休息一夜，明天就吃她喜酒去。"

"啐！我一生一世没吃喜酒，也不愿去哩！我这时也吃不下饭，回头舞场里去吃些点心是了。妈妈，我想明天休息一夜好吗？"

紫玉点头答应，只劝女儿想穿些，不要伤心，杏佛也不答应，便自到舞场里去。

杏佛为什么要第二夜休息呢？她原是有深意在内。那夜杏佛很早睡在床上，心里暗想："今夜志云和翠喜是新婚初夜，明天两人便双双回门，志云对我说绝不爱她，并对我附耳私下说，且绝不和她享受夫妻的权利……这明天一定要假装看客，混进沈家，倒要瞧瞧志云和翠喜，不知是否满面春风，还是愁上眉梢，这我就能辨出志云对我的话是真是假了，而且我还要瞧瞧翠喜这人的容貌是怎样，性情是怎样，是否是个妒忌泼辣的人。倘然也是个性情温和的人，而志云果然没和她实行夫妻的恩爱滋味，那她是多么伤心啊！这我也不忍心，我将后一定要劝劝志云，叫他千万别为我和她伤了感情，因为做女孩儿的是一样怪可怜的。"杏佛反复地想到这里，倒又心肠软下，发起慈悲心来了。

第二天早上，她便起身梳洗，薄匀脂粉，穿上一件很时新的纱旗袍，向紫玉只说要到女朋友家里去谈天，紫玉嘱她早去早回，杏佛答应一声，遂坐车到沈公馆去。人力车拉到离沈公馆大门还有一箭之路，她便跳下车来，付去车资，慢步踱着过去。天下事凑巧起来也真凑巧，杏佛正踱到沈公馆门口时，突见门内迎面齐巧走出两个如花如玉般的女郎，一见杏佛，其中一个稍矮的，便即凝眸叫道：

"咦！你不是杏佛妹妹吗？到哪儿去？我们差不多有一年不曾见面了吧！妹妹，你好吗？"

杏佛抬头仔细一认，原来叫自己的正是初中里同学柳蕴珠，一时不禁喜上眉梢，抢上一步，也笑着招呼道：

"珠姐姐，想不到我们在学校一别之后，会在这里碰到你，真巧得很。姐姐，你也好吗？"

蕴珠乐得什么似的，和杏佛握了一阵手，回头又把旁边那个女郎拉来，替杏佛介绍道：

"这位是沈菱仙，便是我现在东区女中的新同学，这位是我启智初中里的旧同学姜杏佛。"

菱仙听了，早伸出手来，向杏佛握着笑道：

"大家都是同学，是没有什么新旧的，今天正凑巧极，比请还好。杏妹不知有没有事儿，不然，就在这儿玩一天，因为今天是我妹妹和新姑爷回门，多一个女伴，我们便多一个帮手，把新姑爷大大地闹一闹，人少了，大家就觉得乏味了。"

"仙妹这话对极。杏妹，你别怕难为情，你就答应她，大家玩一天吧！"

杏佛听两人都很高兴地劝她，和自己的来意齐巧相合，一时乐得心花怒放，不禁展着眉儿笑道：

"珠姐和我是玩惯的，菱姐到底还是初次会面，怎好便到府上去叨扰，老伯和伯母见了，不要笑我吗？"

菱仙见她不肯进去，便又拉着她手笑道：

"爸爸妈妈和我一样爱热闹，客人愈多，他们是愈欢喜，妹妹若存这个心，便不把我当你同学的同学了，这我可一定不依。"

一面说着，一面拉着杏佛进去。谁知道这个时候，门外又驶来一辆汽车，三人回头瞧去，只见汽车上跳下来的正是方妈李妈扶着翠喜，菱仙便和杏佛说道：

"这就是我昨天和高家结婚的妹子翠喜，不想她竟这样早的回来了。"

杏佛一听就是翠喜，这自己正要瞧个仔细，因一面点头，一面向她细细打量。只见翠喜淡扫蛾眉，薄施脂粉，看过去颊上似乎还带着丝丝泪痕，芳心顿时又惊又喜，喜的是志云果然真心爱我，惊的是翠喜这样容貌，竟打不动志云的心，难道志云真没和她……这志云真亦可称是爱情专一到极点的奇男子了。杏佛这样呆忖，连菱仙给她和翠喜介绍，差不多也忘记招呼了。

"翠妹妹，恭喜你，今天一定很得意了。"

蕴珠向她取笑，这才惊醒了杏佛，连忙向翠喜叫声姐姐，翠喜勉强含笑点头，四个人在前方，方妈李妈在后，大家遂一道到上房

180

里去。

"妈妈，妹妹回来了，我有一个同学姜杏佛小姐也来了，今天可真要热闹了呢。"

菱仙跨进上房，就嘻嘻哈哈地大嚷着。杏佛和蕴珠先进房，和秦氏请了安，这时房中众亲友都站起来等翠喜进房，预备向她取笑着玩，谁知翠喜一进上房，还没到妈妈跟前，就哇的一声哭起来。

这样一来，倒把房中众人都吃了一惊。菱仙的大姐月仙和姐丈俞俊卿，以及菱仙自己的夫婿钟飞明，大家都目瞪口呆。翠喜伏在床上哭得抽抽噎噎的回不过气来，月仙菱仙姐妹早跑到床前，低声问翠喜是为了什么事，竟如此伤心。俊卿飞明和族中众子侄也都纷纷议论，蕴珠当然也不知道怎么回事，只有杏佛心中稍有些明白，也只好呆在一旁。秦氏见女儿这个模样，还道是不知受了怎样的委屈，一时又气又急，一面骂李妈，一面又追问方妈道：

"三小姐好好的是为着什么？你从他家转来，想必有些知道，快说给我听呀！"

"我早晨送茶去，一到新房，便见三小姐坐着啜泣，我拉她到后房，细细问她，方知新姑爷是一个傻子，和三小姐合不来。我当初还道不是真傻，后来我陪着三小姐到老爷太太公婆面前送茶去，三小姐又送姑爷一盅茶，谁知姑爷竟扑地跪到我面前谢礼，看过去傻的程度，竟还深得很！三小姐倒并不是虚话，因此怪不高兴的就先回来了。"

方妈这些话大家都听得明白，方知道翠喜哭泣的原因。秦氏气得咆哮如雷，一肚皮气愤，全怪到仲泉头上，骂着道：

"嗯嗯！竟傻到如此地步吗？我当初本来不愿意许给他们的，都是她短命的爸爸，说得锦上添花、好到不能再好的神气，说是前清做官的人家的儿子不配，还要配怎样的少爷？现在这样傻姑爷，叫我女儿怎能称心得来呢……"

也许是为了个人地位和关系的不同，所以房中这许多人，都有各种不同的感想，几个年老的远亲，以为傻戆骏笨的女婿，也多得很，那是不足为奇，现在既然木已成舟，当然只好注定是三姑娘的命了。杏佛站在一旁心中倒又起了大大的疑窦，她并不为翠喜着想，她心中只记挂志云，以为志云一定是受了极深的刺激，所以变成痴痴癫癫的模样，不然，他是一个风流倜傥温柔多情的美少年，怎么会态度失了常呢？至于俊卿和飞明呢，两人以为三姨夫是个傻瓜，心中好像十二分得意，预备等会儿来了，大家捉弄他一回，既然是骏子，那和他开玩笑，当然是更觉有趣。月仙和菱仙细细问着翠喜，翠喜因自己姐妹，便详详细细地告诉两人知道。月仙倒也很代翠喜担心，菱仙到底年轻一些，她竟和俊卿飞明一样见识，以为越傻越好玩，等会儿非叫蕴珠杏佛大家闹一闹不可，因此不但不代妹妹忧愁，反而脸上浮着得意的微笑。

这时公馆里上下人等，个个都晓得三小姐是嫁了一个戆大女婿，没有一个不引着脖子爱瞧笑话，只有秦氏，一会儿骂仲泉一会儿骂凌霄，说怎的会生个这样的傻子。

花美娟是仲泉最心爱的姨太，年纪还只有二十几岁，平日和翠喜倒很说得来，此刻得知这个消息，也娉娉婷婷地走来，向翠喜劝一回。奈翠喜一生的希望已绝，志云容貌虽美，却是一窍不通，这样中看不中吃的果子，芳心是多么悲伤！对于外人不关痛痒的安慰，自然只当耳边风一样。美娟见翠喜劝不停止，而秦氏恶狠狠的眼光倒又射过来，因此也就怏怏而出。

仲泉听到这个消息，也匆匆跑到秦氏跟前，来问个详细。秦氏气鼓鼓地道：

"全是你这个害人精！天天只晓得在外面胡调，正经自己女儿的终身大事，却一些不探听仔细，现在把我花一样的女儿，生生地陷到牛粪堆里去，叫我女儿还怎么做人？我不要这个戆大女婿，你非赔还我一个好女婿不可！"

仲泉听了咆哮的骂声，自己也深悔不该一口答应，终该详细调查才对，但事已做错，也只好忍气吞声地挨骂，低了头，没精打采地退出去。经过小院子里，齐巧蕴珠和杏佛迎面走来，蕴珠便叫声老伯伯，仲泉一见杏佛，心中不觉一怔，蕴珠以为仲泉不认识，便向仲泉告诉一遍，杏佛假作不认得，也叫了一声老伯。仲泉这才知她们是同学，正要向她问话，忽听外面一声喊道：

"老爷，太太，新姑爷来了！"

第四回

屏后偷瞧一翻双元宝
筵前赌酒大闹满堂红

　　"珠姐，杏妹，快来瞧呀！我把皮丝烟儿，装在品盆里，你瞧像不像肉松？我已和俊卿哥说了，叫他来给新官人瞧他认不认得吃不吃。"

　　菱仙在书房里很得意地安摆着，一见蕴珠杏佛手挽手儿的进来，因笑盈盈地向他们招手说。杏佛听了慌忙阻止道：

　　"这个不好，人家吃了是要辣得咳嗽的，倘然咳嗽得眼泪都咳出来，那三姐姐不是要怨我们吗？"

　　"杏妹，你又不是三姐姐，倒要你代为肉疼？谁家新官人不是这样闹着玩的？"

　　菱仙以为杏佛终是拍手赞成的，万不料她会说出这个话来，倒不觉一怔，一面咯咯地笑弯了腰，一面取笑着她说。杏佛听了菱仙尖酸的舌锋，觉得自己这话，原是不对，因红晕了脸颊，十分不好意思，为了要避免不好意思，遂又搭讪问道：

　　"菱姐姐，那么还有什么玩意儿，比较和平又好笑些的？"

　　"我们本来要你大家想的呀！我们又不是安心用恶计作弄人，原是闹着玩玩的，再和平也没有了，像妹妹真是个好心肠人。"

　　蕴珠也忍不住咯咯地笑，菱仙更笑得伏在桌上动也不会动了。

杏佛碰了菱仙一个钉子，又碰了蕴珠一个钉子，且见她们这样好笑自己，一时直羞得满脸通红，连耳根都像喝了酒似的，因赌了气，不再说话。

"杏妹，你怎么不想想呀？我们大家得想一样，我想烟卷里插火柴头，给他吸时，不过哧的一声就完了，不会咳嗽，也不会辣口，你们想好吗？"

蕴珠怕杏佛生气，便停止了笑，正经地提议。菱仙听了，便也抬起头来，拍手笑道：

"好的，好的！我们多插几支，给陪客们大家也都尝尝，那么杏妹也提议一个。"

杏佛想了半天忽然叫道：

"有了，我想汤团里裹白糖……"

说到这里，觉得这话不对，慌忙把话缩住。菱仙和蕴珠早又都扑哧一声笑道：

"汤团里本来是裹白糖的，妹妹，你难道尚恐它不甜吗？"

杏佛的芳心里，一心只想帮助志云不给她们作弄，但现在自己是站在玩弄新郎的地位，这心理和所做事怎会相符，自然是文不对题了。被两人这样一说，自己也忍不住抿着嘴儿笑起来，因镇静了态度，故意将错就错地笑道：

"我原说这些笑话，给大家笑一笑，我想团子里裹胡椒、生姜或者辣子，那可还会错了吗？"

"裹得太多了，不是也要辣得太厉害了吗？妹妹要不不裹，裹起来竟要一辣、两辣、三辣，这叫新官人真要吃不消妹妹的手段哩！"

菱仙这几句话，说得三人都忍不住哧哧笑得花枝乱抖，大家因个人暗暗使了机关，交给厨房照办，一面又到外面去瞧瞧俊卿飞明怎么陪新官人了。

仲泉和蕴珠、杏佛本来在小院子里说话，一听外面喊新姑爷到了，三人连忙出去，不料小丫鬟又来喊姜小姐柳小姐，说二小姐在书房里等着你们，因此三人遂又分头走开。

仲泉走到会客厅里，只见里里外外都是那男女亲友、老老少少孩子仆人等许多人都已挤满的十足，这时上房里秦氏太太、大小姐月仙以及姨太太花美娟，也都赶着出来。仲泉便和他们挤在人丛里，伸长了脖子，大家先要瞧一瞧志云，到底是傻到怎个样儿。仲泉想志云倘然是傻得还好，我就不怕秦氏再埋怨我了。秦氏心中也在想，万一志云是果然傻到极点的，而且又是个十不全的模样，那我一定和这老杀千刀的拼命。两人这样想着，所以他们要瞧志云，实在比任何人还要迫不及待，眼睁睁的只向院子外望，各人胸中的一颗心，都好像时辰钟的摇摆头，来去志忐不停。

志云坐在车上，他的心里也再三筹思，他想昨夜已给我扮了一个骇大，把翠喜瞒过，想翠喜回家，一定是哀哀哭泣，告诉她的妈妈，说我是个不懂夫妇情爱的傻子，今天我回门去，究竟怎样才好呢？还是仍扮着傻呆，还是索性扮了一个戆大，使翠喜的心可以绝对断了念头。正在委决不下，那汽车已停在门外，在乐队悠扬欢迎声中，志云突然听到几个女孩很刺耳地叫着：

"戆骏女婿来了！"

"戆骏女婿来了！"

志云听到这样轻视侮辱的呼声，心中起了无限的感触，眸珠一转，他便有了主意，使他们一班瞧热闹的个个失望。

车夫开了车厢，志云跳了下来，即有仆人陪着进内。到院子里方有大姨夫俊卿、二姨夫飞明做招待，先陪到客座大家坐下，仆人先献上燕窝茶，再用银耳茶，第三次方是清茶。志云暗暗偷视屏门前后，团团围着众人，真是水泄不通，个个窃窃私语，好像都在议

186

论自己模样，心中不免暗暗好笑，遂抬头用那炯炯目光，向众人扫射一周，脸颊上不自觉地含了一丝笑意。

这时仲泉、秦氏、美娟心中都各发生了一种感想，美娟瞧志云身穿笔挺的西服、纺绸衬衫，配着大花点领带，衣服袋内还露着一角粉红绢帕。奶油色香槟革履，一切服装固然是十分漂亮，配着那副讨人欢喜、具有中西合璧之美的脸蛋儿，哪里有一些傻呆的气味！这三小姐实在是幸福极了，为什么还要哭哭啼啼呢？我就候不着这样机会，有几夜被仲泉这老头子缠绕起来，真惹人讨厌，有本领倒也罢了，偏是银样镴枪头，这多令人扫兴呀！我若能和这志云孩子快乐了……那真是做鬼也风流呢！大凡一个人不能起歹心，否则就有横祸飞来，美娟既这样存心，那秋水盈盈的两眼，就好像苍蝇见了血似的，呆呆的一些不肯放松地瞧着。仲泉和秦氏瞧了志云模样，也是暗暗称奇，呆呆地出神。

不料正在这个时候，书房里菱仙、杏佛、蕴珠三人也匆匆奔出来，杏佛心里要瞧志云，实在比菱仙蕴珠还要焦急，她想志云是为我而受到刺激，据他们说简直已成了个痴子，不知现在到底怎么样了，因此三人一到人丛，杏佛和菱仙便分开众人，先要挤出头来瞧一瞧。谁知恰巧钻在花美娟的身边，美娟是挨在秦氏的背后，被杏佛和菱仙一推，秦氏是个小脚，花美娟是穿着五寸高的革履，况且一心只管对着志云，一时哪里站得稳，早向秦氏身上冲去。秦氏经花美娟一推，两人同时跌倒下去，都来了一个元宝翻身，秦氏哎哟一声，先仰面跌在屏门外的地毯上，美娟齐巧覆在秦氏的身上，一个仰，一个合，两人脸儿贴在一块，不由自主地亲了一个嘴。别人家亲嘴是甜蜜的，她们却是非常疼痛，嘴唇上几乎撞起了一块青。这样一幕滑稽喜剧，倒引得瞧的人个个都哈哈大笑起来。秦氏睁眼见压她跌倒的正是自己心中最恨的狐狸精美娟，心中一阵羞惭，又是一阵愤怒，正是恨从心头起，恶向胆边生，爬起身来，伸手就是啪啪两个耳刮子，打在美娟的粉颊上，顿时起了血红的五个手指印。美娟当着众人，受此大辱，一面急急站起，一面便回房啜泣去了。

俊卿和飞明满想瞧瞧志云的傻态，可以当作笑话的资料，不料志云的傻态还没见他发作，而秦氏和美娟却先演出大翻元宝的把戏来，一时也忍俊不禁。志云见先翻出来的是个四十左右的老徐娘，随后又是一个花枝招展的少女，只见那少女跌下后，粉颊上就愈加显出桃花般的红润，真是一个无限娇媚而又无限艳丽的美女。心中正在感到十分有趣，忽然那少女又被那妇人狠狠打了两记耳光，志云倒代她有些不平，这一老一少不知是她家里什么人，那妇人的举动，未免太似无礼。

秦氏站起，退到里面，满脸羞得通红。菱仙、杏佛心知这事都是自己闯的祸，心中十分抱歉，连忙上前来扶，还问妈妈可累痛没有。秦氏扶着两人的肩儿，骂着道：

"这烂腐货瞧得灵魂都没有了，怎么好好的就会跌下来呢？你们两个好孩子，快扶我到椅上坐一会儿吧！"

杏佛、菱仙听她不怪自己，只骂姨娘不好，心里十分好笑，险些笑出声来，只得竭力忍住，还顺从她的意思，帮着骂她几句。这时月仙也来问妈妈可累痛没有，秦氏又骂了一会儿，忽见喜娘来道：

"太太，姑爷在庭上，请太太到庭上给新姑爷拜见。"

秦氏听了便又站起，喜娘遂把她扶到庭上，只见志云低头站在下面，众人找老爷时，却又不见他的踪影，月仙因慌忙叫几个小丫鬟分头到各个房间找去。

诸位，你道仲泉是到哪儿去了？原来他见美娟被秦氏打了两记耳光，心里实在代她疼了一阵，又见美娟哭到房中去，心里老大不忍，便也偷偷地一溜烟地跟着进房去，一见四下无人，便向她左一

188

个揖，右一个揖，替太太代赔不是。美娟一言不发，躺到床上，反而呜呜咽咽地哭了。仲泉连忙扑到她身上，捧过她的脸儿，连连喊道：

"我的好妹妹，亲妹妹！你千万不要生气，这只雌老虎实在太不讲理，日后终叫她瞧我的手段是了，你快别伤心，一切瞧在我的脸上吧！"

"不要你说好听话，她这样虐待我，我可受不住，请你放了我生路吧！否则，我便和她另外住开，你若不依，我就死在你的面前。"

美娟粉颊上沾满了泪水，说到这里，突然从床上坐起，好像真要自尽模样。急得仲泉一把将她抱在怀里，再三赔罪道：

"我都依你，你千万别气恼，快别哭了，你再哭，我心都给你哭碎了。"

说到这里，便把她的脸儿亲亲热热吻了一回，同时把手摸到她的胸前，抚摸了一回，美娟怕痒，便带着眼泪，引得咯咯地笑起来。这种风骚浪漫的姿态，直把仲泉乐得心花大开，爱无可爱，恨不得立刻就把她一口吞下。两人亲嘴吮舌，正在无限柔情蜜意的当儿，忽听小丫鬟在外面就喊着道：

"姨太太，老爷在这儿吗？客厅里新姑爷要拜见哩！"

"你快出去，不要让他进来，我不愿见礼，你给我说免了吧！"

仲泉连连答应，遂急急奔出房去，险些和小丫鬟撞个满怀。小丫鬟一见，正欲告诉，仲泉连连摇手，说我已知道，遂跟着小丫鬟匆匆到客厅里去。

秦氏在客厅上差不多已站有一刻多钟点，把她的两只小脚站得酸麻得了不得，兼之刚才仰面跌在地上，那屁股隐隐地仿佛还在痛，心中不免暗暗骂声"老头子，不知死到哪儿去了"。但和志云对立好久，却把志云的身材面目瞧得很详细，见他气宇轩昂面貌俊美，若和大女婿俊卿、二女婿飞明比较，实在还都及不来他，但翠儿说那傻气，这时在我瞧来，真是一些都不傻。心中正在疑惑，仲泉亦已到来，志云方才抬头向上鞠了三个躬，仲泉见他态度大方，一些并没有失仪，要说他傻，这是什么话呢？就是秦氏心中也觉得十分满意，不过一想起方才跌了一个元宝翻身，实在当场出丑，心中不免仍恨着美娟这个烂腐货，真是一个害人精的狐媚子。

志云在鞠躬的时候，细细向秦氏一认，方才知道刚刚跌在地上、挥掌打人的老徐娘，原来就是自己的丈母，这好像雌老虎般的一只，那副吃相，真要吓死人了。不过仔细一想，心中也有些明白，那被打的定是仲泉姨太太，不然是个客人的话，她也许不会施出这样悍妒的神情来。

仲泉和秦氏既已拜见过了，便退下去，仲泉照美娟的意思，便叫方妈出来道：

"姨太太因为稍有些头疼，不见礼了。新姑爷和大姑爷、二姑爷、大小姐、二小姐行个团见礼吧！"

志云听他说毕，即见方才陪自己的两个招待，就是俊卿和飞明，又和两个花枝招展的女郎，一同走上庭来，志云心想这两位女郎，大概就是翠喜的姐姐了，那么这两个招待，当然就是她们的夫婿了，因便退到右手。五个人在庭上团团立着，不料鞠躬下去，志云身长，那头齐巧碰在菱仙的额间，等抬起头来，菱仙不觉望他嫣然一笑，志云倒觉得很不好意思，遂索性当不理会。菱仙因为心里存着成见，终以为志云是个傻子，因此对于志云举动，仿佛真有些傻气，其实这不过是心理作用罢了。行礼已毕，大家各散，因围着人多，跨不开步，志云面前正是月仙，志云心急，一脚踏过去，谁知竟踏在月仙的脚后跟丝袜上。月仙是生过冻疮的人，给志云皮鞋脚一踢，不觉痛得哟了一声，连忙回头来瞧，一见志云，还以为他真个是傻得厉害，一时红晕了脸颊，便急急溜了开去。

时候已十一点多了，客厅里已摆满了席，俊卿遂请志云上坐，自己首位，第二位飞明，第三位张不醉，第四位李大海，这两个少年，也是酒量很好，都是飞明预先调遣的兵将。这时众人因都要瞧四个人作弄戆大女婿，所以叫厨下迟半个钟点出菜，他们都躲在屏门后偷瞧。只见侍役替他们筛好了酒，大家举起杯来，先喝一口，飞明即挟一块烧肉给志云，俊卿也送上一叉肉松到志云面前，志云一面道谢，一面把烧肉一尝，觉得没有什么，大海举杯一声喊请，大家遂又喝一口酒。志云正欲拿筷去尝肉松，忽听屏后有女子声音扑哧一笑，原来这笑声正是杏佛，杏佛为什么要笑，她无非是提醒志云的意思。果然志云是个绝顶聪敏的人，虽然他不知道是谁在笑，不过他猛可理会，这笑必定有缘故，因放下筷子，细细一认，这是自己妈妈常吸的皮丝烟，哪有瞧不出的道理，一时心中倒着实感激那笑的女子，一面拿起筷子，也向盆内挟了一大叉肉松，送到俊卿面前，表示他的还礼。这一来不但把后面瞧的人暗暗称奇，戆大哪有这样聪敏？这个疑问在胸中盘旋，即是俊卿飞明也目瞪口呆，暗想这人不但不戆，真可算是乖而又乖，因此愈加用心，要把酒来灌醉他。厨下上了几只热炒，俊卿遂提议道：

"今天云哥第一次碰头，我们应该贺贺你，猜六拳满杯，不晓得云哥有嫌酒太满吗？"

俊卿这话原是激将之法，以为他若真是个戆大，必定不肯示弱会答应的，齐巧志云因连日烦闷，正欲借酒消愁，虽明知他有意，却也不顾什么，客气着道：

"俊哥有命，理应奉陪，只是小弟不会猜拳。"

"说哪里话来，云哥可不必客气，在交际场中应酬的，怎会不懂猜拳的道理？要不叫三妹妹出来给你代猜吧！"

俊卿以为他果然中计，不肯放松地说着。志云见不能推脱，一半倚着自己量大，一半又见那些小杯子，也不放在心上，遂点了一下头道：

"不过诸位要让我一些，我是不会猜拳也不会喝酒的，切莫见笑！"

那时屏后的菱仙、杏佛、蕴珠三人，因里面人多，且又值五月天气，闷热非常，挤得粉颊上香汗盈盈。菱仙见志云不吃皮丝烟，自己计划失败，不免扫兴，但杏佛心中想现在志云虽然不吃，唯恐等一会儿要吃，顿时心生一计，一面用帕儿拭汗，一面拉着菱仙蕴珠故意高声道：

"菱姐，怪热的，我们不要瞧了，他不肯吃皮丝烟呢！"

"杏妹，你真是个傻子，比新官人还傻，你再可以说得响一些，你怕他听不见吗？他如果再吃，他也不是人了。这里真的太闷，外面也有人瞧，我们就到外面去瞧也不要紧。"

菱仙瞅她一眼，杏佛假装失言模样，把舌儿一伸，蕴珠哧哧一笑，遂携着两人，从小院子转到客厅来，站在别人的身后，抬头望着他们猜拳。不料志云偶一抬头，突然瞥见了杏佛，四目相接，顿时一怔，心中暗想："刚才有人喊杏妹，又说她是傻子，现在想来这"皮丝烟"三字，定是杏妹故意通知我的，杏妹爱我的情，真亦不可谓不深了。但杏妹和她家到底是什么亲戚，怎么她先前一些也没和我提起呢？今天我在这儿做女婿，想杏妹的心中，一定是非常难过，好在杏妹她明白我的心，知道我绝不是个见新忘旧的人。"志云想到此，便把眼儿紧紧地向杏佛瞟了瞟，表示他在安慰她不要伤心，杏佛似乎也理会他的意思，凝眸含笑，只管频频地点头。

志云既要常瞟眼儿来瞧杏佛，又要和俊卿猜着拳，心无二用，因此他便出来终只有两个指头，口中也只会连连喊着"两相好！两相好!"其实志云原有深意在内，他以猜拳口吻，来代表向杏佛说话，意思是我们两人永远爱好。俊卿见他只会喊两相好，心中好笑，因此伸一个指去，便喊"三元"，伸两个指去便喊"四喜"，一连四记都是"两相好"，也都被俊卿捉了去。这时座上四个陪客，忍不住哈哈大笑，以为志云衣服容貌虽然漂亮，到底脱不了傻气，不然怎么只会伸两指，喊"两相好"，一些都不变个花样，情愿一杯一杯地喝酒，这不是戆而又駃吗？

　　谁知志云是有心这样喊，同时每喝一杯酒，就向杏佛微微一笑，瞧他意态真好像有说不出的欢喜和得意，仿佛酒落快肠千杯嫌少的神气。菱仙蕴珠瞧他这样得意忘形，还道真的是傻性发了，心中瞧着有趣，两人便咯咯地笑个不停，只有杏佛一个人，心中就不同了，她想："志云虽然我曾见他喝过两瓶香槟，量还不错，但今天他们人多，云哥只有一人，无论如何终是众寡不敌，绝难取胜，况且他又是个伤心不快乐的人，那喝的都是闷酒，喝多了难免要醉，而且亦伤身体，虽然他终对我微笑，也许他内心是非常痛苦，受了刺激，假使没受刺激的话，他何以又只喊"两相好"的拳儿?"因此杏佛便向他连连丢几个眼色，是叫他不要再喝，志云似乎也理会了，把头点了两点，微闭眼睛，好像是沉思伸指模样，谁知等到猜起来，又是伸出两个指头，同时喊的又是"两相好"这三个字，而且喊得特别的响，众人听了，更加笑得不可抑，以为他是真傻透极了。杏佛见他喊"两相好"时，竟望着自己笑出来，起初还很担忧，后来不知怎样灵机一动，猛可省悟，顿时喜上眉梢，眸珠一转，向他很妩媚的嫣然一笑，同时心想云哥的用情正是真挚专一，亦复良苦!志云见杏佛秋波凝视自己，娇媚地笑了，真所谓心有灵犀一点通，不觉兴奋地拉开了嘴只是笑，志云这种情态，可惜除了杏佛一人外，其余还都当他在大发傻劲!

俊卿和志云猜六记拳，是志云全输，连喝了六杯酒。飞明和张不醉、李大海三人，也都摩拳擦掌，个个都想吃豆腐。第二是飞明敬志云六拳，志云猜的和前六拳又是一式，不更动样子，不醉、大海见这样傻拳，从来也不曾碰着过，两人遂抢着先敬，飞明在中间相劝，遂让不醉先敬，老套头的拳法，不消三分钟，志云早又输了六杯。屏后及厅前众人见此情景，都咯咯笑弯了腰，志云却谈笑如常地喝着酒，只是苦着四个人，一些都没有酒喝。不醉猜完，以下便是大海，这也不用再说，当然又是志云全输。志云一连竟喝了四六廿四满杯，俊卿等四人见他量果然不弱，心中实有些气闷，不醉早提议道：

"这样小的杯子，喝得不畅快，我们换大杯来喝吧！"

"不醉兄既然喜欢大杯，我们不妨用大碗，待小弟每位也回敬六拳，聊尽小弟的心。"

不醉说大杯，谁知志云竟要喝大碗。"像他这样拳头，真是自寻酒醉，自讨苦吃，实在也傻得太可怜了。这并不是我们有意捉弄他，就是三妹妹知道了，也不关我们的事。"俊卿飞明这样想着，因此都很兴奋地齐声赞成，遂叫侍役去拿大碗一只，慢慢地筛了，志云笑着说道：

"小弟的意思，还是仍照方才的程序，先敬俊卿兄吧！"

四人心想随便你哪一个先敬，反正这酒终是你自己喝的，当然大家一口答应。倒是站在旁边的杏佛，心中不免又替志云担忧，暗想："志云虽然心中别有怀抱，但到底是受了刺激，所以要借酒来消他的块垒，但是大醉之后，身体必受重伤，若真的醉得病了，那叫我瞧着多肉疼啊！可是我又不能出去阻止他。"芳心焦急十分，因此两眼只管瞅着志云，心中暗暗地喊着："哥哥，你千万别再伸两个指儿，喊'两相好'呢！"菱仙和蕴珠亦凝眸呆瞧的出神，脸上都浮

194

着有趣的笑意。

"三位妹妹，不要瞧了，妈妈等着你们吃酒去哩！"

大家正瞧得出神，忽见月仙从上房里出来喊她们，菱仙回头拉了她手笑道：

"大姐，你快来瞧！新郎只会伸两个指儿，喊'两相好'，他自己喝了一个满堂红，还要猜大碗呢！"

菱仙说着咯咯地笑，月仙探首一望，见自己丈夫和志云果然在猜大碗，一时心中也恐俊卿吃醉，心里不放心，因此本来是喊她们吃饭，这时连自己也立着同瞧，不肯进上房了。杏佛心中不要志云喊"两相好"，谁知志云喊出来的偏又是个"两相好"，引得众人都又哄堂大笑，杏佛芳心一急，早嚷着道：

"我晓得这六碗酒，一定又是我的姑爷喝的……"

月仙听得清楚，回眸向杏佛扑哧一笑，杏佛这才知道自己心急，把话儿说错，慌忙又改正道：

"不要瞧了，不要瞧了，准又是新姑爷喝的。"

"别忙！回头一块儿走。"

杏佛虽然是改正了，可是两颊早已比志云喝了酒还红起来，方欲转身避开，以便掩饰自己的羞涩，谁知却被蕴珠拉住了，因仍又回眸仔细瞧去，原来志云虽然喊着"两相好"，所伸出的手来，却是一个指儿都没有，竟是一个拳头。俊卿因为是捉惯的拳儿，所以伸出两个手指，口里喊的便是"四喜红"，心中还以为是稳赢的，谁料这次竟上了志云的大当。四围众人，当初只闻其声，不瞧其指，所以都哄堂大笑，等到定睛瞧去，大家顿时目瞪口呆，好像刚才笑声，不是嘲笑志云，竟是嘲笑俊卿了。俊卿面红耳赤，飞明、大海、不醉亦各暗自吃惊，想不到这个傻子竟学去聪敏来了。这时菱仙、蕴珠两人咦咦两声，月仙却是暗暗叫苦，只有杏佛惊喜欲狂，见志云还瞟来一眼，微含笑意，好像在安慰她说："妹妹，你放心！这是大碗酒，我都叫他们吃。"杏佛直乐得掀着笑窝儿始终不曾平复过。这时四个人更加不肯走了，大家要瞧个仔细，谁知上房里秦氏等得不耐烦极了，又派丫鬟来喊，四人没法，只得走到上房里去。

四人到了上房，见翠喜兀是躺在床上淌泪，秦氏在旁相劝，见四人进来，便即说道：

"我瞧这孩子的脸蛋儿，倒并不像傻。"

"妈妈，你还说不傻，不傻也不会记记伸两指，句句喊'两相好'，一连地喝廿四杯了。"

秦氏的意思，是要大家附和两句，那么可以略安慰翠喜的心，不料那心直口快的菱仙，老实地说了这句话，真把秦氏弄得没法儿。翠喜听了二姐的话，心中更是怨恨，忍不住暗暗骂着："廿四杯，最好给他喝一罐，醉死了，倒也干净！"秦氏只好又叫她道：

"翠儿，你起来，大家吃一些。你也别懊恼了，自己的身子要紧！"

"妈妈，你们先吃，我此刻还不饿，等会儿我自己会吃的！"

翠喜躺在床上回答，秦氏见她不肯起来，也只得罢了。轻轻喊了一声，遂叫众人挨次坐下，说我们先吃吧。

独有这个美娟，自给秦氏打了两掌，本来是高高兴兴，现在躲在自己房里不肯出来了。仲泉因爱妾生气睡在床上，知这时秦氏和女儿等已在上房喝酒，他便偷偷地走到美娟房里，先捧过美娟的脸儿吻了一回，又叫厨下另送六只荤菜、一壶老酒，他竟陪在美娟房中对酌。美娟见他这样奉承自己，就嫣然一笑了事。两人喝了一会儿，调笑一会儿，正在这时，忽见美娟丫鬟秋琴匆匆奔来叫道：

"老爷，外面大姑爷、二姑爷、新姑爷真有趣，喝醉了酒都在跳舞哩！"

美娟听了芳心一动，便要仲泉陪她一同出去瞧热闹，仲泉乘着酒兴，遂挽着她一同到大厅里瞧去。

秋琴年轻贪嘴儿，老爷携姨太走出去，她便坐在桌边偷酒吃。不料这个时候，上房里也得知他们跳舞消息，菱仙、蕴珠、月仙、杏佛都是年轻人，且喝了几杯酒，兴趣很好，遂都拖着秦氏翠喜一同来瞧，翠喜不肯，四个人遂把秦氏拥着出上房。刚巧打从美娟房间走过，见门帘卷着，里面摆着一桌酒菜，秋琴却一个人坐着喝酒，杯筷倒放着两副。秦氏大起疑窦，便走进房来，大喝道：

"秋琴，这是谁在吃酒呀？这只狐狸精到哪儿去了？"

"是老爷……和姨太……他们到庭上瞧姑爷们跳舞去了。"

秋琴一见秦氏，像小鬼见了大王，吓得脸无人色，连忙退到橱边，几乎急得说不出话来。这时秦氏倒不理会她偷吃酒，一心只恨美娟，听仲泉陪在房中和她吃酒，妒性勃发，但因有大女儿、二女儿以及生客在侧，不便十分发作，遂冷笑一笑道：

"怪不得好久不见他的人，原来躲在这里陪狐狸精吃酒，倒真好快乐哩！"

第五回

拍桌掷杯无非争宠意
涂脂抹粉引起误会心

大厅上志云和四个人猜拳喝酒，怎么会跳起舞来呢？原来志云自杏佛等进上房去后，他便放出本领，况且对于几个人的猜拳心理也摸着了，倒是志云老喊"两相好"的拳儿，他们一些也捉摸不定。此后志云所猜的拳儿，五花八门变化无穷，打个通关，竟把四个陪客猜了一个满堂红。志云两拳一抱，哈哈笑道：

"小弟不客气，请各位原谅！"

这一来，把四人都有些难为情起来。俊卿、飞明、不醉自喝了六大碗，已近有些支撑不住，虽然不服，但心有余而力不足，只得红着脸儿，假作客气着。好在脸儿本来已像血喷猪头，就是为了难为情而脸红，别人家也终当他是喝醉酒了。只有大海还要强来一次，再向志云敬六大碗，结果终算猜了个四与二之比，大海喝四碗，志云喝两碗，因此志云还只酒至半酣，四个陪客倒都酩酊大醉了。这是为什么呢？原来志云起先喝的廿四杯是小杯子，若并到碗内，只有一大碗半的酒，所以俊卿等喝了六大碗，志云只喝了三碗半，而大海要喝到十大碗，当然是醉得更厉害，伏在桌上动也不会动了。飞明、俊卿、不醉既各有醉意，便提议大家来跳一支舞，志云心里觉得有趣，遂也乐得吃吃豆腐，俊卿携着飞明，志云携着不醉，四个人分作两对，在庭上真的跳起舞来。

仲泉美娟走到庭上，果见他们跳舞，忍不住咯咯地笑。正在这时，忽见秦氏和月仙等四人来了，秦氏脸色很不好看，美娟乖觉，连忙悄悄地离开仲泉，见了秦氏，便笑脸迎着道：

"太太，你瞧这班孩子可淘气？"

秦氏虽然一腔妒火，但这时倒也发作不出，只狠狠地白了她一眼。月仙菱仙见自己夫婿拥抱在一块儿舞蹈，脚步都已歪歪斜斜，一时忍不住笑得花枝乱抖，又恐他大醉后跌倒，遂都走了上去。月仙去扶俊卿，菱仙挽飞明，杏佛恐志云醉后要吐，竟也忘其所以，移步走过去要扶志云。那时俊卿飞明一见自己妻子来了，乐得心花怒放，两人急忙分开，各搂了菱仙月仙姐妹的纤腰，舞起却而斯的步子来，飞明这时见志云尚被不醉拥着，回头又见杏佛走来，因把杏佛一推，直把杏佛撞到志云的身上来，一面又哈哈大笑道：

"三妹妹呢？为什么不来呀？云哥，你就姜小姐代一代吧！"

志云一见，这是求之不得的事，立刻弃了不醉，把杏佛紧搂在怀，故意跳开得远一些，背着众人就把嘴儿凑到杏佛唇上，甜甜蜜蜜地吻了一下，低低笑着安慰道：

"杏佛，你怎么会到这儿来呀？我是一些没有醉，你放心，这几个饭桶，倒真的大醉了呢！我亲爱的妹妹，我真快乐极了，想不到在这个烦闷的空气里，能和妹妹亲密地拥抱舞蹈，这真是使我梦想不到的事呢！"

杏佛听了，乐得眉儿飞扬，偎在志云怀里，柔顺得不得了，本待细细问他一问，但又恐被人察觉，因只低低唤声哥哥道：

"我今天真为你担了一天忧愁呀！"

"妹妹别愁！我哪里会真发蛮，晚上有机会，我来和你细谈。"

杏佛听了嫣然一笑，两人遂不再说话，志云假作大醉模样，搂着杏佛，翩翩似蛱蝶穿花一样飞舞着，两人的心中真有说不出的得意和喜悦。

不醉被志云推开，醉眼模糊，只见他们三人都有了女伴，而自己独独没有，心里十分扫兴，突然瞥见厅角上站着一个女郎，正对着他们抿嘴哧哧笑，仔细瞧去，认得是柳蕴珠小姐，昨天吃酒的地方早已介绍过。醉酒的人原是态度失常，也不管冒昧不冒昧，就伸手把蕴珠拖来，口中还喊道：

"好妹妹，你可怜我，也同我跳一回吧！"

蕴珠正瞧得有趣，冷不防给不醉拖去，顿时又惊又羞，满颊通红，意欲含嗔拒绝，但转念一想，酒醉的人理智全无，若不依他和他翻脸，也许他会倚酒骂人打人，那时大家多不好意思，且自己娇弱无力，这时被他拖住，一动都动不得，因也只好随着同舞。

这时厅上除了几个丫鬟瞧热闹咯咯发笑外，就是仲泉秦氏和美娟了，美娟站在一旁，见八个人分作四对，舞艺实在要算志云和杏佛最纯熟，心中暗想："傻子哪会跳舞，而且姿势跳得这么好，这我们的三小姐真是一个不识货的笨坯了。像我这样命薄，竟会嫁了一个老头子，待我稍好一些，还要受这雌老虎监视，这我真也苦命极了。假使我能和志云抱着舞一回，这是多么有趣的事呀！可惜我们三小姐竟把自己固有的丈夫，不来拥抱舞蹈，把这权利送给了杏佛，这位姜小姐真也幸福极了。"美娟想到这里，又伤心又羡慕，竟是呆呆地怔住了。仲泉秦氏见这班年轻人闹着玩着，都是自己女儿女婿，倒也不好说话，而且反觉有趣，把房中那个在哭泣的三女儿也忘记了。酒吃好的时候已经下午三点多了，这样大家一胡闹，时候好像更过得快，一会儿已五点左右，八个人也觉得有些疲倦，同时秦氏仲泉也把他们劝住，休息一会儿了。

俊卿月仙、飞明菱仙是夫妻，当然不避嫌疑，就是不跳舞了，也都仍搀着手儿依偎着，蕴珠拉着杏佛很不好意思，早已逃过在一旁，大家一块儿拥到上房去。

这里仲泉、秦氏、美娟、并秦氏房中丫鬟香玉，扶着志云到书房里来休息。志云坐在椅上，香玉泡上香茗，志云心想："今天怎么别人都瞧见，独独不见翠喜出来呢？想来她一定是伤心地倒在床上了，我的意思最好她能怨恨我，和我离婚，那就是双方的幸福了。虽然自己不免太无情，太狠心了一些，但仔细想来，自己实在不算是坏人，因为我并不破了她贞操，然后再遗弃她。我不伤固有的道德，因为她仍是一个完璧的处女呀！"一时又想着杏妹，真个和我有缘，否则在今天的环境之下，怎能够和她甜蜜地接吻呢？我晚上既约她谈话，我这时应该走了，但我怎么推脱呢？万一她们又叫翠喜和我一同回家，这又怎么好呢？不过这且别管它，先来装头疼醉酒模样再说。志云打定主意，便伸手摸着额角，皱眉向仲泉秦氏道：

"伯伯，妈妈，我此刻头脑涨痛，想是醉了，意欲早些回去，今天给小婿闹了一天，真对不住！"

秦氏仲泉听了，觉得一些不傻，心里既欢喜，又奇怪。这时不醉也走进来，仲泉因埋怨道：

"你们猜拳怎能够用大碗？现在大海醉得怎样了？新姑爷也醉得头痛，你快给我出去，叫阿二备车送客吧！"

"大海还睡在桌上，怎么云哥要回去了吗？"

原来大海和不醉都是仲泉的得意门生，所以仲泉毫不客气。志云听不醉问着，因点了一下头，不醉遂退出吩咐车夫去了。

"新姑爷既要回去，我想叫翠囡一道走，你陪着他，我到上房去瞧瞧。"

秦氏说着，便匆匆到上房去，志云一听，果然不出我的所料，但这又不能阻止她，也只好听其自然了。假使翠喜答应和我一道回去，我一定还装得更像更痴，终要她恨我入骨，不愿和我做夫妻了才罢！志云想着，便伏到桌上去假寐。美娟坐在仲泉旁边，瞧着志云脸蛋儿，真是愈瞧愈爱，只恨身份不同，不好前去亲近，且又有这个雌老虎在旁，当然不敢妄动。这时见雌老虎走了，又见志云伏下头去，要倒下神气，乘此机会，便站起到他身旁，扶正了志云，背着仲泉还用纤手抚志云脸颊，柔声地喊道：

"新姑爷，你别跌下去，要不吃些水果解解酒吗？"

志云骤然闻到了一阵脂粉香，连忙抬头凝眸瞧她，原来这个少妇就是方才从屏后翻出元宝来的那个，一时忍俊不禁。美娟被他露齿一笑，芳心不免荡漾了一下，以为他笑是有意思的，因就更显风骚的媚眼，预备勾引他。不料这时不醉进来说，阿二车夫已经把车备好了，仲泉因喊美娟进上房去催一声，美娟失此机会，把个不醉真恨得了不得，只好怏怏地离开了志云。但她那双俏眼，还紧紧睃他一下，很多情地笑了笑，方始姗姗地到上房去催翠喜了。

秦氏离了书房，急急到上房去劝女儿同姑爷回去，刚到小院子门口，只见杏佛菱仙蕴珠三人从上房出来。杏佛见了秦氏，便笑着道：

"秦伯母，叨扰叨扰！我有些事，先告辞了。"

"难得来的，为什么不吃了晚饭去呢？"

"我也留过她了，她说家中妈妈有些不舒服，因此我也不同她客气了。"

"那么柳小姐也走了吗？你终可吃了饭走了。"

"伯母，我也不吃了，改天再来吧！"

秦氏因心中要紧去劝翠喜，也就不同她们客气，只叫她们常来玩耍，遂自到上房去。这里菱仙送杏佛蕴珠到大门外，给两人讨好车子，方才回身到上房来。只见俊卿和飞明已不在房中，只有妈妈和大姐在床边劝三妹和志云一同回家，翠喜赖在床上，哭泣着道：

"要我今天再到他家去，我宁愿死！"

"孩子，你怎么说这个话？你说他傻，我瞧了他今天却一些不傻呀！酒也会喝，舞也会跳，而且刚才和我说话，也彬彬有礼的。"

菱仙见妈妈虽这样劝着，妹妹却理也不理，因自己走上去，抱了她手儿，柔和地道：

"妹妹，你别孩子气了，今天不回去，难道就一辈子不回去了吗？我瞧他虽然有些傻，但还不至十分的骏蠢，也许现在年纪轻，过后就慢慢地会聪敏。妹妹，我劝你终要听妈妈的话！"

翠喜想起志云昨夜的情形，真恨得志云的肉有三口好咬，此刻谁劝她一同回去，连谁都恨进在内，气急了，便对菱仙啐了一口道：

"不傻！不傻！你跟他睡过觉吗？你欢喜他，你去好了，我不去，我不去！我偏一辈子不去，你便怎么样？"

菱仙万万也想不到自己一片好意，倒给妹妹这样抢白了一顿，立时气得把粉颊变了铁青，半晌说不出一句话来。月仙见菱仙这神气不对，也深怪三妹说话造次，因伸手把菱仙抱过，低声儿道：

"二妹，你别理她……是了……"

"大姐……你想……三妹……这话好没道理，她去不去，本来不关我的事，我因看妈妈的面上，所以劝劝她，她竟说出这样的话来，难道是欺负二姐老实吗？这事妈妈和大姐倒给我评个道理，究竟是谁的不是？"

菱仙气呼呼地说着，月仙是不敢加以批评，只安慰着她，说三妹年纪轻，原谅她吧！秦氏是两个女儿都疼的，既不好说菱仙多事，又不好说翠喜没理，给她姐妹一顿吵闹，正在有气没处出的时候，齐巧美娟笑盈盈进来道：

"老爷等得心焦了，新姑爷酒醉得一塌糊涂，汽车亦已备好，请三小姐快陪着姑爷回去吧！"

秦氏一见美娟进来，心中顿时有了三个恨，第一个恨是早晨瞧新姑爷时候，自己竟被她压倒在地上，弄得当场出丑；第二个恨是中饭时候，仲泉竟被她迷住，陪她在房中吃酒；第三个恨是三小姐不肯回去，因此还让她们姐妹多了口舌，虽然这事与美娟无关，可是在这时的秦氏心中，好像一切失意的事情，都是美娟一人不好，满肚皮的气闷，就要把她来做个出气筒，因此把小脚一顿，就破口大骂说：

"都是你这个白虎精不好，害得我招进一个戆大女婿，三小姐心里不高兴，你高兴吗？你快给我滚！不要你来多话……"

美娟所受的委屈，实在是和菱仙一样，她笑盈盈地来告诉一声，冷不防给秦氏劈头大骂，当初还弄得莫名其妙，后来一听，连招进戆大女婿都是自己害的，平日虽然不敢斗嘴，但今天先给她打了耳光，这时又骂，实在吃气不过，因把心一横，预备闹翻了完事，遂也冷笑一声道：

"我犯了什么罪，开口白虎闭口白虎？就是刚才大家跌倒了，也是后面的人不好，你打我，我不还你手，实在已很给你面子，你自己不想想，你自己才是个老白虎哩！"

秦氏倒也想不到她竟有回口的胆量，这未免是失了自己的虎威，一时怒从心头起，恶向胆边生，便伸手在桌上狠命一拍，同时拿起桌上的玻璃杯，向美娟劈面打去。美娟眼快，慌忙逃避，那杯就直飞到壁上，只听"砰"的一声，早已敲得粉碎。秦氏见掷不到她，这好像是太便宜了她，更气得暴跳如雷，就要抢步赶上去动手打她，却早已被月仙菱仙抱住，一面叫美娟快走，一面劝道：

"妈妈，今天已辛苦了一天，人也乏了，还要动这么大的火，这又何苦来呢？气出病来，倒又被人心里快乐，这真合不上算了。"

美娟一听两位小姐说话也是很厉害，自己若不趁这时走了完事，恐怕就要吃眼前亏，因此她也不再说什么，就反身奔逃出去。不料到小院子时，迎面走来一人，美娟性急，两人竟撞了一个满怀，美娟"啊呀"一声，早被来人抱住，美娟定睛一瞧，正是仲泉，她便一把抱住呜呜咽咽地哭起来了。仲泉骤见美娟这个样子，倒大吃一惊，急问道：

"我亲爱的，你又受了谁的委屈啦？三小姐到底回去不回去呢？"

"啐！我全为了你，要叫我去催，倒又受了老白虎的气，我这样日子过不下去，我一定不要做人了。"

"你急什么？快别哭呀！到底是怎么一回事？难道你去催一声，又错了吗？"

仲泉听到这里，突然听到上房里送出一阵怒吼的骂声：

"你这个烂腐货婊子！你倒敢和我强起来，限你三天给我滚，我不要见你这白虎的面。你这狐狸精，只有老甲鱼欢喜你，但是我绝不怕你，你不滚，连老甲鱼我都剥他皮……"

仲泉一听这话，顿时全身打了两个寒战，再也不愿听下去，立刻抱着美娟到她的房中，把她搂在床上，先千不是万不是地赔罪，一面又问因何事吵闹了。美娟眼泪鼻涕地哭着告诉道：

"一些没有事，我好好去说一声，她就破口大骂，甚至拿茶杯打我，我若不逃得快，恐怕是早给她打得头破血流了，我想一定是三姑娘不愿回去，所以她就拿我出气了。我的好老爷！你千万可怜我，就放我一条生路吧，不然我最多也只有一个月好活了……"

美娟说到此，又呜呜咽咽地哭，同时躲在仲泉怀里，把身子不住地扭转，这种风骚手段，真不愧是个堂子出身，因此仲泉更当她活宝一样，连连地道：

"我的心肝，你千万别恨，明天我准给你另外住开，不再和这个老白虎住在一道，那终好了。"

仲泉说完，又着实把她肉麻地温存一回，美娟这才收泪无语，嫣然笑了。仲泉因志云还在书房里等着，遂又匆匆到书房，本来还想到上房去问个详细翠囡究竟是否同去，但是实在有些怕见秦氏，就不去问了。仲泉走进书房，只见俊卿、飞明、不醉和志云闲谈着，因向志云叫道：

"贤婿，翠儿因身子有些不适意，正睡在床上休息，我想晚上如好了些，便送她回来，万一不能，只好请贤婿原谅，改天再送她回来吧。"

志云一听，正中下怀，乐得什么似的，立刻站起身子，向众人一拱手道：

"如此甚好！想三小姐是不惯辛苦的，这几天定是累乏了，爸爸叫她住过两天，那是再好没有。小婿就此告辞，妈妈那儿，请代为知照一声。"

仲泉一听志云语气，不但一些不傻，而且是雅致有礼，心中十分抱歉，因道：

"贤婿酒醉，现在怎样了？要不差个人陪了去？"

"先生，我陪云哥去吧！回头不来了，因为我还有些事。"

仲泉听不醉这样说，就一口答应称好，志云因知不醉并非专送自己，遂也不必客气。仲泉送到大厅，也就止步，俊卿飞明直送到大门送上汽车，方才回身进来。

妻妾争宠，做丈夫的本来是件很为难的事情，况且秦氏又是个著名的雌老虎，吓得仲泉心胆俱碎。他既送志云走后，又想到上房去瞧瞧翠喜，但却怕秦氏向他吵闹，因此始终没有勇气，不过他心里的确记挂美娟比任何人更关切，这当然因美娟是他夜里要享受的宝贝，所以他又一心地到美娟房里去了。

俊卿飞明到上房，见翠喜尚在哭泣，菱仙呆坐沙发上，却一言不语，月仙在床边又劝翠喜起来道：

"那么妹妹既不愿回去，起来饭终该吃一些，从早晨到现在，还一粒米不沾唇，饿出病来可怎么好呢？"

"你大姐的话不错。翠儿，你千万别孩子气了！"

秦氏说着把翠喜从床上扶起，翠喜一见房中俊卿和飞明两人在着，一时又觉难为情，便仍躺下床来，掩着脸儿，不肯站起。月仙知她怕羞，因向俊卿飞明两人挥手，抿着嘴儿笑，意思叫他们出去。俊卿飞明便站起笑道：

"我们原是来告诉一声，新姑爷是已回去了。"

两人也不待她们再问话，遂匆匆出了上房，到大厅里只见大海犹伏在桌上，烂醉如泥。俊卿见了，走上前去打他两记笑道：

"大海，大海，真冤枉你是个大海！怎么只喝十大碗酒，就醉得如此模样呢？哈哈！到底还是我们强哩！"

"俊哥，你别吵醒他，我们来把他做个新鲜玩意儿。"

"什么玩意儿，你倒说给我听听。"

"不用说，你且等一会儿，我立刻就来。"

飞明说着，遂匆匆到里面，把菱仙的手提黑漆皮匣打开，取了粉盒和嘴唇膏，又急急到厅上，向俊卿咯咯笑道：

"我们来给他调个大花脸，这个玩意儿可有趣吗？"

俊卿拍手赞成，两人遂上前动手，拿香粉和胭脂给大海涂了一脸孔，好像一只兔子灯似的。涂好了后，两人也不把脂粉盒收拾好，就这样留在桌上，忍不住又笑了一阵，飞明道：

"我们到哪儿去玩一会儿，在这儿吃夜饭，看丈人丈母还有个姨太，三人争风吃醋的，也没什么意思。"

"我们还是到大上海舞厅去跳舞吧！也不用关照他们，溜走就是了，省得我的大小姐、你的二小姐知道了，又要缠不清！"

俊卿拉着飞明，边走边说，飞明点头称是，两人遂溜出大门跳舞去了。

天下事越是不要给人知道，偏会被人听见，俊卿的话齐巧给秋琴和香玉两个丫鬟听见。她们原是在院子里折花朵玩，听两个姑爷说着话，身子已向大门外直奔出去，香玉本待喊他们，早已来不及，因拉了秋琴的手笑道：

"我见许多少爷们都爱上舞厅去玩，不知道舞厅里是究竟怎样好玩，而且还要瞒着大小姐和二小姐，这又是什么道理？可惜我们没有去过！"

"你倒想上舞厅去玩吗？我上次听姨太说，舞厅里也没有什么特别花样，就是刚才和他们四对一样跳舞，只不过灯光是配得五颜六色的，里面都是很漂亮的女人！"

秋琴说到这里，哧哧一笑，两人已是携手到厅上，经过大海的身边，突然瞧见大海脸上涂着这许多脂粉，真是好玩极了，忍不住大声咯咯狂笑起来。

上房里呆坐的菱仙，见自己夫婿匆匆奔来，开了自己皮匣，不知拿了什么东西，又急急奔出，心中好生奇怪。这时翠喜也已起来吃饭了，菱仙因为翠喜刚才无缘无故地抢白自己，好像妹妹心里和我不快乐，因此实在有些气闷，遂站起身来，预备不吃晚饭，就和飞明一道回家去。

菱仙先到书房里去找，一个人都没有，却听得秋琴和香玉两个人在大厅上咯咯地笑，因便也走到大厅上来瞧，只见大海满脸涂着胭脂，却和秋琴香玉在吵嘴。

原来大海经香玉秋琴两人一阵大笑，早已惊醒过来，只见桌上放着脂粉盒儿，两个丫鬟望着自己，咯咯笑弯了腰，心中好生不解，因用手向脸上一抹，不料竟抹下一手的脂粉，还道是两个丫鬟玩的，因笑骂道：

"这两个妮子真淘气极了，我不捶你们……"

"李少爷，你别冤枉人，这脂粉盒儿都是二小姐用的，也许是二小姐给你调上的，你怎么怪起我们来了！"

菱仙见了这个情景，也忍不住拍手大笑起来。大海见菱仙果然在旁边，还以为香玉秋琴的话是真的，因站起身来，不问情由，伸手把菱仙纤手拉住，口中连连道：

"二师妹，你为什么这样恶作剧，不去玩弄新官人，倒来玩我呢？"

大海说着便把自己手上的脂粉，向菱仙颊上抹了去。菱仙冷不防给他一抹，还道是大海醉后有意调笑，虽然从前也玩吵，不过现在既出了嫁，当然要避些嫌疑，因狠狠把手摔脱，沉着脸骂道：

"你瞧得清爽些，我几时抹过你粉来，你自己醉得像死狗一般，倒来瞎冤枉人！"

大海见她动怒，倒吃了一惊，人就完全清醒了，因央求着赔笑道：

"你别生气，那么这是谁和我开玩笑？咦！他们人呢？"

"你在做梦，瞧瞧天色吧！差不多已夜了，新官人早回去了，客人也散了。"

"那么俊哥和飞明哥呢？"

"我不知道呀！我此刻也正在找他们呢！对了，你的脸儿一定是他们两人涂的了。"

"二小姐，我倒知道大姑爷和二姑爷的去处，他们是到大上海舞厅去的，两人还说别叫大小姐和二小姐知道呢！"

香玉在旁插着嘴说，大海一面求秋琴端盆洗脸水，拿柄镜子，一面笑着向菱仙道：

"这两人真混蛋，既把我作弄了，又到舞场去快乐，还要瞒着二小姐，这不是转好念头。二妹，要不我陪你追上去，今夜就罚他跪一夜，消消你的气，可好？"

菱仙听了这话，女人原是好妒的多，便真的要大海陪去。大海一听，乐得骨头没有四两重，当即连连答应。秋琴已端水拿镜出来，大海先给菱仙擦把脸孔，就把桌上脂粉盒重新匀上，大海方才自己洗脸。菱仙又叫香玉把脂粉盒儿拿进去藏好，并叫向太太关照一声，遂和大海一同到大上海舞场去。

杏佛从沈家出来，回到家里见过妈妈，因为志云约她晚上到舞场来细谈，所在在七点以前，就匆匆到大上海来。不料刚欲到座位上去，就被人拉住，杏佛回头一瞧，不觉吃了一惊，顿时说不出话来，原来这人不是别人，正是菱仙的夫婿飞明。

"咦！姜小姐也在这儿玩吗？巧得很！我们大家一块儿坐怎样？"

这叫杏佛怎样回答好呢？脸儿一阵一阵的红晕，为了要顾全面子起见，只好承认自己也是来玩的，因含笑点头，两人遂在桌边坐下。侍者来泡茶见了，还以为她一到舞场后，就有客人叫她坐台子哩！

大海和菱仙到了舞场，且不找座位，先向舞场四周巡视一圈，却并不见有俊卿和飞明两人。这时舞池里正有许多人在跳舞，菱仙肯定两人一定在舞池里，遂拉大海到舞池边，细细瞧认，果然在暗绿光线下，给他们发现飞明正拥着一个绝世美人在欢舞，神情颇觉亲热。菱仙醋性勃发，暗暗叫恨，忽听大海说道：

"咦！咦！你瞧，飞明抱着的女子，并不是舞女，这个人不就是姜杏佛小姐吗？"

菱仙给大海一说，凝眸细瞧，真个是一些都不错，原来正是姜杏佛。一时气上加气，心中暗想：杏佛和飞明不过在我家见了一面，谁知两人就生了心，暗暗约到这儿来跳舞，杏佛这妮子不是人，飞明更不是人，他们既然背着我到这儿来欢舞，说不定等会儿还要去开房间……想到此，越想越气，怪不得杏佛不肯吃夜饭，飞明又说别叫二小姐知道，原来两人是早约好到这儿来相会的。飞明既这样没良心，我现在也要气气他，因回头对大海道：

"我心里很高兴，想和你一同去舞一回，好吗？"

大海万料不到菱仙有这样要求，这真是求之不得，便立刻答应，两人遂挽臂下舞场。大海特别卖力，一意奉承，菱仙有意要给飞明瞧见，遂也假装出十二分模样，偎着大海，跳到飞明身边去，当时四人跳在一堆，飞明杏佛瞥眼瞧见，心中都不觉一跳，杏佛更是觉得难为情。菱仙却装作不见，反把大海偎得更紧，大海只觉胸前贴着她奶峰，一起一伏，真有说不出的温柔滋味，心中一乐，未免得意忘形，几乎把脸儿贴到她颊上去。飞明这一气，直把他怒火中烧，因为自己和杏佛跳的完全是友谊上的交际舞，怎么他竟装出这样肉麻举动，这真太不知廉耻了，正要开口叫菱仙，音乐已止。四人走到场上，一见之下，飞明便先开口问道：

"你为什么也会到这儿来呀？"

"我像你们一样是约好到此地来玩，不可以吗？难道只许州官放火，不许百姓点灯？"

飞明给她碰个钉子，弄得目瞪口呆。杏佛知她误会，要和菱仙握手，解释并非约好，是偶然碰见的，菱仙却把手儿缩回，冷笑道：

"好个孝女，妈妈病了，还到舞场来游玩，和人家有妇之夫的男子……真太不要脸了！"

杏佛听了又气又羞，脸儿由红转青，气得浑身发抖，也不抢白，就愤愤走到桌边坐下不语。飞明见菱仙如此丢脸，不觉也怒道：

"你不要发疯，人家是不会像你这样子不害羞，几乎把自己脸儿贴到男人的脸上去呢！"

　　大海一听这话，不觉也面红耳赤，因解释道：

　　"二小姐叫我陪她来找你的，我原没什么意思，现在你们既然碰见，就早些回去，我先走了。"

　　大海说着点了点头，便自回身走出舞场去。

第六回

公子情深舞场评心事
秋娘意蜜午夜拾旧欢

"你听见了没有？到底回不回家？"

"你回家，我当然一同回家……"

飞明听菱仙这样说，便望着她回答，这显见他是屈服，菱仙遂也不再说话。飞明遂回身到杏佛桌边，给她付去茶资，十分抱歉地道：

"姜小姐，我内子完全误会了，请你不要见怪！真对不起！再见！"

杏佛并不理他，飞明遂回身挽了菱仙手臂，走了出去。菱仙忽想起来道：

"咦！你不是和俊卿一同来吗？他的人呢？"

"哦！他在半路上碰到一个朋友，拉他到三马路打牌去了。"

菱仙冷笑一声，自语着道：

"男子都不是好人，见新忘旧，成天在外胡闹，大姐知道，真也要气死哩！"

"哼！朝秦暮楚的女人也不见得少吧……"

两人各赌着气，遂跳上车子，闷闷地回家。

杏佛见两人走后，不觉叹了口气，仔细一想，又觉得好笑，菱仙这个醋，真也吃到隔壁去哩！因叫侍者把茶资拿去，自己又坐到舞女座上去。杏佛坐下还不上三分钟，一个西服少年，匆匆走到面前，满面春风地叫了一声杏妹。杏佛抬头一瞧，正是志云，芳心一阵高兴，就盈盈站起，偎在志云怀里。志云搂着她纤腰，两人遂和着音乐节拍，到池心去欢舞了。杏佛微抬粉脸，明眸凝视志云，志云凑过脸去，两人唇和唇的距离，差不多只有二三寸远。志云只觉杏佛口脂微涂，吹气如兰幽香扑鼻，甜人心脾，直令人心神欲醉。两人四目相对，默默望了许久，各人心中虽然都有千言万语要说，似一时里却无从说起。一会儿音乐倒又停了，志云便和杏佛携手出了舞池，到自己的座位上，和她并肩坐下。侍者见杏佛又给人坐台子，遂来泡茶，志云拉过杏佛的纤手，抚摸了一会儿。杏佛眉儿一扬，掀着酒窝，低低先笑问道：

"云哥，你昨天夜里到底怎样对待新人呀？为什么翠喜竟躺在床上不肯起来，还大哭呢？"

志云听了这话，却不回答，只管哧哧地笑，杏佛芳心更急，因忙又道：

"咦！你怎么老是傻笑……哦！我又记得一件事了，他们为什么把哥哥当作戆大呢？"

杏佛这句话，问得志云得意地笑起来道：

"妹妹，你别急，这句话说来长哩！昨天我们从旅社结婚回家，已经是深夜两点多了，我进房后，先装酒醉打盹，她便给我脱衣，我心中一急，只得装呆子喊妈妈，不肯睡。她以为我真傻，竟把我当作小孩一般看待，拿橘子糖果给我吃，哄我和她并头睡……"

杏佛听到这里，把粉颊靠倒在志云肩上，咯咯地笑弯了腰，抿嘴道：

"哥哥这话可真？你骗我，那么后来怎么样呢？"

"我哪里骗妹妹，后来我把橘子糖果丢了不要吃，她见我竟是傻得厉害，遂自己脱了衣服，硬把我拉到床上并头睡下来……"

志云说到此，停了停，咳嗽一声。杏佛红晕了脸儿，心中暗想，那底下的事，一定是如此这般……所以志云怕羞，不肯说了，因把水盈盈的眼儿瞟他一下，哧哧笑道：

"哥哥，既依她睡了，那翠喜为什么还要哭呢？"

志云见她这笑，不免带些神秘，心知她猜我和翠喜已享受过夫妻的权利，因摇了摇头，凑过嘴去，附着她耳朵笑道：

"我虽然睡在床上，却是像木人一样，她遂百般诱我，把我手去放到她乳部上，我装作不知，且说她偷了面包藏在胸口。她见我如此不懂人道，气极恨恨，遂狠命把我一推，我冷不防给她推到床下，心里也气，遂大喊妈妈，说新妇打我。不料这时我表哥表嫂齐巧在房外偷听，经我一喊，害得他们倒吃了一惊，以为为了什么吵嘴。翠喜见被外人知道，遂也哭了，这样直到天亮。所以她要不停地哭了。"

杏佛听了这一套话，真是又好笑又替翠喜难堪，秋波盈盈地望着他道：

"那么哥哥和翠喜竟真的没有同床做夫妻吗？这就怪不得他们要叫你戆大女婿，也难怪翠喜要恨你切骨了。"

"我心里只有妹妹一个爱人，虽然爸爸强迫我和她结婚，但我心里终不爱她的，她越哭越恨我，我越笑越欢喜，巴不得她立刻提出离婚条件，那我才称心如意哩！"

"这你也太……今天你是什么时候回家，翠喜可有一同走吗？"

杏佛想说他太无情，但无情反过来就是有情，因此连忙缩住，却转口问别的了。

"六点不到就走的，翠喜她装生病，不肯同我回家，这我是求之不得，当然是欢天喜地了，爸爸和妈妈却要用汽车去接，说新婚只有一天，是不能不回来的，我不管她回来不回来，就到这里来了。妹妹……你说我太……怎么样呀？"

志云告诉她后，再笑嘻嘻地问她这句话。杏佛听志云竟真的不肯和翠喜同床，一心只爱自己，当初以为他不过说说而已，事到其间，情欲冲动，哪里……现在志云果然言而有信，心中这一感激，真是深入骨髓，身子就自然地倒在他的怀里，捧着他的脸儿，默默地望着他微笑，在这目光和微笑中是包含着无限欣慰和感谢、喜悦……的成分。志云见她不回答这句话，遂也不再追问，只笑道：

"妹妹是到她房中去过，你见翠喜老躲着做什么呢？我倒忘了，妹妹怎和她认识呀！"

"哦！这也真巧得很，我有一个同学，名叫柳蕴珠，蕴珠和翠喜的二姐菱仙是同学，菱仙这人很爱闹，所以把我也拉进内，说今天新姑爷回门，叫我们大家想法子作弄你，你想这叫我如何舍得？"

志云偎着她脸儿笑道：

"怪不得你喊"皮丝烟"话这样响哩！"

杏佛一听，回忆日中为了要帮助志云不吃亏，被菱仙蕴珠取笑的事，真好难为情，忍不住又咯咯笑了一阵，一面又告诉道：

"翠喜回到上房，就呜咽地哭，秦氏就问方妈，方妈告诉你的傻劲，因此翠喜更哭得厉害，当初我也为你担忧，以为你真的受刺激而发痴了，后来我见了你才放心。翠喜中饭也没吃，哭得两眼红肿，像胡桃一般大。她这样情景，我瞧了很伤心，父母做主，她也没有办法，我想等你回家，你爸若已把她接来，你千万别为了我，耽误了她的好事吧！这人我瞧性情还好，也许她这样，你可以把我娶回去做妾，因我们做女孩儿的也真可怜，爱憎都由丈夫！"

杏佛说时，又把眼儿向志云一瞟，好像要志云依她的话。志云见她如此多情，因抚着她发道：

"妹妹真是慈悲心肠，但你说爱憎都由丈夫，这话也不尽然。比方我真的是个呆子，我心里非常爱翠喜，但翠喜却哭着回家，不肯爱我。这样看来，那爱憎不是男女都有一半吗？"

"你的话看着好像很对，仔细想来却是不对，因为你是先存了一个偏心，你所以不爱她，完全是为着我。我已对你说过了，你应该要分些情去爱她，否则我虽没有叫你不爱她，可是我心里实在很对不起她，好像她的失望，直接的是你，间接的却完全是我害她。哥哥，你也得凭良心说一句话呀！"

志云听杏佛劝到这个样子，也可见杏佛的人格，杏佛的度量，真是女子中第一个人！因此心中更加十二分地爱她。遂又答道：

"妹妹说的话，没有一句不使我心中感激，你真是个天下第一的有情人，我本来是应该接受你的劝告，但我仔细想来，爱情这一件东西，是专一真挚的，是神圣纯洁的，万万掺不得一丝一毫虚伪。我若表面上装作爱她神气，心里却一些都不爱她，那我的行为，就叫诈欺，我的意思就叫虚伪，这就是很不道德，对不住人。现在我对于翠喜，根本就没有爱情，我若再用虚伪诈欺玷污她的身体，你想我的人格何在？况且她负了一个夫妻的虚名，而得不到夫妻的真爱情，她内心的痛苦，一定要比嫁给一个呆婿更痛十倍。我所以情愿捐一个戆大女婿的名，我绝不愿沾她的身体。妹妹，你要我凭良心说一句话，这就是我的一番苦心。妹妹，你现在终可以明白我了！"

杏佛听志云竟说得这样透彻，深叹志云的见解实比自己高明万倍，这种男子，不要说全上海不容易找出第二个，就是全世界恐怕也不多见。听他说来，他和翠喜昨日这个结婚典礼，好像是舞台上的一幕戏剧，不久即有脱离的可能，虽然心中对于翠喜，是表示万分同情，不过若和自己的利害关系说来，她就是自己情场中的一个劲敌，她胜利就是我失败，那么云哥既然存了这个心，我的前程就有放发出一线光明的希望了。杏佛这样一想，因此把翠喜的伤心也就丢开，只好由他，一面瞧手表，已是十点多了，遂又无限柔和地劝道：

"哥哥的一片苦心只有哥哥自己知道，现在妹妹也知道了。但爸爸妈妈是非常疼爱你，你此刻出来，他们一定很担心，我劝你还是早些回去吧！"

"今夜我很痛快，我出来是关照妈妈过的，稍许晚些时候不要紧，我想和妹妹开瓶香槟喝……"

"并不是我劝阻你，你白天已喝醉过，晚上再喝到底伤身体。况且这儿多留恋，要多花费钱，这也太不合算。哥哥，你若要和妹妹谈心，你明天好到我家里来，那不是一样吗？哥哥爱坐，妹妹尽可以陪一整天的。"

志云见她说得这样委婉多情，代自己打算，心里实在爱无可爱，虽然自己钱原不打紧，但她这一份儿好意，我怎能违拗她，不过实在又舍不得离开她，因此只望她憨憨地微笑。杏佛眉毛一扬，眸珠在长睫毛里一转，露齿噗地一笑道：

"哥哥，你到底怎么啦？"

"妹妹叫我回家也可以，但你要给我一些甜的。"

"什么甜的？要吃糖吗？妹妹给你买咖啡糖、橘子糖……"

杏佛瞟他一眼，边说边笑，直笑得花枝乱抖。这时齐巧跳黑灯舞，志云得此机会，便把杏佛抱在怀里，捧着她娇靥，凑过嘴去，紧紧吻在她的唇上，甜甜蜜蜜地吮了许久。直待灯光放亮，志云这才分开嘴儿笑道：

"橘子糖、咖啡糖、奶油糖……再没有像妹妹唇儿那样甜呀！"

杏佛无限娇媚地绕过盈盈的俏眼，睒了他一眼，忍不住低头嫣然笑了笑。志云是八点半叫杏佛坐在一块儿，现在十一点一刻，一共两个钟头，计算大上海舞场坐台子每小时五元，志云因购十元舞票，交给杏佛，另外又塞给她二十元，说是给妹妹买鞋袜穿。杏佛欲推他不受，志云却已转身匆匆地走了。

志云回到家里，高太太告诉他说阿三车子这次已是第三次接新人了，志云也不回答，只谈了些别的。凌霄又劝志云一番，说既已结成夫妻，终要相亲相爱，志云不敢违拗，遂频频点头。直到十一点多，阿三回来报道：

"沈老爷说三小姐实在因患心胃气痛，想必因昨天劳乏之故，现在正在请医服药，能得稍愈，即当送上，一切还请高老爷高太太、新姑爷特别原谅！论理原是不应该的。"

凌霄和高太太听了，也只好罢了。志云心里觉得欢喜，但却没喜形于色，因此凌霄反安慰他说：

"孩子，事已如此，人有旦夕祸福，想想媳妇儿身体本是薄弱，休养几天也就会好的，你今天也辛苦了，早些睡吧！"

"不错，你爸爸叫你好去睡。小蛮，你给少爷叠被去。"

小蛮答应，遂跟志云同到新房里。志云坐在镜台前，望着小蛮玲珑的身子，跨上床去，把绣花被儿一条一条地理出，只剩一条薄薄的妃色的被儿，铺在床上，回头向志云笑盈盈地叫道：

"少爷，你今夜里暂时冷清一夜吧！明天夜里，新少奶奶来了，就会热闹的。少爷，你昨夜里为什么把新少奶奶弄哭了，想必新少奶奶是怕你哩！"

志云听小蛮竟取笑自己了，瞧她神情，天真烂漫，十分可爱，因忍不住亦笑道：

"新少奶奶怕少爷，你怕不怕呢？"

"我又不是新少奶奶，怕你干吗？"

"那么新少奶奶今夜不来，就你来陪着少爷好吗？反正你是不怕的。"

"我是没有这样好的福气哩！"

小蛮说着抿嘴哧哧地一笑，便回身要走，志云急忙叫住道：

"你忙什么？还有痰盂换过水没有？时钟开过没有？窗幔拉拢没有？"

志云因要绊住小蛮，多和自己聊一会儿天，所以故意派出这许多的事叫她干。小蛮回过身来，眸珠一转笑道：

"少爷，你自己瞧瞧痰盂里，换过了水没有？时钟也早开足了，至于窗幔，少爷没有睡，我怎么好拉拢呢？"

"对呀！少爷还不曾睡，你怎么就好走了？"

志云这句话，倒把小蛮问住了，因扭了扭身子，脚尖在地上点着笑道：

"我又不知少爷什么时候睡，假使少爷和昨夜一样坐到天亮，难道叫我也陪到天明不成……"

小蛮说到这里，又咯咯地笑弯了腰。志云见她思想这样灵敏，因冷不防把她拉来，伸手要呵她痒道：

"好好！你只管取笑少爷，我可不饶你哩！"

小蛮怕痒，蹲着身子，要赖到地上去，一面笑，一面讨饶。志云索性再用两手把她轻轻抱起，低下头去要闻她香，急得小蛮把两脚乱跺，志云只好把她放下。小蛮啐他一口，回眸瞅他一眼，咯咯笑着，便一溜烟地逃出房去了。志云自语了一句这孩子好玩，便自关上房门，脱衣就寝。

这晚志云睡在软绵绵的床里，心里真有无限的感触，热情的初夏之夜，富于春意的华丽新房，可是睡在床上的我，竟是独拥锦被，假使这次结婚的是我亲爱的杏佛，这个时候我是多么的幸福啊！

俗语道："如要吵，讨个小；如要不太平，讨个狐狸精。"现在沈家有两个狐狸精，一个是大太太秦涵芬，一个是二姨太花美娟。涵芬年纪已经四十多岁，却还是头上烫发涂脂抹粉，画着弯弯细长的眉毛，穿着窄窄腰身的旗袍，短短的袖子，脚虽然只有三四寸大小，但却还要穿皮鞋，脚尖后倒要塞上一大团棉花。说也好笑，涵芬既涂着满脸的香粉，但是却不能说话和眨眼，因为一说话，嘴就要张开，嘴张开，额间就露出车轨道，那涂上的粉就会翻下来。她自己也忘记了自己的年纪，因此和美娟还要和仲泉争夕，美娟是个堂子里出身，况且晓得仲泉是喜欢她的，哪里肯让步。后来由三个女儿做中，议明每一个月，大太太那边睡二十天，二太太那边睡十天。美娟吵着不依，就公平交易，老少无欺，一定要十五天一人。秦氏一听，便要和仲泉拼命，仲泉吓得心胆俱碎，只好再三向美娟央求，说他每夜终要陪美娟到十二点钟，方才回太太房里去睡。美娟一想，晚饭是六点吃，若到十二点，也还有六个钟头，这样久长时间，仲泉既陪在我房，我倒可以捷足先得，吃他头一票出口货，剩下的再给秦氏吃去，这倒也是个办法，因此也就委委屈屈地答应下来。但是倘然到了月大有三十一天的时候，那这一天就又发生了问题，后来还是三小姐翠喜劝妈妈，把这月大的一天就牺牲给了美娟，所以美娟和翠喜的感情倒也不坏。

新姑爷回门的一天，美娟真是大触霉头，第一趟为了菱仙杏佛一推，她和秦氏就在新姑爷筵席前演了一出翻元宝的把戏，倒给秦氏打了两记耳刮子。第二趟，却是为了翠喜回去，无故的又给秦氏出气大骂一顿，险些还被秦氏玻璃杯掷破了头，因此心中愤恨得什么似的，躲在自己房里生气。

晚饭后，月仙因夫婿已走，便也要回去，秦氏却留她住几夜，说和翠喜晚上做伴，顺便可以劝劝她。月仙不好意思推却，遂和翠喜睡到三妹旧时的卧房里去，不料高家开汽车来接三次，翠喜既已抱定宗旨不去，就是杀了她头都不肯去。仲泉见女儿说得这样坚决，遂只好向阿三假说生病，去回复了高家。

这天齐巧是月大的末一日，照理七点敲过，仲泉就要到美娟房里去，但今天原是特殊情形，为了三女儿不肯回去，费了许多唇舌，又应酬了高家来接的车夫，因此直到十一点钟，还在上房里和秦氏谈论翠喜这头亲事究竟怎样是好。女儿不肯回去，又不能拖她走，但是高家若天天来催，倒也难以应付。两人正在磋商，忽听美娟在房中大哭大闹的声音，仲泉正欲到美娟房中去，不料美娟丫鬟秋琴匆匆来道：

"老爷，已十一点多了怎么还不进房去？姨太太等得心焦哩！"

"来了！来了！叫她不要性急呀！"

"不许走！今天是什么日子，我欢欢喜喜的新姑爷回门，她敢为了你晚一些进房，就大哭大闹，这成什么体统？她是这白虎精要哭穷我家吗？我瞧你这老头子只剩了一张皮一根骨头了，若再一心钻在她的洞里去寻欢，我瞧你是要和棺材做朋友哩！今夜她敢泼辣，就偏不许你去睡，你敢出一步房门，我就和你拼命！"

秦氏见美娟竟放出这种手段来，而且这短命老甲鱼，又狗颠屁股似的匆匆要走，一时气得怪叫如雷，立时站起身子，把桌一拍，大发雌威。可怜仲泉，前脚已经跨到房门口边，经秦氏一吼，顿时两脚生根，再也不会动了，一会儿方回身道：

"太太，你放宽一些吧！今天她已经吃了许多眼前亏，你也该讲个理由，怎么好不照规矩叫我不去睡呢？况且大女儿三女儿都在，被她们知道了，也不好意思。"

秦氏听仲泉帮着美娟说话，心中好像火上添油，便不管什么，拍手拍脚地大骂道：

"你今天像煞是多了钱了，讨了小老婆来欺侮我大太太，你忘记从前尴尬时候了吗？一会儿没有米，一会儿又没有柴了，哪一样不是我给你去张罗，我把妈妈给我的一副银镯头，都贴进你的家里用了。你现在是'穿了绿棉袄，忘记了我槐花树'，你真不是个人，今夜我一定不许你到狐狸精那里去睡。什么叫规矩，你倒拿出来给我瞧瞧。你也知道女儿在晓得不好意思吗？我就叫月儿翠儿来批评一句话……"

秦氏说罢，扭住仲泉，大哭大骂，真要拼命模样。这时月仙翠喜以及众仆人都闻声赶来，连忙劝开，月仙问明缘由，方知是为了这个，心中忍不住好笑，因劝爸爸今夜就在妈房中睡吧！仲泉见秦氏泼辣到如此地步，简直无话不说，心中恨得无可再恨，意欲和她打一场，但实在没有这样勇气，况且女儿在房，究竟被人笑话，因此只得勉强答应。不过心中又一百二十分地不放心美娟，故意大声对秋琴说道：

"秋琴，你和姨太去说，老爷今夜有事，不进来了，叫她不要哭，她的心老爷知道了。"

秋琴答应一声，匆匆去告诉美娟。美娟一听知道老甲鱼没有血气，又被雌老虎降服了，因此也没有法子，只好叹了一声，叫秋琴脱衣和自己一块儿睡，暂时把秋琴当作了仲泉，搂得紧紧的睡去。

这里上房中，月仙翠喜见一大场大闹已经平静，遂仍携手到卧房里睡去，众仆人也都纷纷散开，香玉服侍老爷太太睡下，也到后房去睡。仲泉心中有气，闷闷假装睡着，秦氏本待缠绵着要他应酬一回，但今天自己跌了一跤，这时屁股甚痛，且实已倦极，因此头还没放到枕上，已是呼呼熟睡。仲泉一见，心中大喜，他气闷极了，竟偷偷下床，披上衣服，跑出大门，坐车到紫玉那儿来。

紫玉在梦中被敲门声惊醒，一瞧桌上时钟，已十二点一刻，还道杏佛从舞场里回来了，但是杏佛带有司必灵钥匙，难道今夜被二房东拉上铁插了吗？因急急披衣下楼，隔着大门，还低低叫道：

"我的杏囡，别心急，妈妈来了。"

紫玉说时，已到门边，见铁插并没有拉上，心中好生奇怪。开门一看，竟是仲泉，一时又惊又喜，急改口喊道：

"我道是杏囡回来了，原来却是你，这时候你怎的能来，今天你的家里不是很热闹吗？却倒有空呢？"

紫玉说着把门关上，携着仲泉上楼，只见仲泉脸儿铁青，气呼呼道：

"我真气极了，我真气极了，今夜我睡在你这里，由着她们闹去，我还是眼不见耳不闻来得静。"

紫玉一听这话，心知他家中大小又在吵闹，所以躲避到我家中来了，口里虽不说什么，心中倒着实欢喜，暗暗祈祷着，但愿她们越闹越厉害，叫他在那边住得不安静，那么我这儿就会常来了。一面忙去倒杯茶，放在仲泉面前，一面又假意问道：

"你气谁呀？谁又给你气受呀？你是一家之主，新婚上门，是个很欢喜的日子，怎么倒又闹起来，这也太没有意思了，你倒说给我听听。"

"还有谁呢？我家里就是这个老不死最不好了，动没动要骂人打人，她们两个吃醋，我受罪，我真作孽极了，想起来我真要当和尚去。"

"当和尚去吗？你怎舍得下娇娇滴滴的二姨太呢？"

紫玉听他这样说，便走到他身边，绕过媚意的俏眼，向他一瞟，又抿着嘴儿笑。仲泉见她穿着薄薄短衫、纺绸短裤，不大不小的脚儿拖着绣花睡鞋，很有样子，蓬松的头发，俏丽的脸蛋，雪白的粉

224

颊，虽然是未老秋娘，但却自有另一种风韵，实亦够人销魂。因伸手把她拖到膝间，紫玉就一屁股坐在他的膝上。仲泉勾着她粉颈，把嘴儿吻着她脖子笑道：

"我是舍不得你呀！我见了你，我的气就平得多了，她们都不是人……好了，这种事我也不要说了。我是有好多时候没有应酬你了，想你一定很闹着饥荒，趁杏圆没来，我们睡着说吧！"

仲泉这几句话，倒真说在紫玉的心坎里，不觉红晕满颊，嫣然露齿一笑。仲泉早已站起，抱紫玉到床上去。紫玉轻声儿笑道：

"你别忙，先躺着吧……"

说着在床后又撩过一条实地纱的夹被，两人方才并头躺下来。

大上海舞厅里的杏佛，自送志云走后，便仍坐到原位上去，即有许多舞客前来求舞，因此她一点都不能脱身，直到四点半钟，天已明亮，方才回家。

杏佛开进大门，到了楼上，走到房门口时，就听到一阵鼻息如雷的鼾声。她把门儿轻轻开了进去，突然瞥见妈妈的床上，睡着两人，一个正是自己干爸仲泉，两人脸贴脸儿的熟睡，妈妈把一只脚露在被外，裸着半段大腿，床沿旁还堆着两条短裤。杏佛一见之下，直羞得两颊绯红，连忙蹑手蹑脚地移步到下首自己床上，因为一夜疲劳，实已倦极，也无暇去想仲泉今天家中有事，怎么跑到这儿来了，就把衣服脱了，倒身躺下，意欲闭眼睡去。不料才一合眼，妈妈那一条雪白粉嫩的大腿，就好像露在眼前，同时脑中又盘旋着舞场和志云吮嘴的情景，芳心不住地荡漾，心中就暗想：志云的话真是多情，他竟牺牲了一切，把整个的心都给了我，这我是多么的感激呀！一个人要睡的时候，心里是不能想的，一想之后，那思潮就会涌上来，何况杏佛心中要想的事情实在太多了，一会儿想菱仙和自己吃醋，实在好笑，一会儿又想秦氏美娟翻元宝，真是有趣。这样左思右想，东方的朝阳，差不多要升起来了，玻璃窗外射进的亮光，更是耀眼，杳佛恨起来，遂索性把被儿没头没脑地盖起，这才慢慢地入梦乡去。

第七回

怀疑反目提出离婚案
改嫁易夫慰来婿女心

　　紫玉一觉醒来，见仲泉的头还枕在自己的玉臂上，因把臂儿轻轻地抽出，回眸向女儿的床上瞧去，只见杏囡已睡在床上，脸儿朝壁缩作一团地熟睡，再瞧到自己的大腿，竟整个露在被外，一时猛可理会，自己的身上还是一丝不挂，慌忙起身穿好衣裤。心中暗想："我这样情景，女儿一定是瞧见的，否则她何以要这样睡法呢？可见女儿是避着嫌疑，想来真好难为情。"因此那粉颊顿时又一阵一阵地红起来。一面把被儿掀开，一面早跳下床来，将煤油炉子点着，炖了一壶开水。见两人犹未醒来，趁空急又把脚盆拿出，将自己上上下下身儿先通通揩擦干净，然后方对镜梳妆，薄施脂粉。只见仲泉两拳一伸，打个呵欠，好像要起来的神气，紫玉便到床边俯下头去，轻轻说道：

　　"还只有十一点钟，早哩！你再躺会儿吧！"

　　仲泉猛可闻到一阵脂粉香，急睁眼睛，见紫玉已理过晨妆，回忆昨夜欢情，果然与美娟别有风味，一时爱极，冷不防抬头向她唇上唶的一声，竟是亲个嘴去。紫玉哧哧地笑着，把嘴儿向杏佛床上一努，说道：

　　"杏囡睡着，你别胡闹了。"

"那么我起来了……"

紫玉听了，便向他瞟一眼，凑过嘴去，附了他耳低声笑道：

"你昨夜辛苦了，睡只顾多睡一会儿，只是你先把裤儿穿了。你若肚饿，我还有一盒蛋糕藏着，先给你垫垫饥好吗？"

仲泉见她爱着自己，件件关心，比秦氏固然好得多，就是美娟也没有像她那样体贴多情，因为美娟年轻，有时不免带些娇态，不像紫玉一意奉承、竭力温存那样有味。这时仲泉爱紫玉的心，实比爱美娟还要超过些，微笑点头，遂把裤子套上衣衫披好，靠在床栏。紫玉已把蛋糕拿来，并端杯开水，送到他嘴边，给他先漱了口，吐在痰盂里，然后递过一块黄松松蛋糕以及一杯热气腾腾的玫瑰茶。仲泉舒服极了，拉她坐到床边，忽然想起一件心事，正要说话，忽听杏佛嘤了一声，亦已醒了。仲泉把嘴一撇，对紫玉道：

"杏囡昨天也在我家呀！后来她还和新姑爷跳舞，我瞧他们两人跳舞的姿态，真好像一对儿。我眼中瞧来，新姑爷实是个很英俊的少年，不晓得我的翠囡是什么眼睛，偏说他是个傻子，不肯回家去，昨天竟终日地赖在床里哭泣。"

紫玉听了也很是诧异，志云是个多么风流的少年，怎么会傻呢？这其中必有道理，回头我得向杏囡问个详细。一面却假意又叹口气，温和地道：

"这怎么好呢？老的是这样气你，小的又是这样吵闹，怪不得你的脸蛋儿，也给她们闹得瘦多了！"

杏佛躺在床上听得明白，因从床上坐起，回过脸来，假意问着道：

"伯伯，你是什么时候来的？三小姐昨天没回去吗？那新姑爷是一定要记挂哩！"

紫玉见女儿问仲泉什么时候来，这明明是明知故问，因为仲泉

228

还靠在床上没起来，那颊上不免又红了红，为了要避去羞涩，便忙向杏佛道：

"你昨晚是什么时候回来的？你昨天还说到朋友家去，怎的又到伯伯家里去呢？这妮子倒刁，竟瞒着妈妈了。"

"我几时瞒着妈妈啦！我因为半路碰到了一个同学柳蕴珠和伯伯的二小姐菱仙，她们硬拖我进去的，我恐妈妈埋怨我，所以回家没和你说起。我岂是安心瞒着妈妈去的，妈妈说我，我不依。"

杏佛眸珠一转，这就有了主意，扭着身儿，还撒着娇不依，仲泉笑道：

"杏囡的话倒是真的，并没骗你。"

"就是妈说错了你，这妮子就赖着撒娇里，快起来，妈倒莲子汤给你吃。"

紫玉说着，瞅了杏佛一眼，站起把煤油炉上搁着的小锅子拿下，倒了三杯莲子汤。这时仲泉杏佛都已起来，三人用了一些，仲泉说店中尚有解款的事须得自己亲去，回头再来。紫玉因又给他洗了脸，再三嘱他常来，仲泉笑着答应，遂匆匆作别去了。

菱仙和飞明坐车回到家里，两人都赌着气。飞明想起菱仙和大海肉麻的举动，不免又妒火中烧，气鼓鼓地对菱仙道：

"我是喝了一口酒，心里气闷不过，才到舞场里去逛逛，这是偶然的逢场作戏，但你为什么却故意约着大海一道去跳舞？你既没有喝过酒，你一定是要给我加衔头去了，这我怎能丢得下脸儿？"

菱仙听了这几句话，本来是闷坐在沙发上，这就直把她气得跳起来，不禁圆睁了凤目，把两条弯弯的眉毛直竖起来，大嚷道：

"呸！放你的屁！喝了酒，就可以约着女友到舞场里去幽会吗？这是第几条法律规定，我是叫大海陪着来找你的，我见你和这个浪漫货跳得高兴，所以我是故意叫大海跳一回，气气你！我哪里加上

229

你什么衔头？你别胡说八道放狗屁！"

飞明见她不认错，反而比自己还要凶，因更加火上添油，跳脚骂道：

"放你妈的臭狗屁！你当我小孩子吗？你不是安心和大海要好，你为什么偎着他的身子，做出那样肉麻的样子，几乎要和他贴到一块儿去似的？哼！你爱他，我就和你脱离了好了，你嫁大海去，谁稀罕你！"

菱仙听他口口声声要和自己离婚，叫自己嫁大海去，竟这样无情，一时心中又气又急，又说不明白，无限冤苦陡上心头，眼眶一红，便扑簌簌地掉下许多眼泪，边哭边骂道：

"你自己做了贼，还要冤枉我做扒手，我有什么凭据落在你手里？天下哪有这样容易事，无缘无故说离婚就离婚，我偏不答应。你既要离婚，当初何必追求我，现在结婚不到半年，你竟说出这样黑良心话，你怎么也把脸儿偎到杏佛颊上去，你想凶我过头吗？你给我到爸爸那里评理去！"

飞明听她冤枉自己和杏佛贴脸，不要说没有，就是杏佛也不答应，这就更加大跳，把桌上茶杯摔了一地。菱仙见他掷杯子，也不甘示弱，就丢香烟缸。一个跳着骂，一个撞着哭，两人直闹上半夜，菱仙的眼圈儿也和翠喜一样像胡桃那般肿了。

第二天早晨，飞明负气独自走了。菱仙哭哭啼啼地又呜咽一回，仆妇劝了一会儿，说少爷是到办公室去，不会有什么意思的。菱仙因起身梳妆，回到娘家去告诉爸妈，谁知刚走到上房门口，就听秦氏也正在拍手拍脚地大骂道：

"现在已十一点多了，这个老不死还不转来，真正气死我了，除非他死在外面一辈子不转来，他若回来了，我不剥他的厚脸皮！"

菱仙听了好生奇怪，这是在骂谁呀！因连忙跨进房门，只见三妹翠喜还靠在妈妈的床上，妈妈坐在沙发上，却一个人发脾气。因也不去叫她，先到床边，悄悄问翠喜道：

"三妹，妈妈在骂谁呀？大姐呢？回家了吗？"

翠喜因昨天抢白了她，心里也自觉不该，这时见她问话，自己姐妹，可见吵嘴原不要紧，大家怎好记恨在心，因就柔和地道：

"二姐昨天什么时候回去的？我怎的一些不知道。大姐是宿在这儿，今天早晨十点钟时候才回去的。妈妈是在骂爸爸呀！二姐，你没知道，昨夜真有趣，美娟不见爸爸回房，她便大哭大闹，妈见她哭闹，索性不给爸到美娟房去，爸不答应，险些要吵得打起来，好容易给我和大姐劝住，爸爸方才睡到妈房里。谁知到天亮起来，爸却已不在床上，还以为是偷溜到美娟房去，叫香玉去问，却亦不在，后来门房间告诉，才知道爸在昨夜十二点钟出去后没回来，你想这不是要把妈妈气急了吗？二姐，你怎么眼皮红红的，二姐夫今天可有同来吗？"

菱仙这才知道妈妈和美娟又在喝醋罐儿，害得爸爸逃避到外面去睡了。此刻又听到翠喜问起飞明，突触夜里吵闹的事，心中一阵悲酸，一面流下泪来，一面咬着牙齿恨恨地道：

"三妹，你还问他呢！他真不是人，我真恨得他什么似的。他和我昨夜里吵闹了一夜，他要和我离婚，我嘴里偏不答应，我心里却真不稀罕，像他这种小滑头，我情愿嫁像你那种傻妹夫，况且我昨天瞧妹夫实在没有什么傻呀！三妹，你为什么一口咬定他是傻子呢？"

翠喜听菱仙的话，好像是很羡慕志云，反而怨恨飞明，心中暗自思忖二姐的心思，正和自己相反。自己是情愿嫁滑头不愿嫁寿头，像志云一些都不懂人事，二姐姐还说他不傻，二姐姐她是真不知道志云的傻态呢！因忍不住好笑道：

231

"二姐姐，你以为这傻子相貌好些就不傻了吗？我想起这傻子，真恨不得咬他三口呢！你和二姐夫好好儿的正是一对，怎的要闹起离婚来了？现在世界离婚虽然没有什么稀奇，但爸爸妈妈现在为了美娟姨娘正在吵闹，心中是多么烦闷，妹子又不幸嫁了一个戆大，幸而我没和他同床，我是抱定宗旨不再到高家去了。二姐姐若再闹出事来，妈妈统共三个女儿，倒有两个要闹脱离，你想妈妈心里不是更要不快活吗？我劝二姐姐千万不要看妹子样，别闹离婚，况且飞明也并没有什么滑头呀！"

秦氏一心只管骂着仲泉，也没理会菱仙进来，这时忽听翠喜和人说话，遂回头向床上瞧去，见姐妹俩却在说着要和自己夫婿离婚，心中倒是一怔，怎的菱囡好好儿的又要和飞明离婚，这是从哪儿说起？因呆呆地听菱仙说个明白。

"三妹，你真不知道飞明的性格呢！他好像是一头牛一样，认直不转弯，外表看看很漂亮，肚里是烂草包，而且又是个见新忘旧的人，只要瞧到比我美丽的女子，他就滥用爱情。昨天他见了杏佛，竟会背着我暗暗约她到跳舞场去谈恋爱，后来我叫大海陪了我去找他，他反而诬我和大海要好，说我给他加衔头。你想这样含血喷人，不叫我怨恨吗？他这人真不及你的新姑爷呢！因为新姑爷虽稍傻些，但人且忠厚，绝不会再到外面去和女人瞎七搭八的，所以我倒赞成你的新姑爷！"

翠喜听她自昨天到今天，仍是这样口吻，这明明是嘲笑我嫁个戆婿，一时又使起性子来，冷笑道：

"妹子说他不好，二姐偏要说他好。这二姐姐你是有心和妹子反对吗？既然你说他好，你为什么不去嫁他呢？"

菱仙听妹子又说出这个话来，心中更加气闷，因也反过来嘲笑她道：

232

"妹子，你别说我了，你怎么也说飞明并没滑头呀！你不也是有心庇护飞明吗？你既要庇护他，你也可以嫁飞明去呀！我准定和飞明离婚，你去嫁他，那么爸爸妈妈就说妹子是个好人了。"

"这是什么话？我原是一片好意，劝姐姐不要和姐夫离婚，难道妹子是劝错了吗？"

"那么姐姐劝妹子和新姑爷要恩恩爱爱，难道倒是个恶意不成？"

秦氏本来是一肚皮的气冲着仲泉，这时听她姐妹俩竟这样有趣地斗嘴，心里倒也不觉好笑起来：各人怨各人的丈夫不好，却又说人家的丈夫好，难道真个是错配鸳鸯了吗？假使菱仙果然喜欢志云，而翠喜又果然心爱飞明的话，索性两姐妹换一个丈夫，那倒也是一件美事，横竖都是我的女婿，这倒也没什么关系。秦氏口中虽没把这意思说出，心中却是这样的痴想。这时翠喜菱仙姐妹俩一问一答，仔细想来，也觉没意思，倒反而咏地笑了，秦氏见姐妹俩斗嘴斗得笑了，因叫菱仙道：

"菱囡，我听你说了半天，到底是怎么一回事啦？飞明这孩子和你恩恩爱爱的怎么好端端的竟要离婚了，这话从哪儿说起？离婚岂是闹玩笑的事，哪里可以瞎说呢？夫妻吵闹终是有的，尤其你们小夫妻，一会儿吵，一会儿好，这也并不稀罕。比方我和你的爸爸，大家也天天吵嘴，我哪里有要和他离婚呢？"

"妈妈，你是没听清楚我的话，哪里是女儿要和他离婚，可是飞明这黑心种子，声声口口要和女儿脱离呀……"

菱仙听妈妈这样问，因回答着说道，说到这里一阵心酸，忍不住又掩面哭起来。秦氏连忙站起，拍着菱仙的肩劝道：

"好孩子，不要伤心，回头我叫飞明来，叫他向你赔个罪，我骂他两句也就完了。他是一时发牛性，我知道他一定在后悔了，什么离婚不离婚，给人家听了，倒还以为你们真要离婚呢！"

"离婚是欺瞒不来人家的事，妈妈不去叫他，他是也要来的，我并不是伤心他要和我离婚，这种男人谁稀罕？我实在是气苦了！"

菱仙说着又抽抽噎噎地哭，翠喜听了心想："我也并不是为了志云不肯和我……而伤心，实在瞧了这种傻恋丑态，把我气苦了。"见姐姐哭，自己也忍不住哭起来。秦氏一见两姐妹都哭，倒也弄得没了法儿，只好絮絮地劝了一回，一面叫香玉打水，一面喊她两人起来洗个脸，说凡事慢慢商量，哭也没有用的。翠喜和菱仙听了，亦觉不错，反正各人胸中都有成见，大不了离婚，那又怕什么，何必哭哭啼啼自寻烦恼，因就停了哭，站起身来，都到镜台前梳妆去。

正在这个时候，忽见仲泉匆匆地奔进上房来，他为什么不先到美娟房中去呢？因为他昨夜睡在紫玉家里，贼胆心虚，生怕秦氏又要吵骂，若再先到美娟房中，万一有个耳报风去告诉了秦氏，那我这张老皮差不多要真被她剥了呢！秦氏见仲泉进来一句话也没有，便倒身向床上一躺，好像死人模样，本待要好好发些雌威给他看，但刚才两个女儿哭哭啼啼已闹了许久，这时做妈的再吵，未免被下人们也要笑话。因只开口问他道：

"好呀！你现在越发有些颜色了，已睡在床上的人，也会逃到外面去。你昨夜里到底睡在哪里？直到此刻才回家，有你这种丈夫，便有你这种女婿，飞明在外面爱着一个舞女，他今天要和菱儿离婚哩！这事你去办吧！"

仲泉心中以为秦氏必定又要大骂，谁知听她口气，比昨日竟缓和了许多，一时胆就大了，便假装疲倦样子，打个呵欠笑道：

"昨夜我睡在旅馆里，为了你吵闹，我一夜没好睡。你不要瞎三话四地骗我，菱儿和飞明他们好好的，怎么会闹离婚，这还成什么体统？此刻我想睡会儿，你别再向我瞎缠好吗？"

仲泉见菱仙和翠喜好好地在梳妆，还以为秦氏说的是玩笑话，便一个转侧，竟脸儿向壁地睡去了。秦氏又气又笑，恨恨地咕噜着道：

"土地堂得病，又到城隍庙里来养息了。现在我且不和你说，回头给你算总账！"

仲泉听秦氏这样说，忍不住扑哧一声要笑出来，因立刻用手扪住，假装没有听见。这时香玉走进来喊道：

"老爷，太太，二小姐，三小姐，请饭厅里吃饭去吧！"

"老头子，听见吗？饭到底吃不吃？"

秦氏听了香玉话，便走到床边，又用手推他身子，仲泉含糊地答道：

"我是从店里来，已吃过饭了。太太和女儿自去用吧！"

"那么菱囡翠囡，我们出去吧！这老头子每天只要胡调胡调就好当饭吃了。"

"妈妈，我也不想吃饭。"

"翠囡昨天没有好好吃一顿，早晨又只喝了一杯牛奶，这时哪有不饿的道理，你怎么不要吃呢？你不吃饭我心里多难受！菱儿，你陪妹妹多少吃一些吧！"

菱仙听了，便去拉翠喜的手，翠喜拗不过，遂也拉着秦氏，三人一道到饭厅里去了。

平日美娟吃饭，原是和秦氏一块儿的，所以秋琴便也匆匆喊姨太用饭去。美娟因昨夜仲泉硬生生被秦氏占了去，心中真是恨得切骨，后来第二天早上，又得知仲泉在昨夜十二时后，趁秦氏熟睡，悄悄逃到外面去过夜，并没和秦氏睡，因此倒也心平气和。预备等仲泉回来，叫他立刻去找房子，另外住开，否则便用死来要挟他，这就不怕他不依了。美娟想定主意，也不存心去吃饭，拿些干点心充饥，这时见秋琴来喊，因摇头道：

“我饭不要吃，老爷可有回来？”

“回来了，他睡在太太房里。”

“你去给我叫他来，说姨太有话对他商量。”

秋琴答应一声，便悄悄地到上房来喊仲泉。仲泉原是装睡，一听美娟喊他，就立刻跳下床来，偷偷地到美娟房中。美娟一见，就投入他的怀里，假作盈盈欲泣神气。仲泉无限怜惜，把她吻了一回，笑道：

“你别伤心！你要另外住开，刚才我在外面已找到一幢房子，叫店里茶房去打扫陈设，明天你便好去住了。此刻我仍到那边去睡一会儿，横竖大家要走开，你也犯不着和她再多事了。”

美娟一听房子已经找好，心中一快乐，便破涕嫣然一笑，紧紧搂着仲泉吻了许久。仲泉也着实温存一回，因恐秦氏发觉只得又离了美娟，急急回到上房里去睡。

翠喜只吃了半碗饭，菱仙还要吃得少，划了两口，就放下筷子不吃了。秦氏见了，皱着眉毛儿道：

“你们为什么都不多吃些，饿出病来怎么好，你们也别难受了，吃好饭还是到戏院瞧电影去散散闷吧！”

姐妹两人听妈妈这样说，遂也不计较刚才斗嘴赌气的事了，点头答应。三人饭毕，仍回上房梳洗，秦氏取出五元钱来笑道：

“妈妈做个东，两个孩子就好好去玩吧！回头飞明倘然来了，我会劝他的。”

菱仙翠喜听了，也不觉嫣然一笑，拿着钞票，携手同到大光明瞧电影去。秦氏见房中无人，便也横倒身子，躺在仲泉并头，扳过他身子，低低叫道：

“你别怨我骂你，你已经有这一把年纪了，正经的自己家里事情一些不管账。翠圆和新姑爷不合意，我的心中已够闷了，今天菱儿来说，飞明真的要和她离婚，这样一波未平一波又起，你想我的心中是多么怨恨啊！你昨夜里整夜不回来，我为你又担了一夜心事，你自己想想，可对得起我吗？"

秦氏说着，又把手儿去捧他脸，身子紧偎了过去，还把那只小脚搁到仲泉的腿上，眉开眼笑地装意态。仲泉因平日见秦氏终是雌老虎那样可怕，这时突然变成了羔羊那般柔顺，倒也感觉另有一种滋味，遂伸手按到她胸前，若有意若无意地摸着她奶头道：

"菱儿飞明难道真要离婚吗？昨天还好好的厅上跳舞游玩，怎么感情立时就坏到这样地步？这种孩子也真不懂事，又闹什么新鲜花样，你为女儿担忧愁，我难道没有心事吗？你要肯太太平平做人，我难道还要跑到外面去吗？你怪我待美娟好，其实我岂真心待她好，也是为了想得一个儿子传代呀！你和我做夫妻也有二十五个年头，扭股糖儿似的多么恩爱，不恩爱也不会养出三个小姐了，所以你千万不用多心，我不会待你坏的。"

秦氏听仲泉这样说话倒也不错，一时不禁扑哧笑道：

"这些都是废话，大家都不要说了。菱儿和翠儿的事，我倒有个很好的办法，不过一定要问过了你，如果同意的话，那就可大家征求同意了。"

仲泉为了翠儿不肯到高家去，正在万分为难，照翠儿的意思，决计要和志云脱离。不过仲泉是个钱业界领袖，假使离起婚来，闹得人人皆知，自己的面子很不好看，这是第一层为难。第二层呢，凌霄有现款十万存在他的庄上，一旦破脸，势必大伤感情，难免他要把存款提出，他若骤然提去十万款子，于营业上恐又发生影响，所以仲泉踌躇不决。今听秦氏有了办法，这是再好也没有了，因把她紧搂在怀，很亲密地叫道：

"我的好太太！你有什么法儿，快说给我听呀！我为了这事，真

237

气闷得饭都吃不下呢!"

秦氏经他一搂,一面笑一面叫他放手,说被下人瞧见,白天里像什么样子。仲泉因放了手,啧的一声吻她一个脸,笑道:

"那么你快说出法子来呀!"

"方才我听菱儿说,她是非常恨飞明不好,骂他是个小滑头,但对于志云却是非常赞成他是个忠厚人,情愿嫁给志云的傻,不愿跟飞明的滑头,这是菱儿的意思。翠儿呢,则抱怨姐姐不应该不欢喜飞明这样漂亮的人才,她说与其跟志云,不如嫁飞明。我听她姐妹俩的口气,最好大家换一个丈夫,现在姐妹俩都已赞成,我所以偷偷问你一声,你倘然也能同意,我们就可做主,把他们四个人叫聚在一处,问明他们意见,如果一致通过,这样不是一掉两成功吗?"

"亏你想得出来,他们难道真的喜欢换一个吗?"

秦氏又移过些身子,偎着仲泉的脸儿,瞟他一眼,哧哧笑道:

"我这个怎好骗你? 不过菱儿和飞明结婚已有五个月了,翠儿虽然过门,却是不曾和志云同过床,至于飞明和志云的心里,到底愿不愿意,这倒是个问题。"

"这个飞明太便宜一些,志云太吃亏一些……"

"这是什么话,一样都是你女儿,难道有什么差别吗?"

"咦! 你这人聪敏一世,懵懂一时,你不是说翠儿还没和志云同过床吗? 这翠儿到底还是一个处女,菱儿到底已和飞明同床半年了,就算半年不足,以一百五十天计算,年轻人不比我们老了无用,你想她已有……几次了,这不是志云太吃亏了吗?"

秦氏听了这话,红晕满颊,笑得捧腹不止,瞅他一眼道:

"你这老骨头,这些事研究得最透彻了,我想志云原是傻子,也许没像你这丈人这样乖,不理会到这些吧!"

"不过笑话是笑话,正经是正经。这样稀奇的事到底很不妥当,假使被访事员得了去，当作新闻资料，我的名誉怎么办?"

"你这话虽是，不过与其招招摇摇离两回婚，不如爽爽快快换一个好，只要秘密些，就仅有我们三家人知道，岂不是不会响亮人家的耳目吗?"

两人这样商量着，仲泉觉得秦氏的话也很有道理，正在这时，香玉奔来道:

"老爷，太太，二姑爷等在客厅里，请你们出去，说有要紧话面谈。"

仲泉秦氏一听，心知是为了吵嘴的事，因急忙一同跳下床来，急急走到客厅里。只见飞明满脸不高兴，在室中团团打转，一见仲泉秦氏，便即气急败坏地道:

"令爱昨夜私自约着大海到舞场去跳舞，我问她一句，她竟要和我离婚，现在她既然要离婚，我也同意，明天就叫她到律师处去签字好了!"

"照我们菱儿说，姑爷也有一个舞女相好着，至于离婚，并不是菱儿的意思。姑爷，你怎么要说是她的主张呢?"

秦氏听飞明的话，立刻替菱仙辩白。飞明一听，倒也不觉脸儿绯红，因慌忙索性道:

"无论是哪个意思，可是离婚终离定了。"

"放屁! 我女儿若真的偷汉子，你也得有真凭实据，离婚岂是那么轻易的事吗?"

飞明听罢，真的翻下脸来，起身就要作别，仲泉一拍桌子，故意大怒。秦氏遂把飞明留住，她做好人道:

"姑爷别心急，有话好商量的，我的三小姐她不喜欢志云傻子，倒是很爱着你，因为你比志云漂亮得多。昨天我费了许多唇舌劝她回高家去，她不答应，说这次结婚后，虽同房却并不曾同过床，所以她决计不愿再到高家去，我为了两个女儿真操心极了。你岳父也不是上海没有名气的人，倘然你如也爱着三小姐的话，我和你岳父意思，你同菱儿也不用办离婚了，我便把三小姐许给你，你把二小姐许给志云，因为二小姐倒并不嫌志云是个傻子，这样你不是仍是我的女婿吗？不过你还得考虑一下子，你如承认了，大家便不好再反悔的！"

飞明一听三小姐还是个黄花闺女，不曾和志云同过床，心中这一乐，忽然立时转变了笑容，暗想："假使翠喜已被志云享受过了，我也愿意调换，何况还是个处女，而且原是个小姨，容貌又比菱仙美艳，这样便宜的事，何乐而不为？"因此是十二分愿意，但是却又害羞起来，支吾一回，方红着脸儿嗫嚅着道：

"承爸爸妈妈两位老人家这样的操心，我是没有什么不答应的，但志云和三小姐是否肯换，这却还是一个问题！"

仲泉听飞明已经答应，心中便放下一头心事。秦氏早已晓得三小姐也愿意的，所以比仲泉更为放心，以为这一对是可以通过了。至于志云方面，他还并没知道，不过二小姐她是情愿肯嫁志云，所以这一对也已有一半可以算数了，万一志云不答应，那也只好再想别的法子，因此又对飞明叫道：

"你喜欢在这儿用饭也好，或者回去也好，我明天准定一个确实的回音给你。"

"那再好没有，因为我还有别事，饭是不吃了，明儿见吧！"

飞明答应一声回身向外就跑，心中对于这个意外的奇缘，真有些喜出望外了。

第八回

姐妹恍然憨痴原是假
妾心妒煞爱极故进谗

光阴如流水般地逝去，美娟住在萨坡赛路的小公馆里，已有好几天了。

高凌霄天天用汽车来催接翠喜回去，翠喜抱定宗旨要和志云离婚，当然是赖着不肯去。

菱仙自和飞明翻脸以后，也赖在娘家，不肯回去。秦氏和仲泉见两个女儿真有换夫婿的意思，两人暗暗商量，遂在那天夜里，向菱仙和翠喜征求同意。秦氏望着两姐妹笑道：

"翠囡，你是准定要和志云离婚的，对吗？"

"死也不愿跟他！"

翠喜鼓着腮儿，恨恨地说。

"那么菱囡呢，你是该和飞明和好如初啊！"

"他说得这样决裂，我再嫁他，世界上男人只有他一个吗？"

秦氏听了把眼儿向仲泉一瞟，仲泉努着嘴儿，把两手左右摇摆了一下，仿佛是叫她可以说调换一个的意思了。秦氏点点头，张嘴笑道：

"你的爸爸是社会上有名望的人，若两个女儿都要离婚，那外界知道，对于他名誉上究竟不好听。现在我和你爸意思，就是不必办离婚手续，你们彼此调换一个夫婿，这样不是两全其美吗？不知女儿的意思怎样？"

菱仙翠喜在前两天，早已得知爸妈有这个意思的消息。当时姐妹俩私自也磋商一夜，觉得双方都甚情愿。今夜骤听妈妈竟公然布露这个奇闻消息，一时倒又难为情起来。两人都绯红了脸蛋儿，四道秋波相对瞟了一眼，不约而同地扑哧一声，嫣然笑出来，同时都站起身子，逃回到自己的卧房去。

"喂！太太，这是怎么一回事呀？怕不答应吗？"

仲泉见两个女儿这样情形，衔着雪茄，弄得有些不明白了，秦氏笑道：

"你这种人怎能懂得女孩儿家的心理，这个就是默许的表示呀！"

仲泉哦了一声，自己也笑起来，但到底还不放心，叫秦氏又到女儿房中去问着实，秦氏回说都赞成的，仲泉这才放下一桩心事。

第二天高家又派小蛮坐阿三汽车来接新少奶奶回去。仲泉自己究竟说不出口，遂喊小蛮进房，秦氏悄悄把这意思说了，小蛮忍不住好笑，遂答应前去传话。果然下午小蛮就有回音来，说这种不尴不尬的事情，老太爷太太固然不答应，少爷也不愿意，不过这里三小姐既情愿爱二姑爷，就离婚也不要紧，说完便匆匆回去。仲泉秦氏听了这几句冷讥热嘲的话，直羞得面红耳赤，也自觉这事干得造次。正在这时，飞明又来听回音。仲泉告诉他说志云不要菱仙，情愿和翠喜离婚，所以二姑爷放心前去，三小姐准定嫁你，不过要略迟几天。飞明得此消息，好像吃了定心丸一样，很欣慰地回去。只有菱仙得知这事，又郁郁不乐，因此翠喜倒反要安慰二姐，又时常伴她到舞场戏院玩去。

仲泉为了这事，实在忙碌了几天，和秦氏一面劝菱仙别伤心，另外再给她物色人才，一面又要商量志云翠喜离婚手续，但高家究竟还没确实答应，凭一个丫鬟传话，原不能作准。万一高家倒要法律起诉，这事倒也讨厌，我的名誉恐怕就要扫地了。仲泉既然日夜忧愁，所以也无暇到美娟那边小公馆去了，况且照所定规矩轮宿，也还没有到这个时候。

美娟住在大公馆里的时候，虽然仲泉上半个月也是宿在秦氏房中，但每晚仲泉终要陪美娟到十二时，趁空也偷摸一回，因此尚不觉冷清。现在仲泉为了女儿的事，连白天也没去一次，因此美娟自然是更加春闺寂寂，难免要起偷野食的念头。不过美娟的眼界倒也很高，并非阿狗也好，阿猫也好，她那一颗芳心，倒看中了三姑爷志云，以为只要和志云欢乐一夜，做鬼都觉风流。三小姐当他是呆子，其实三小姐自己倒是个呆子哩！诸位，你道美娟那双俏眼可厉害？

那天夜里，美娟凭窗纳凉，抬头远望，只见碧天如洗，月圆如镜。她依着帘栊，更引起无限的相思，脑海里只映着志云英挺的脸蛋儿，同时又显出志云回门那天跳舞的姿态、步伐的纯熟、姿势的美观，我若和他能够相互一搂在怀，那是多么兴奋快乐的一件事呀！一时又想志云是个喜欢跳舞的人，那他在舞场里，是常在跑跑的，我若要和他碰面，不妨到舞场去找他，反正老甲鱼这几天又不见得会来，我老闷在家里给他守空房干吗？这似乎也太傻了。但是偌大一个上海，舞场是这么多，到哪个舞场去找他好呢？美娟这样一想，倒又呆住了。但忽然又笑起来，我倒来碰碰运道再说，遂离开窗口，走到桌边，翻开报纸，只见触眼的就是一则舞场广告。

中央舞厅新聘舞国红星玉爱姝小姐，恭候领教。今晚
并请爱姝小姐表演浪花舞，辗转反侧！迎挺迎合！肉感动
人！香艳绝伦！冷气开放通宵营业，菲律宾乐队，奏演最

243

新时代兴奋舞曲茶舞，奉送香茗，大餐每客一元。

美娟瞧了心里很是欢喜，今夜不妨到中央去找他，找到固然好，找不到散散心也好。于是她又重新理妆，换了一件绝薄纱衫和红白皮镶嵌的香槟革履，对着三门橱玻璃镜照了又照，只见自己粉颊是红得娇艳，杏眼柳眉，樱桃雪齿，嫩藕似的玉臂，窄窄一捻的纤腰，肥圆的臀儿，高高的乳峰，在纱衫外隐约还露着两点像葡萄似的奶头……觉得周身上下没有一处不摄人魂魄，带有肉诱的意味，心里一阵高兴，便笑盈盈高喊道：

“秋琴，秋琴，我出去一次。老爷如来了，你说太太埋怨老爷为什么不来，太太闷煞了，到公园去乘一会儿凉，就回来的，知道吗?”

秋琴答应一声，美娟早娉娉婷婷地像杨柳摆风一般出去了。

美娟到了中央舞厅，身子就阴凉了许多，里面冷气果然开得十足，全场满布夏威夷的风景，恍若真个是夏夜避暑的好地方。这时电灯开的紫绿的颜色，爵士音乐奏出令人异样兴奋的舞曲，舞池里只见对对青年男女，都是满面春风，喜气洋洋，好似蛱蝶穿花般欢舞着。

美娟遂在空位上坐下，叫侍者把茶改换汽水，握着玻璃杯，一面喝着，一面把那灵活的眸珠，向舞场上四处照射，看有没有志云在这儿。因此凡有西服少年，在她面前走过，终要凝眸细瞧一回，可是终瞧不见有志云的影儿。

美娟瞧着别人男女拥抱得意，更衬自己孤独无聊。这时美娟真好像回肠九折，相思万缕，只觉坐又不安，立又不好，一寸芳心，摇摇不定。音乐一节一节地过去，这次灯光竟用了绯红色，那在舞池里的男女容貌，当然比较容易辨别清楚，但美娟料想志云哪有这样巧，偏偏在今天也会在这儿，因此也无心再瞧，只管自喝汽水。

　　大凡无论一件什么事，你越是存心要达到目的，往往不能成功，倒是在无意之中，随随便便能实现自己的希望。美娟一进舞场，急切要找志云，最好志云立刻显在眼前，但结果是失望了。这时偶然抬头，突然舞池旁边，却跳来一对少年男女，都是满面春风，搂得紧紧的似乎还在喁喁谈情，美娟定睛一瞧，不觉喜出望外，正是踏破铁鞋无觅处，得来全不费工夫，那个少年就是自己千思万想的志云，那被搂的少女，却是菱仙的同学杏佛。美娟见志云并非和舞女同跳，心中好生奇怪，暗想志云和杏佛几时认识的，怎么竟约到跳舞厅来跳舞呢？一时猛可又理会过来，志云那天回门酒醉，飞明把杏佛身子一推，给志云同舞，想来两人定是在那天生了情，当初我还埋怨三小姐是个饭桶，好好的新姑爷自己不享受，倒给姜小姐占了便宜去，不料他们两人竟真个这样恋爱起来，三小姐怀中人，果然被姜小姐夺了去。这妮子的手段未免太厉害了，我倒也要和她一比高下，虽然脸蛋儿我不及她美，但我有神秘的功夫，只要新姑爷给我一搭上手，我就叫他死心塌地地拜倒在我这旗袍脚下，打他走开，他也离不得我了呢！不过转念一想，自己和志云见面的时候不多，论起亲戚来，自己到底又长他一辈，我心里虽然非常爱他，但他却一些不晓得我的用心，我又怎好冒昧上去和他亲热呢？但是自己原是特地找他的，现在果然给我找到，这是千载一时的机会，若这次错过了，还待哪一次呢？想到这里，也顾不得羞涩两字，只觉一股勇气冲上头顶，便什么也不怕了。你想情欲的魔力厉害不厉害？

　　这时音乐又止，舞伴各回座位，美娟的眼儿跟着志云偕了杏佛到一张台子旁坐下。美娟这就再也熬不住了，两只脚早不由自主地跑了过去，拍着志云的肩儿，亲亲热热地喊道：

　　"三姑爷，你也在这儿玩吗？今天好巧呀！给我碰见了，近来身

245

子好吗？我是很记挂……我们三小姐真记挂你哩！"

志云今天上午得知翠喜不愿嫁他的消息，甚至要把她姐姐调过来的事，真把他笑痛了肚皮，所以他一面一口答应离婚好了，一面便坐车急急到杏佛家里。只见杏佛犹睡在床上，他就发狂似的把身子向杏佛被里一钻，抱着杏佛的脸儿，只管哈哈地大笑。杏佛骤然见志云这样态度失常的神情，倒是吃了一惊，急忙问他什么事。志云吻着她脸颊咯咯地笑道：

"妹妹，我胜利了。我兴奋极了，从此我和妹妹永远地爱爱爱……"

"哥哥，你到底怎么啦？也该说个明白呀！"

杏佛又惊又喜，被志云把身子一阵揉搓，又是肉痒又是羞涩，缩成一团，躲在志云的怀里，咯咯地笑。志云这才细细告诉了她，杏佛心中这一乐，顿时眉飞色舞，掀着酒窝儿，始终不曾平复过，把身子向里捱移些过去，把纤手拍着外面，真个叫志云并头躺下，两人唧唧喁喁地谈了一天的情。夜里杏佛当然不到大上海舞厅去，就陪志云到中央来跳舞。两人跳完一节，刚才坐下，忽然见仲泉的姨太来招呼他，并且还眉开眼笑骚形怪状地说她记挂志云，又说三小姐记挂志云，这不但使杏佛有些奇怪，即连志云自己也弄得目瞪口呆：三小姐既不愿回家，要和我离婚，怎么又要记挂我，这是打从哪儿说起？杏佛见志云呆若木鸡地怔着不回答，因站起来招呼道：

"真个是巧得很！二阿姨是多早晚来的？伯伯和妈妈好吗？"

志云这才恢复原有的知觉，也站起身子，很勉强地含笑点头。美娟又装着无限娇媚的样子，笑盈盈道：

"伯伯很好，妈妈倒不知道，因为我现在已是住到新公馆里了。是法租界萨坡赛路，三姑爷有空常来玩玩，因为那边很清静，伯伯是不常来的……"

说到这里，把勾人灵魂的眼波向志云一瞟，又嫣然地笑。志云杏佛这才恍然，她是并没知道翠喜要离婚的事，她简直还在做梦，因也不愿和她多说话，只点了一下头。杏佛听她说话，见她举动，完全是诱惑志云，心中也颇不悦，因抬了头望别处，竟不理睬她。美娟见他两人这个冷淡情形，也不叫自己坐下，只管呆呆站着，那明明是多着自己的表示，本来心里一团高兴，顿时浇了一个冷水，只得说声再见，姗姗地回到桌边的椅上去。

　　美娟坐在椅上，偷偷地又回眸来瞧两人，只见杏佛倚着志云，志云偎着杏佛，依然有说有笑，并不像刚才扮尴尬面孔，这才知道他们完全是憎恶自己，一时气得花容变色，一阵红一阵白起来。

　　美娟本来把志云爱到极头，现在却把志云恨到透顶了。她恨志云到底是个傻瓜，像自己这样脸蛋儿身材儿，难道还不算美吗？他却不爱自己，而爱杏佛，但虽然恨杏佛，却也奈何她不得。唯志云是仲泉的女婿，当然是有些法子好想来制服他，以后我叫仲泉把他喊到我这儿来，故意托他做一件事，我便可用种种方法勾引他，他是不晓得我的滋味，给他一尝后，也许天天要来尝我呢！美娟想到此，心中倒又谅解志云，这时真变成了又恨又爱了，偶然回头再瞧他们，那志云和杏佛早已出场去了，自己一个人坐着原也无聊，就付去茶资，快快地回家里去。

　　当志云、杏佛和美娟三人站着的时候，西首旁边尚有两双冷眼瞧着他们，这两双冷眼就是菱仙和翠喜姐妹俩。菱仙得知志云不愿和她结婚，她变成了两面落空，心里很是不快。翠喜当夜就拉姐姐同到中央舞厅来散闷，不料进门后，就见舞池里一对男女欢舞着，正是志云和杏佛。菱仙见他们脸贴脸儿，紧紧地搂着，喁喁地笑谈，比上次她和飞明跳舞时，更要亲热十分，这把姐妹俩都气青了脸。菱仙向翠喜叫道：

"三妹你瞧，志云这个风流洒脱的情形，哪里像个傻子？我和飞明反目，全为这杏佛狐狸精，不晓得她现在怎么又迷到志云身上去了。看两人相爱的程度，实在已超过了一切，怪不得志云要不爱妹妹，也不爱我了。"

翠喜一听菱仙的话，又把志云此刻的态度，和新婚初夜的情景相较，实在判若两人，无怪二姐只说他并不傻，到此也不禁恍然大悟，恨恨地道：

"二姐，志云他本是个好青年，想来一定是被杏佛这妖精迷住，新婚那夜，他装呆作傻，原来他完全是假的，以便这样可以绝我的心，可怜我竟被他骗过了。爸爸和他说要把姐姐嫁给他，他也不答应，情愿和我离婚，原来他心中是早已有了杏佛这个狐狸精。那杏佛这妮子不但是姐姐的对头，实在还是我的冤家，思想起来，真要恨她切骨。唉！可惜早晨爸爸已和高家去说过，否则志云仍算是我的所有，我就可以过去给杏佛甩几个耳刮子，问她还要拆散人家的姻缘吗？但是我们终还要想个法子，来报复一下才好呢！"

菱仙听翠喜的话，心中也非常痛恨，连连骂道：

"杏佛真不是人，是狐狸精，她迷了飞明，还要迷志云，这简直是我们的仇敌！可杀！"

两人正在柳眉倒竖、杏眼含嗔、咬牙切齿地恨着杏佛，忽见音乐停止，志云拉着杏佛由舞池归座，菱仙翠喜的目光也跟着移过去。突然又瞥见一个花枝招展的少妇和志云来搭讪，菱仙定睛细瞧，不禁咦了一声，推着翠喜叫道：

"咦！咦！三妹，这不是二阿姨吗？怎么也和志云动手动脚地拍肩儿，怪肉麻的。这事真奇怪极了，难道志云和二阿姨也勾搭上手了吗？也许是只瞒着爸爸一个人吧！我想他们一个像狐狸精那般妖形，一个像活狲精那样好淫，自然是干柴烈火，一点便着了。我们幸而一个都没上他的当，三妹，这我们还算是不幸中之大幸呢！"

翠喜这时心中真有说不出的滋味，懊悔自己不该太决裂，志云他不是傻子，实在是个难得找的好夫婿，现在眼瞧着他和别人相爱，这是多么令自己难堪，但转念一想，也就心平气和，轻轻叹口气向菱仙道：

"这个事儿，我明白已完全受他愚了，但他虽然果不是傻子，他的心不肯向我，纵然我爱他，也是个恶姻缘，倒不如和他脱离了来得痛快，大家仍可以谋幸福之道路，只不过是太便宜了这个杏佛丫头了！"

"哼！杏佛这妮子既和志云相好，为何又要来迷飞明，害得我夫妻感情完全破裂，因此飞明坚决要和我离婚。她哪里有好结果，十天之内，我必使他们爱情破裂！"

菱仙心里这时比翠喜更难堪，翠喜和志云虽然离婚，翠喜却已决定嫁给自己的夫婿飞明，那么他们到底还是一对，独有我左也不着落，右也不着落，早知杏佛和飞明没有什么关系，我又何苦要和飞明翻脸，我俩结婚不上半年，爱情原本很好，不知怎么一来，竟会闹到离婚地步。但仔细一想，飞明这样牛性子，原也没有十分可爱之处，我又不是三四十岁的人了，怕配不到一个好夫婿，统共只有二十几岁的年纪，那怕什么？但是杏佛这妮子终是可恨得很，因此怒冲冲地说出这一句话来。翠喜听了，倒是一怔，因忙问道：

"姐姐，你用什么方法，能够使他们的爱情破产呢？"

"你且别问，你只要瞧着，不但使他们的爱情破产，而且我还要使志云终身不再爱一个人哩！"

翠喜听姐姐说得这样肯定，也就不再问了，其实菱仙根本没有破坏他们的计划，实在是气急罢了。两人回眸再瞧志云等三人却已不见影踪，两人遂也无兴再到舞池去舞，竟亦匆匆地回去。

美娟闷闷不乐地回到家里，只见仲泉躺在床上，秋琴给他捶腿，因冷冷地笑道：

"今天是什么风儿，竟把老爷刮到这儿来了！"

"我的好姨太，你别怨我吧！我虽然身子没有来，心里是天天记挂着你。快来！快来！我们睡着谈谈。"

仲泉连忙赔着笑脸说，秋琴会意，早已爬下床来走开去，美娟脱了旗袍、高跟，只穿着衬衣把身子就直压在仲泉的怀里，拧着他腿儿嗔道：

"夜里不来，日中也不来，我知道你被老狐狸迷住了。我因为又寂寞又闷热，所以到公园去纳一会儿凉，秋琴告诉过你吗？"

"对我说过了，一个人闷烦，是该去散散心，闷出病来，叫我又怎能放心呢！亲爱的，你说得有趣，我怎么会被老狐狸迷住，这两天我为了志云不肯答应，把我计划推翻，我心中真好气。"

"咦，你说什么计划推翻呀？我怎么一些都不知道呢？"

仲泉因把菱仙翠喜交换夫婿的事告诉了她。原来美娟搬到外面住，并不知道，这时她听了仲泉告诉，想起刚才自己和志云的话，无怪他目瞪口呆要不明白了，一时也忍不住失笑。仲泉还以为她笑换夫婿，因伸手把她搂在怀里，笑问道：

"你笑什么？她们换个夫婿原是很好，飞明赞成，志云却偏不答应。"

美娟身子不住地扭着，嘴里故意咯咯笑着道：

"快放手吧！累得我好肉痒。我笑你的计划本来不好呀！"

"为什么不好？你倒说给我听听！"

仲泉两手不肯放松，而且还要揉搓着。

"三小姐是个黄花闺女，二小姐到底已嫁过人，三小姐他尚且不中意，二小姐当然是更不要说起了，况且他本有个……"

美娟说到这里，却停了停，仲泉慌忙道：

"你这话不对，是三小姐不爱志云，并非是志云不中意三小姐呀！你说志云他尚有个什么啦？"

美娟见他这样说，心想这话也不尽然，志云他明明是爱着杏佛，连我都不爱呢！听仲泉追问着，因为心中怨恨志云，便告诉他道：

"你不知道，志云是另外有爱人的呀！"

"这个……你怎么知道的？也许不会吧，傻子有谁爱他呢？"

仲泉这句话倒引得美娟噗地笑出来，暗想："爱他的人正多，我就是其中的一个，他傻，你这老头子才傻呢。"因笑道：

"志云哪里傻，他是装的呀！你说他傻，他倒要笑你们傻哩！"

"你怎么知道？他爱人是谁？空话别说了，快告诉我吧！"

"志云回门的那天，二小姐有个同学，不是叫姜杏佛吗？那杏佛就是志云的爱人，我本来也不知道，事情凑巧，我上公园去纳凉，齐巧瞧见两人也在呢！啊呀！两人真亲热得不得了，我瞧他们举动，志云一些不傻，说说笑笑，真宛然一对小夫妻哩！"

"嗯！嗯！原来他的爱人就是杏囡……佛……但他们也不过是见了一面，怎的就会发生爱情呢？这真稀奇极了，你和他们可有招呼吗？"

仲泉一听杏佛，他便冲口喊杏囡了，说出了后，倒又理会了，慌忙改过，一面捧了美娟的脸儿问。美娟为要避脱自己的干系，所以假说在公园里碰见，今听他要追问下去，自己的谎话倒要圆得认真些，眸珠一转就有了主意，因道：

"我干吗这样戆，去撞破人家秘密，不过我告诉了你，你对三姑爷说时，不要提起我告诉你的呀！"

"这个我理会，你放心吧！"

仲泉一面回答，一面心里却暗暗想，原来志云这孩子，他不爱

251

我涵芬生的亲女儿，倒爱紫玉生的干女儿，这样看来，志云虽不是我的儿子，倒和我的心一样。我爱紫玉是爱她柔顺体贴，若涵芬这般蛮不讲理，动没动就任性骂人，这叫我怎能够爱她？大概我的翠儿有些像娘，所以志云不爱他，要爱杏佛，志云的所以爱杏佛，当然和我爱紫玉是一样的道理。因此仲泉听了这个消息，不但一些不怨恨志云，而且还暗暗赞成志云倒是像我的儿子，心中又一阵阵想："志云如果真的爱杏囡，那我倒有了法子，就可以把杏囡嫁给志云，而且和翠喜的离婚手续也不用办了，因为杏囡是我干女儿，那志云也依然是我的女婿，我对于凌霄也可以了一头心事，而另一方面飞明和翠喜也可以实行夫妇生活。这样一来，事情可以省却多多少少的麻烦。只不过菱仙这孩子，是非另外许配不可了。飞明要和菱仙离婚，是为了和大海跳舞，大海这孩子跟我也有五六年了，现在倒也生得一表人才，菱仙会和他跳舞，当然感情也不坏，我去问问菱仙的意思怎样，她如果愿意的话，那是再好没有了。"一天星斗的大事，立刻化为乌有，而且连干女儿都有了夫家，自己凭空添了一个女婿，这是多么快乐，想到这里，本是一肚忧愁，现在竟转忧为喜了。

"你怎么啦？发痴了吗？把我的奶头要捻落了。"

原来仲泉只管想心事，两手摸着美娟的奶头，竟是搓团子样地捻起来。被美娟一提，方才放下了手笑起来，一面又想，这事我今夜先和紫玉说去，本来预备宿在美娟这里，得知杏佛志云有爱情的事，反坐起来道：

"我走了，刚才我是偷空出来的，明天早晨来睡你的热被窝吧！"

"我不要，你既到这里来，非睡过夜去不可，一夜不去陪老狐狸也不要紧，怕她会把你吞吃了不成？你这样怕她，还像是一家之主哩！况且上个月末一日，照规矩是到我这里睡，这老狐狸强横霸道地硬生生把你占了去，今夜我算报复那夜的气，不可以吗？"

美娟把仲泉一把拖住，喊着娇嗔说。仲泉搂着她，对准她嘴吻一回，安慰她道：

"今夜我也不回家去，因为我另有别事，从明天起，每日早晨我终来陪你睡一上午，那终好了，否则这时我先来给你效劳一回怎么样？"

"这时给我效劳，回头出去被风一吹，这才要送你的老命哩！"

美娟听了，呸他一声。仲泉见她这样说，自然很感激，捧着她脸蛋儿，亲亲密密又吮了一回嘴，方跳下床来穿长衫。美娟因嘱他不可失信，明天早晨不来可不依，仲泉连连答应，遂匆匆坐车到紫玉那里去了。

到了紫玉家里，只见紫玉正在凭窗纳凉，一见仲泉自然笑脸相迎，倒水倒茶，并给脱了长衫。仲泉擦把脸，拉紫玉一同在窗口坐下，笑着问道：

"我亲爱的，你是我的心肝儿，你的杏囡，就是我的女婿的心肝儿，你可知道吗？"

紫玉听了这话，知道仲泉已经晓得志云和杏囡的一段事了，心中不觉吃了一惊，只得假装含糊，反问道：

"你这是从哪儿说起？三小姐可有到高家去了吗？"

"我上次从你这里回到家去，三小姐的事，倒也不要说了，二小姐又和飞明那孩子要闹离婚，后来经我那口子想出一个法子，把三小姐配给二姑爷飞明，把二小姐改配三姑爷志云。四个人倒有两个愿意，独有这个志云不要二小姐，只情愿和三小姐离婚，后来经我细细打听，原来志云却和我一样，一心只爱着你的女儿杏囡哩！"

志云要和翠喜离婚的事，这在今天早晨志云已来说过，紫玉是早已知道，不过没有听了仲泉现在的话那样详细。起初以为仲泉得知杏圆和志云一段事，他要动怒，所以假作不知道，今见仲泉说的话，不像有怪杏圆意思，这就放心了大半，不觉扑哧了一声笑道：

"原来你做干爸的也转着我杏圆的念头吗？"

"哪里哪里！我说和我一样，是我一心只爱你，志云一心只爱杏圆呀！你别误会我的话吧！杏圆和我的嫡亲女儿一样，你不要瞎吃醋了。"

仲泉听紫玉取笑自己，便也分辩着和她说笑话。紫玉白他一眼，伸过纤手，轻轻拧他一下颊儿，笑道：

"本来你的女婿，就是我的女婿，现在我的女婿，也就是你的女婿。你现在可是来给我做个媒吗？"

"你叫我到底替谁做媒呀！"

仲泉望着她哧哧笑，这笑显见是带着些神秘，紫玉也理会过来，一时又红晕了双颊，瞅他一眼道：

"当然替我的杏圆做媒，难道叫你替我自己做媒不成？我是没人要了，除非嫁给棺材去。"

"你骂我棺材吗？那你就困到我身上来。"

仲泉听她说完，又咯咯地笑，仔细一想，方知她在骂人，因伸手把紫玉拦腰抱起，搂到床上，伸手呵她痒。紫玉把身子缩成一团，笑得透不过气。

"大热的天都别胡闹吧！我们躺下来谈一会儿。"

紫玉央求着说，仲泉这才放了手，和她并头躺下，笑着问道：

"今夜杏圆舞场没有去，对不对？她和志云出去一块儿玩了是吗？"

"咦！你这是怎样知道的呀？"

"哈哈！我的消息灵不灵？我告诉你，是二姨太碰见他们的。紫玉，我正经对你说，你去问问杏圆，她到底愿意嫁给志云吗？若是同意，这件事就我来管账好了。"

　　紫玉本来已一百二十个放心，晓得志云终要把杏囵讨去的，今听仲泉要出场管账，这当然是再好也没有了，因点头笑道：

　　"你干爸肯给我杏囵做事，这是求之不得，哪里还会不好吗?"

　　仲泉听紫玉允许，遂放下一桩心事，见时不早，两人便并头睡去。

　　美娟原是极爱志云，因志云恋着杏佛，自己绝了希望，心中又恨着志云，所以故意向仲泉泄露消息，谁知反而成全志云和杏佛的好事，这在美娟当时心中，又哪里能意想得到。美娟对志云，是因爱成怨，志云对美娟倒反变为因怨成爱，天下的事，所以非可逆料，瞧于美娟和志云的事儿，就可见到一斑了。

第九回

因风凑火睹影香巢捣
走电烧衣可怜玉体焦

仲泉在紫玉家里，和紫玉卿卿我我，一个郎情若水，一个妾意如绵，无限旖旎，万般恩爱的当儿，可怜那秦氏却正坐在房中，独对孤灯，闷闷地出神。房内是静悄悄的一丝儿声息都没有，只有嘀嗒嘀嗒的钟声，在寂寞的空气中流动。秦氏望着梳妆台上的时钟，已指在十点半了，心里真有无限的怨恨，仲泉这老不死，他说到朋友那里赴宴会去，我关照他十点以前要回家，他竟直到这时还没来，可见他是在掉枪花，一定是到美娟这烂货那里去窝心了。本来我也真不放他走的，因为这几天来，为了翠儿菱儿的事，他倒的确忙了几日，连店中也没去，只是伴在我房中，和我商量，我见他安分了许多，既然朋友请客，若不放他走，也是怪可怜儿的，自己不免太厉害。照现在的情形看来，这老不死简直是要对他凶恶，他方才服帖我哩！一样是个女人，我也算得温存他了，不料这老不死还是一心恋着美娟，我真不知道这只狐狸精到底有怎样迷人的手段，可惜我不是男人，否则倒也想去尝一尝烂货的滋味哩！

秦氏一肚皮气愤，本想和女儿谈谈，但菱儿翠儿晚饭后也一同出去玩了，她们自有她们的心事，妈的事儿她们当然也无暇顾及了。秦氏无聊已极，因便开着无线电解闷，不料这时候电台播音节目不是讲耶稣道理，便是讲《古文观止》，此外只有唱片，什么皮黄、音乐、歌唱，秦氏相信念佛，耶稣道理根本格格不相入；之乎者也的《古文观止》，更加不要听；皮黄虽好，但听不懂他唱词，好像对牛弹琴；敲起锣鼓来，反而增加自己的烦躁，也没有什么听头；西乐好像在发疯；广东音乐虽清静，到底太凄凉，好像孤孀媳妇走夜路。至于娇声滴滴的歌唱片，她一听了后，几乎要把这只七灯收音机都扔掉了。这是什么缘故呢？原来美娟平日最爱听时代歌曲，听会了也学着唱，仲泉一听美娟娇声的歌唱，他两只脚就会不由自主地色眯眯走进美娟房里去，所以秦氏一听这种歌声，就想着美娟这狐狸精的可恶，当然是更不要听。配她脾胃的什么申曲啦、越曲啦、四明文书啦、说书啦，偏偏还没到这时光，秦氏心中一恨，伸手"咔吧"一声，早已把它关掉，移步坐到写字台旁。因为实在无聊，不免打开抽屉，东翻翻，西翻翻，倒给她翻出一本粘贴照相的簿子来，心中暗想：前时仲泉和朋友各处去旅行，曾有各处许多名胜风景摄来，统统都贴在册子上，我倒不妨拿来瞧瞧解闷。因把照相册子取出，翻开了一张一张地瞧去，只见有泰山的日观峰，还有孔子的文庙、西湖的葛岭、秋侠的墓、孤山的梅花，后面尚有长江小姑山、黄鹤楼、无锡鼋头渚。照片中尚瞧得出小小一碑，碑中刻着"包孕吴越"四字，因为照片镜头是"罗莱福克斯"的四点四，那块碑本来已很小，碑中的字更细小得不盈一粟。秦氏竭目力细瞧一回，回过来再翻一张，不料眼前却显出一张美娟最近摄的小影，片中风景好像是在兆丰花园，美娟身倚竹篱，手攀柳丝，秋波盈盈，亭亭玉立，竟像和人要说话的神气。秦氏见她意态勾人，心中想起仲泉今夜睡在那边，不晓得她的骨头又要轻到怎样地步，因此妒性勃发，遂伸手把那照片取下，撕成粉碎，口中还不住地骂道：

"狐狸精，烂腐货，顶难看，不要她。"

秦氏撕了照片，抛在痰盂里，心中有了气，也无心再瞧，遂把照相册子翻拢。正欲藏进抽屉，预备去睡，不料册子里有一张不曾贴好的照片，从里面掉下来。秦氏忙又放下册子，拿起一瞧，只见是一张大餐台的样子，上面铺着一方白布，中间摆着一只花瓶，正满插着鲜花，仲泉坐在中央，右首却坐一个四十不到的半老佳人，眉目之间，颇觉清秀，左首坐一个十六七岁的女郎，装饰非常摩登，看她脸蛋儿，真比美娟还要美丽。秦氏心中不胜诧异，这一老一少，到底是谁呀？莫不又是仲泉的外室吗？因又再仔细地打量，只觉那妇人是一些不认识，那女郎却是好生面熟，但一时却记不起。秦氏闭了眼睛，满腹寻思良久，猛可地把桌一拍，大叫起来道：

"咦！咦！这就是菱儿的同学杏佛呀！怎么会和仲泉摄在一起？难道……吗？嗯！嗯！这个半老的女人又是哪个呀？我怎的从来也不曾瞧见过……"

秦氏自语到这里，再瞧仲泉的衣服，是穿一件现在最新做的毛葛单衫，想过去，这照片也摄了不多几时，仲泉这老不死的花样真不少，怎么一会儿就和杏佛勾搭上了呢？但杏佛只是十六七岁的孩子，怎么会爱仲泉，也许不是杏佛吧，天下面貌相同的人原也不少，那么这到底又是谁呢？想了又想，思了又思，不觉很奇怪地脱口问道：

"这是谁呀？是谁呀？"

"太太，是我！你刚才叫我到厨下去泡柠檬茶，现在已给你泡好了。"

秦氏听了，回头一瞧，原来是今天新进来的苏州娘姨何妈，正搬着一杯柠檬茶，从后间走进房来，心知她是误会了，倒忍不住好笑。这时何妈已到秦氏身旁，秦氏把手向桌上一按道：

"你摆在桌上好了。"

一面拿了照相，兀是瞧个不停，嘴里啧啧地咽着唾沫，皱了眉毛，犹自问着道：

"这是哪个？这到底是哪个呢？"

何妈见太太这个情景，心里倒也奇怪起来，遂放下茶杯，也伸过头去，向秦氏手中那张照片偷望了一眼，谁知她瞧了照片之后，竟冲口地叫道：

"太太，这个人你不认识吗？我倒认识她的。她是我邻居周家妈的女儿，名叫紫玉姐姐呀！这个照片怎么会在太太这里？还有这一个男人，和这一个小姐，我却不认识了。"

何妈毫没用意地说了这几句话，便笑盈盈地自管走开，谁知说的原属无心，听的倒有意了，秦氏慌忙把何妈叫回来道：

"何妈，我问你，你怎么倒认识这个妇人呀？既认识这个妇人，怎么倒又不认识这个小姐呀？"

"太太，你再给我瞧瞧。"

何妈被秦氏叫住，又回过身来，秦氏遂把照片递给何妈，让她仔细瞧一回，又急急问道：

"何妈，你现在可认出了没有？"

"这个紫玉姐姐是一些都不错的，昨天下午，我还到她家里去过一趟。因为她妈妈周家妈，当我出来的时候，她曾托我带个口信给紫玉，叫她设法带些钱回去，因周家妈是个哑子，年纪也有六十多岁了，说起来也真可怜，饭都有一顿没一顿的。紫玉姐姐在上海是真惬意极了，一天到晚不要做事，现在住得好好的，穿得又漂亮，这种福气真是修过的。"

"那么她既这样惬意，她丈夫一定是很会赚钱的了。"

"她的丈夫吗？死去差不多已有十年了。她丈夫死的时候，我记得她还有一个八岁的女儿。"

何妈很神秘地笑了笑。秦氏又把照相瞧了一回，觉得那少女完全和杏佛一样，也许真的就是她，那这个妇人当然是杏佛的娘了，但仲泉和她娘儿俩一同摄在里面，不晓得是和她娘有关系，还是和杏佛自己有关系？我想一定是和杏佛了。谁料杏佛这小狐狸精，到这里只有一次，竟有如此迷人的手段，就把仲泉勾引了去。仲泉虽然多几个臭钱，年纪到底老了，杏佛给他做女儿有余，不料杏佛竟也会爱上他，这种女子真也淫贱极了。一时心中既恨杏佛，又恨仲泉怎么活了这把年纪，还是拈花惹草不安分，我要出胸中这口气，实在非向何妈问个明白不可，因回头又向她问道：

"何妈，你这话奇了，她丈夫既死了十多年，怎的还有这样福气呢？"

何妈是个今天新进的仆妇，当然不知道其中有这么一回事。她见太太喜欢和自己聊天，这也乐得把别人家的事来当作故事讲讲，也许因此太太得宠了自己，那倒的确是个奉承拍马屁的机会，便笑了一笑，抿嘴道：

"太太是大人家出身，哪里晓得这种事。紫玉姐凭着她那副好模样儿，她是轧着了一个好姘头呀！"

"哦！原来如此。何妈，现在反正没什么大事干，我也寂寞得很，你倒不妨说来听听，这个姘头你可知道吗？"

秦氏生怕何妈不肯尽情告诉，所以故意装作毫不相关的样子，只当一件新闻谈，何妈因此也就中了她的圈套，笑着告诉道：

"本来是不晓得的，因为姘了多年了，所以大家都知道。她的姘头就是后马路头钱庄姓沈的，名字我却记不清了。紫玉姐她初到上海，也是很苦很苦，只不过给人家洗洗衣服，听说她和姓沈的轧姘头，也是从洗洗衣服姘上的。"

秦氏一听开钱庄姓沈的，心中早已明白了一半，暗想仲泉原来并不是和杏佛有关系，倒是和这老狐狸轧姘头。遂把照相拿来，又细瞧一回，那老狐狸到底有什么好看，觉得也不过如此，因把照相又给何妈瞧道：

"你说她有八岁的女儿，你瞧这一个可不是她的女儿吗？"

"啊！对了对了！就是她的女儿，真是黄毛丫头十八变，变得我不认识了。阿杏八岁时候，我瞧见了后，就一直没有见到过，那天我到她家里去，阿杏偏又没在，我也没有问起，谁知竟变得这样漂亮的一个小姐了，那就无怪我要老了呢！"

秦氏听她说出阿杏，那心中也就完全明白了，虽然是气得了不得，但依然镇静了态度，又笑问道：

"紫玉的本领倒真大，但那姓沈的既然有钱，你晓得有没有把她讨回家去？"

"太太，你不知道这个姓沈的，是个十足道地的怕老婆，他老婆雌老虎是有名的，所以虽然有钱，却是万万也讨不回去的。"

何妈这样当面嘲笑骂着，直把秦氏气得目瞪口呆，脸儿一阵红一阵青，几乎要发作起来。何妈却并不理会，依然笑嘻嘻地道：

"紫玉姐她是天天地咒骂那大老婆早死一日好一日，因为大老婆死了，她就有升大的希望了。我说紫玉的良心也太不好了，有这样过活，也就是了，还想升大，所以一个人的欲望是没有满足的！"

秦氏听了这话，头顶上几乎要冒出火来，这老狐狸竟如此可恶，还是何妈的话倒很中听，一时也忍不住骂道：

"这种烂污婊子到底不是人，自己勾引人家丈夫，不要脸皮，倒真是好死哩！别人家好好结发夫妻，怎么会死？我听了，也真有些代那位太太抱不平呢！"

何妈一听这话，心知她也是太太，听了这话，当然不免惺惺相惜，所以代抱不平了，一时深悔自己失言，慌忙也帮着骂道：

"太太，你的话真不错，我说她这种人是伤阴骘的，有的往往因此累人家好好夫妻吵嘴，这她不是变成了一个害人精了吗？"

"就是为了这样，我所以才代那太太气哩！不知道她小公馆是借在什么地方？"秦氏听了何妈这样说，脸上方有了些笑意。

"太太，她们是住在跑马厅路乐群里第三家。"

秦氏听了，把这地址连连念了几遍，牢牢记在心里，一面又搭讪着问道：

"你在上海做娘姨有几年了？"

"不过三年，上月里我因回家瞧丈夫去，前天才得出来，昨日下午我先到乐群里去带个口信，今天荐头店老板就陪我到太太家里，我瞧太太真是个有福气人哩！"

"哦！你还只有前天从苏州到上海吗？此刻我没有什么事，你去睡吧！"

何妈谢了一声，便自管退出。秦氏一面把照相仍旧夹在册子内，藏进抽屉，一面拿过柠檬茶，喝了一口，心中暗想："仲泉今天夜里怕是不会回来了，明天若回家，我且先问他有一个洗衣服的苏州妇人，名叫紫玉的，还有一个女儿，可认识她？他如说认识的，我便拉他到乐群里去闹一回；假使他回称不识得，我便把照片拿出给他瞧，看他还赖到哪里去。"想到这里，一时人已倦极，伸腰打个呵欠，正欲回床去睡，忽见香玉进来道：

"太太，二小姐和三小姐回来了。"

随着这话声，这就见菱仙和翠喜携手进来，脸上似乎很不高兴的模样，见了秦氏，便喊了一声妈。秦氏还以为两人又在斗嘴，不过既斗嘴，怎的又携了手呢？因忙问道：

"你们在哪儿玩呀？为什么又一脸不高兴呢？"

"妈妈，说起来也真气人，我和妹妹在中央舞厅里游玩，你猜我

起身。紫玉见杏佛昨夜并没回来，心想莫非和志云也在开房间吗？但早晚终是志云的人了，也就不去管她，只把仲泉一把拖住道：

"时候还只八点一刻，况且杏囡又不在家，多睡一会儿怕什么？"

"今天是九点钟朋友约我在店里相会，有些事情商量，不睡了。"

"那么让我起来给你倒洗脸水煮点心吧！"

"不用了，不用了，我这时立刻就走了，你只管睡着吧！"

仲泉说时，已披上长衫，紫玉见他这份儿要紧，遂也不留他，只对他说道：

"杏囡和志云的事，准定你去管账吧！杏囡回来，我自会对她说的。"

仲泉答应一声，早已匆匆奔下楼去。诸位，你道仲泉是不是到店里会朋友？原来他是到美娟那儿去的。因为昨夜美娟不放仲泉走，仲泉曾应许第二天一早来陪她，所以他不敢失信。仲泉一到美娟房中，只见美娟睡在床上，犹酣然未醒。仲泉心里十分欢喜，遂轻轻也躺到床上，偷偷地玩弄美娟，美娟被他扰醒，睁眼一见仲泉，真是又惊又喜，仲泉笑道：

"亲爱的，我可有失信吗？"

美娟哧哧笑了一阵，心中自然十分得意。仲泉陪她直睡到午后，方才起身，两人匆匆吃了饭。仲泉恐怕秦氏又要大跳，遂急急又回到秦氏那儿来。

仲泉到秦氏那里去，第一个原因便是和她商量杏佛代嫁志云的事，省得多出一笔离婚手续。谁料仲泉一走进上房，秦氏就劈头骂道：

"你在外面做的好事，你怎么不早来一步？你有一个洗衣服苏州女人名叫紫玉，她方才亲自来瞧你，说她家中烧了火，叫你立刻就去，你难道不知道吗？"

仲泉给秦氏这样一说，顿时吓得脸儿失色，但仔细一想觉得这话也真奇怪极了。早晨自己方从紫玉那边出来，不过到美娟那里去陪睡一会，怎的这样快她家里就会火烧了呢？而且她不到店里来找我，却亲自到家里来，她知道秦氏是个雌老虎，难道她倒有这个胆量吗？一时心中疑惑不定，半晌说不出一句话来。

"你为什么一声儿都不响呀！我和你大家去瞧瞧她吧！我看她哭得哀哀的真也伤心极了！"

"你这话到底可是真的？"

"妈妈的话是千真万确的，因为她女儿是我同学，所以我和三妹亦要一同去瞧瞧。"

仲泉听菱仙也这样说，一时就信以为真，以为秦氏到底是个女人，而且年纪也老了，一听紫玉家着了火，虽然是我的姘头，她竟发出善心来要和我同去瞧瞧，这将来说不定还好把紫玉讨进门来呢！到此不免又急又愁地急道：

"这事真也凑巧极了，怎的一忽儿工夫，就会得火烧呢？既这样，我们就大家去瞧瞧也好。"

秦氏一听，果然这事是实，心中又恨又喜，立刻叫人喊一辆汽车。秦氏向菱仙翠喜丢个眼色，母女三人便拉着仲泉匆匆跳上汽车，直开到乐群里去。

汽车到乐群里门口停下，四人跳下车子。仲泉探头向弄内一望，里面悄悄无声，不像有火烧的情景，心里倒是一怔。秦氏早已理会他的意思，便忙说道：

"外面看来倒不像有火烧呀！难道已救熄了吗？我们且进屋子里去瞧个明白再说。"

仲泉这时也心急得了不得，最好立刻见到紫玉母女，是平安无事，方好安心，一时遂身不由自主地跟着到第三家。谁知大门却是关得紧紧的，仲泉到此，更加疑心，因伸手把她们拦住道：

"你们在外且等会儿，让我先上去瞧一瞧，然后你们再进来，好吗？"

秦氏只装不听见，自管敲门。仲泉见此模样，情知不对，但事已如此，也没有用，意欲再向她阻拦，里面早已有个老妇人出来开门，秦氏忙问道：

"姜家可在这儿？"

"正是住在这儿堂客楼。"

秦氏一听，便奔着上楼，仲泉大吃一惊，立刻抢步追上，要走在秦氏前面，秦氏这时怒火中烧，大喝一声，两人几乎在半楼梯上挤下来。菱仙翠喜走在后头，伸手把仲泉长衫拖住，仲泉下面失势，上面手面一松，秦氏早直奔楼上去了。

当秦氏仲泉汽车到乐群里时，杏佛也还只刚走进一步，她和志云两人一夜未归，究竟是在哪儿玩呢？原来两人在中央舞厅跳舞，却碰见了美娟，因心里憎厌着她，两人遂又匆匆出了中央舞厅，转到杨子舞厅去玩。直跳到夜里两点钟，志云还不肯罢息，杏佛因劝他道：

"云哥，时候真已不早，我们回去吧！太迟了，到底伤身体。"

"今夜是我最兴奋的一天，怎的就要回家了吗？妹妹，我们还得喝些香槟，你难道不肯陪我一下吗？"

杏佛听了志云这样说，倒也不敢十分违拗他，况且今天自得翠喜要和志云离婚消息，心中实在也喜欢得不得了，因轻轻打他一下，偎着他不依道：

"嗯！我不要！哥哥说这话，好像打妹妹一样，我何曾不肯陪你呢？"

"是我不好，妹妹别生气吧！"

志云见她撒娇了，慌忙又赔不是，杏佛这才嫣然笑了。志云遂叫侍者开了两瓶香槟酒，和杏佛喝了一回，又去跳一回，舞兴越跳越浓，直到四点左右，两人神也倦极，酒也醉了。杏佛还比较清楚些，见志云酩酊大醉，舞场又要打烊，若送他回家，这当然不好意思，若和自己一同回家，也有许多不便，倒不如就在楼上借个房间的好。想定主意，就到杨子饭店二楼，开个沏浴房间，和志云两人倒头便睡，不到三分钟，都早已鼻声鼾鼾地入梦乡去了。两人这一睡，直到次日午后才醒来，一见两人并头而卧，都是又喜又羞，遂匆匆起身，各自洗个澡，吃了两客大餐。杏佛因恐妈妈记挂，遂和志云握手分别，急急回家里来。

　　杏佛到了家，见妈妈正在插着"扑落"，用电熨斗熨衣服。杏佛正欲向妈妈告诉昨夜不回家的原因，不料突听一阵急急脚步声响上楼来，紫玉杏佛还以为是强盗来抢，急欲去关房门，只见一个妇人，铁青脸孔，夺门而入，后面还跟着仲泉和两个少女。紫玉杏佛大惊失色，还不及问话，秦氏早像雌老虎似的扑了过来，伸手一把抓住紫玉，只听啪啪两声，紫玉早已着了两个耳刮子。紫玉这一气，哪肯示弱，便也还手对打。菱仙翠喜却拖着杏佛打来，仲泉一面用手向大家拦阻，一面大叫有话好讲。这时紫玉杏佛娘俩已躲在桌子里边，秦氏娘儿三人站在桌子外边，拍手拍脚地大骂。因为紫玉预备熨衣，所以把桌子移开，抛在当中，现在双方被桌子隔开，只能骂，不能打。秦氏要转过去打，却又被仲泉苦苦劝住，秦氏因此火上添油，把仲泉身子也乱打，仲泉不敢作声，也只好由她打了一回。

　　谁知大家这样大闹，那桌上电熨斗就没人管账，电力过度，熨斗竟烧起来，可是大家还不觉得。秦氏见打不着紫玉，恨得满额青筋暴露，遂欲把桌子推翻，紫玉见事已急，便也用尽力气，反把桌子向秦氏推过来。紫玉力大，经她一推，那桌面成了斜形，沸烫的熨斗就从上面斜跌下来。谁料齐巧跌在秦氏的大腿上，秦氏这一痛，真是痛彻心肺，不禁大叫一声，身子就向后跌倒，仲泉也大叫："触电！触电！"菱仙翠喜见此情形，芳心大惊，哪里再顾杏佛，就把秦氏抱起，只见秦氏的旗袍和裤子，都已烧穿一个洞，雪白肌肉上也变成焦炭似的一块。秦氏已经昏厥，不省人事，紫玉见桌上自己旗袍也烧焦，心知走电，慌忙把"扑落"用鸡毛刷帚挑去，这时菱仙翠喜已把秦氏抱下楼去。仲泉恐秦氏真的触电死了，心中也是着慌，遂无暇再向紫玉杏佛安慰，匆匆奔下楼去，只见翠喜菱仙还只走到门口，仲泉慌忙帮着把秦氏抬上汽车，叫车夫立刻开到太和医院里去。

第十回

鸾凤待换巢欢腾杏佛
高唐原是梦心醉菱仙

这是一间十分清洁的特等病房，床上睡着秦氏，床沿坐着翠喜和菱仙，望着妈妈被烧焦的大腿，眼眶子里扑簌簌不住地淌泪。仲泉站在床头旁，也是搓着手，皱着眉，表示十分焦急。心中暗暗地思忖："这个事儿，到底是谁搬的是非，我和紫玉差不多已有十年了，一向瞒得水泄不通，秦氏也根本一些都没知道的，现在她竟然晓得这般详细，还说她是洗衣出身，住在什么地方……这真是奇怪极了。"想到这里，秦氏已悠悠醒来，口中还不住地喊道：

"哎哟！我的脚骨痛得不得了……哼！……我真痛死了！"

"妈妈，妈妈，你忍耐些，一会儿医生就来了……"

菱仙翠喜含了泪安慰着。仲泉见秦氏醒来痛呼不已，遂也走近床边，见好好儿雪白的皮肤，烧得这么惨不忍睹。这种祸事，虽由她自己去寻出来，可怜不足惜，但到底引起了结发之情，因伸手抚她的大腿。不料秦氏又大喊起来道：

"你……不……能……摸……我痛……啊！……痛死……了！"

仲泉见她竟痛到这个模样，心中一酸，也不觉淌下泪来。秦氏见仲泉也会落泪，一时倒也懊悔自己原不该太过激烈，就直捣香巢，现在这只狐狸精苦头不曾吃着，倒反累自己腿受伤，一时又痛恨，又伤心，忍不住也滚滚掉下泪来。这时医生和看护都已进来，菱仙翠喜连忙站起，让医生诊查一回，只听医生道：

"这位太太的脚骨已被电火炙弯，受伤极重，诊治需用手术。现在先给她服一杯药水，免得火毒攻心！"

"妈妈的伤到底要不要紧呢？"

医生说着，已配好药水，给秦氏服下。菱仙一听火毒攻心，遂又急急地问医生道：

"小姐放心，这个伤是没有性命之忧的，只不过那腿非用夹板不可，至少要休养半年，才好完全复原哩！"

秦氏听没有性命关系，心中也略微宽慰，但这样死不死活不活地睡在床上，要半年的日子，那心里又是多么怨恨，因此眼泪就像潮水般地涌出来。仲泉以为她是非常痛苦，因安慰她道：

"你听见吗？医生不是说没有性命关系吗？你放心吧！"

秦氏见仲泉安慰她，倒也心平气和，菱仙翠喜也劝妈妈别愁。这时看护把秦氏的腿上了麻药，又用药水棉花将她焦黑创痕洗净，然后敷上药膏，再用一副和腿部一样大小的夹板，把那腿直挺挺地夹好。秦氏因上麻药，虽然不觉十分痛苦，但这样不自由地夹着，好像上了刑具似的，伸缩不能，一时又无限悲酸，落泪不已。医生和看护手术完毕，便自管退出，菱仙翠喜坐在床边只是淌泪，仲泉道：

"你们也不用伤心，到底是听信了谁的谗言呀？"

"你这样老的年纪了，还是东拼西搭，三女儿的事情和二女儿的事情都还没有办好，我是多么焦急，你倒快乐，一夜不回家，只想在外面寻欢，你的良心，只要对得住我就好了！"

"唉！你也太不明白我的苦衷了，我所以一夜不回家，也是为了和高家想完成一个圆满解决呀！现在这种事也别谈了，我知道你是气苦了，而且也痛得很，我还是给你叫大女儿来谈谈我的不好吧！店中下午还有事，我晚上再来望你了。"

仲泉说着，便出了病房，先打个电话给俊卿和月仙，叫他们速到太和医院里来，说你妈病着，月仙一听，答应立刻就来。仲泉遂又急急出太和医院，他并不到店里去，跳上车子，叫他拉到乐群里去。

仲泉一脚跨进卧房，只见紫玉和杏佛坐在床边，都暗暗地啜泣，仲泉连忙把两人拉起道：

"你们快不要哭了，都是我的不好，此刻你们快跟我来，我有话对你们说呢！"

紫玉一见仲泉回来，愈加哭得伤心，狠命把他的手摔开，恨恨地瞅着一眼，呜咽道：

"你好！你好！你告诉这个老泼妇到这儿来打我吗？"

"我的好太太！你不要冤枉我了吧！我就是个疯子，难道也会把这个事来告诉她吗？唉！这不知是哪个王八羔子搬的是非，真害得大家好苦啊！现在别说这些了，你和杏囡快跟我到外面去吧！"

仲泉见紫玉恨他，一时弄得哑子吃黄连，有苦没处诉，便急得连连顿脚。紫玉瞧他这个情景，料想其中必有蹊跷，遂也不及换衣服，即携着杏佛，关上房门，和仲泉匆匆出了乐群里。他们坐车到大东茶室，泡了三壶香茗，又叫了一锅虾仁面，紫玉气呼呼道：

"谁要你点心吃，我又没犯着这个老泼妇，她为什么要寻上门来打我，你倒给我说个明白呀！"

"你千万别急，我先问你，昨夜我和你说的话，你可曾和杏囡说起？"

"哦！今天她打上门来，难道是为杏囡的事吗？这就更笑话了，她女儿要嫁给志云，尽管去嫁好了，我的杏囡又没叫志云不要娶翠喜呀！这个我的杏囡根本没有这样的权力，况且他们原是结过婚了的，不过志云爱不爱翠喜，这个事儿，难道也要我们杏囡负责任不成？这真是放屁极了。现在我的一件旗袍被烫成一个大洞，被单也烫焦，连熨斗都被烧了，你想这许多损失，不全是你不好吗？你真是发了疯，怎么连我的住址都告诉了她，而且是陪她一同来打，你这不是存心地捉弄我吗？"

紫玉絮絮地说了一大套，脸儿一阵红一阵青的，说到后来，那泪便滚滚地掉下来。仲泉叹了一口气道：

"这些你全误会我了，我直到现在还弄得丈二和尚摸不着头脑呢！今天早晨，我自你这里走出后，便急急到店里，不多一会儿，朋友就来会我，接谈完毕后，因时尚早，所以又到二姨那里去一次，午后我方回家去，预备谈及杏囡代嫁的事。谁知道老泼妇一见我，就劈头说你刚才来她那儿找我，原因是你家里火烧了，又要我陪她急速到你家来瞧瞧，我一听你家突然火烧，这一吃惊，非同小可，所以毫不迟疑地一同到你家来了。直到大门口，我才有些疑心，因为是不像有火烧的情景，意欲阻止她不要进来，可是已来不及了。你想这事不是非常奇怪吗？十年来我和你的事，她根本不晓得，这到底是谁在搬弄是非？我直想到现在，还是莫名其妙呢！"

紫玉听仲泉说出这话，方才收束泪痕，蹙了双眉，凝眸沉思半晌，却始终想不出这是谁搬弄是非，仲泉道：

"现在我们也不用研究，将来自有水落石出的一天，你把我的意思和杏囡到底说过没有啦？"

杏佛坐在旁边，听妈妈和仲泉所说的话，问答之间，都关系着自己，这到底是怎么一回事？心中好生疑惑，因向紫玉忍不住开口问道：

"妈，你和伯伯说的话儿，我是一些都听不懂。伯伯昨夜里究竟和你说些什么？难道志云和翠喜合不来，是女儿的不是吗？这个离婚条件又不是志云说的，是翠喜自己提出的呀！"

仲泉听杏佛说着，又欲盈盈泪下的神气，因忙解释道：

"不是！不是！杏囡千万别多心……"

说到这里，又向紫玉丢个眼色，意思是叫她告诉杏佛。紫玉会意，便说道：

"伯伯为了翠喜不肯到高家去，心中非常烦闷，欲待把这个事儿解决，是非翠喜和志云离婚不可。但离婚到底关系着他的名誉，况你伯伯现在是海上一个闻人，倘然有人把这事登在新闻上，那不是一个极不名誉的事吗？现在你伯伯想出一个偷天换日的法儿，就是要把你认作女儿，替翠喜嫁到志云家去，我倒是很赞成，不知你的意思怎样？"

紫玉根本知道杏佛是求之不得的事，但故意又问了一句。不过杏佛心想："仲泉不认我作女儿，我也是一样要嫁给志云，反正你们已向志云提出离婚条件，这个事原没儿戏的，我倒也不甚稀罕一定要做你的女儿。况你所以要我给你做女儿，完全是为了自己的名誉关系，我何不也难他一难。"因红晕着脸儿，假作含羞道：

"多承伯伯美意，我是非常感激。但照我看来，却是万万不能……"

杏佛这两句话，不但使仲泉奇怪，连紫玉也稀罕起来。紫玉原不知女儿有一片深意在，以为这是再好也没有的事，怎么杏囡倒不要呢？因和仲泉不约而同地问道：

"这是为了什么缘故呢？"

"这有两个原因：第一，伯母既气着我们，伯伯要把我做女儿，她当然不答应；第二，刚才菱仙和翠喜都如狼似虎地拖着我，好像要把我吞吃的样子，还骂我不要脸，说我迷住了志云，其实我何曾迷住他，他自己一心只管要爱……我倒劝他不要再恋着我，应该爱新嫂子去，他不肯听，叫我怎样好呢？现在伯伯若把我认作了女儿，替翠喜嫁给志云，那不是更要引起她们的怀疑吗？所以我不要，你们只管去办离婚手续好了。"

杏佛摇着头说完了这番话，很自在地喝了一口茶。紫玉这才明了女儿的意思，她这许多话，最注意的就是末一句，不错，不认作女儿一样可以嫁给志云，让他们去办理离婚手续好了，可见女儿比自己究竟厉害得多，况且这个老泼妇真的也不会答应，因此也就不再说话了。仲泉急道：

"杏囡，你这话虽说得是，不过你是多虑了，我瞧你伯母刚才到医院里后的情形，似乎也有些后悔了。至于翠喜和志云离婚，原是她自己的意思，现在你代她出嫁，她应该感谢你才对，怎么反而还会来怨恨你呢？所以你放心，这事完全包在我身上好了。"

杏佛听仲泉这样说，因又说道：

"假使伯母也答应收我作女儿，那么高家到底同意不同意？就是高家也同意，女孩儿家的终身大事，也该是妈妈做主，不过我这次之所以嫁志云，完全是替伯伯解除一个难题，伯伯是应该正式认我做女儿嫁去，并须得重新结婚，否则，就是妈妈同意，我也不依你。"

杏佛这几句话说得又大方又漂亮，紫玉不住地点头，暗暗想女儿真能干，办事真是四面顾到。仲泉听杏佛要附这个条件，那是再便当也没有了，因直爽地答道：

"只要杏囡能够答应我，这一些事，我都能依你，并且我还情愿给你一万元存款作为嫁资，其余翠儿的妆奁统统也归你所有。你如不信我的话，明天我便先把存折开好你的户名，送来给你藏着，那你终好放心了。"

紫玉一听，心中早已满口答应，但恐女儿尚有条件，所以不敢应承，只把眼睛来望杏佛。杏佛听他说得这样委曲求全，心里原本是欢喜，遂也不再留难他，红晕着双颊，无限娇媚地轻声道：

"伯伯既然这样好意，我若不依地拗执，那也太不近人情。伯伯，你放心！我便答应你是了。"

"哈哈！乔太守乱点鸳鸯谱，我今日也要效他的美法了。"

仲泉一听杏佛答应，便也乐得哈哈大笑起来。杏佛经他一笑，倒又难为情了，低垂了粉颊，愈加抬不起头。紫玉心中也甚得意，望着杏佛，只管哧哧地笑。这时侍者已把一锅虾仁面端上，仲泉笑道：

"现在你心中终可以不气了，点心吃些吧！"

"干吗不气？那只雌老虎实在太凶恶了。并不是我良心不好，刚才她那只大腿，到底烫伤得怎么样了？最好让她烫个半死，真是阿弥陀佛天有眼睛，问她下次还要横行无忌吗？"

紫玉把那盈盈俏眼向他一瞟，又怨恨又得意的神气，便嫣然笑了。仲泉瞧了这种意态，真是令人爱煞，因也笑着告诉她：

"你还在说笑话呢，她真个烫得伸不直腿儿，据医生说，非用夹板夹她六个月，是不会回复原状的。"

紫玉听她六个月才能医好，忍不住咯咯地笑了一阵，瞟他一眼道：

"这种人给她六个月，实在太少，最好给她夹了一辈子，让她看了白饭，饿肚皮，那我才称心哩！"

说到这里，弯了腰又哧哧地笑，连杏佛也忍不住扑哧一声笑出来。仲泉道：

"你倒是个好良心。好了，这些别谈了。杏囡，我们大家吃些吧！"

杏佛点头，三人各吃了一些。仲泉会去账，便陪紫玉母女俩出了大东茶室。仲泉道：

"那么你们回家吧！我不送你们去了，我想从今天起，杏囡是不用上舞场去了。"

杏佛答应，心中暗想这昨夜志云也早已对我说过了，仲泉便给两人讨好车子，望着车子不见了影儿，方才回到家里。香玉一见，便急问太太和小姐呢？仲泉便把太太受伤的事说了一遍，两位小姐在院中服侍，家中没人照顾，你一切须小心才是。香玉原是秦氏最喜欢的人儿，今年也有十七岁了，做事尚称能干，所以上下仆妇都要受她指挥，今听太太受伤，便慌忙去打个电话到太和医院问安。接电话的是菱仙，一听香玉口音，便问她怎样知道，香玉告诉老爷在家里，菱仙遂忙告诉秦氏。秦氏知仲泉也回家去照料，可见尚有人心，因只叫香玉小心，香玉答应，遂放下听筒。不料人还没出电话室，那铃声又响，香玉一听，对方叫仲泉接听，香玉遂匆匆来告诉仲泉，仲泉忙到电话室，拿过听筒，只听对方问道：

"你可是沈仲泉先生？"

"正是！正是！你们是哪里打来的呀！"

"我们是高家，令爱既然不愿回来，我想下星期就办离婚手续吧！"

"慢……来……慢……来……这位可是凌霄老哥吗？小弟意思，欲把我的继女杏佛配给令郎，因为他们感情很好，这样既可省却一件破感情的事，而且也是两全其美，不知老哥意下如何？"

"哦！现在又有这样一个变通办法吗？……这个我尚需考虑……"

"倘蒙老哥允许，还望老哥先向内子那边假催进行离婚手续，她现病在太和医院三号特等病房……"

"嗯！嗯！待我考虑后，再答复你……"

仲泉听到这里，电话已经摇断，便放下听筒，走到上房，躺在沙发上了想一会儿。听凌霄这次口气，不像十分拒绝我，也或是肯答应的，我所以叫他到秦氏那里假意催促离婚，便是造成我去做说客的地步，这可见是我委曲求全的一片苦心了。想到这里，暗叹一声，这秦氏不知怎的，竟凶到如此样子，这也真是我不幸极了，但愿她这次吃了苦头，能稍悔过，也就幸运极了。这时香玉送上一杯茶，问老爷夜饭家里吃还是到太太那里去吃，仲泉见时已四点左右，这时到医院去太早，或许凌霄还没打电话去，坐在家里又闷，倒不如往美娟那里去坐一会儿。想定主意，假说店中有事，便匆匆走了。

诸位！你道高家来的电话，是不是凌霄打的？原来却是志云打的。凌霄和高太太自得仲泉要把二小姐换过来的消息，几乎气得个半死。凌霄原知道二小姐早已和人家结过婚，怎么自己儿子处女不娶，难道去娶二婚女子不成？志云更是大跳，因此决定离婚。志云还怨爸妈做事不好，自己本来不要，现在弄成如此局面，岂不被人笑话？凌霄哑口无言，只好对儿子说，以后对于婚事再不敢管账了，随你自己去拣吧！志云心中大喜，所以第二天便打电话来催仲泉，赶紧进行离婚手续，以便自己好和杏佛结婚，谁知仲泉一味地把他当作凌霄，对他说出这个话来。志云当时听了，真是奇而又奇，怪而又怪，遂将错就错，假作凌霄说考虑后答复，心中却暗想道："这是打从哪儿说起，杏妹竟是仲泉的继女，那么杏妹怎么一向不和我说起呢？稀奇！稀奇！既然要把杏妹代嫁我，为什么还要再叫我向秦氏那儿去催促离婚，这真是奇得不能再奇了，我非到杏妹那儿去问个详细不可。"志云想定主意，就急急到乐群里。紫玉和杏佛早从大东回来，一见志云，连忙让座，紫玉以为两人不免有些私情话，自己站着不便，遂自到隔壁聊天去。志云见紫玉不在，便把杏佛拥

278

在怀里，先吻了一个嘴笑道：

"我心爱的杏妹，我今天得到一个消息，真稀奇极了!"

"什么消息啦？你快告诉我吧!"

志云因把仲泉的话统统告诉了杏佛，杏佛一听这话，两颊顿时绯红，呆了半晌，见妈妈不在，方把八年前的事情悄悄告知志云，并嗫嚅着道：

"哥哥，我觉得很不好意思，你要看轻我吗？"

志云这才恍然大悟，连忙伸手把杏佛嘴儿扪住，偎着她脸儿，安慰道：

"妹妹，你别说这话，这是被环境压迫，不得不如此呢! 假使当时没有仲泉的接济，妹妹就不能读到中学。恐怕现在妹妹也未必有这样的意志、性情、品学⋯⋯一切的一切。妹妹，你要知道我并非爱你的貌，实在是爱你的性情和才学呢!"

"哥哥，我真感激你⋯⋯"

杏佛听了志云的话，猛可地把他脖子搂住，紧紧地吻住了。志云当然非常快慰，用手抚着她的美发，默默地亲热一回，真是有说不尽的郎情如水妾意若绵。

"妹妹，那么仲泉既要把你代嫁我，为什么还要我向秦氏去假催离婚呢？"

志云两手按着杏佛的肩儿又问，杏佛凝眸沉思半晌，哦了一声道：

"是了，他的意思一定是怕秦氏不肯答应收我作女儿，所以故意叫你去催得厉害，他便可以去说服她，你想对不对？"

"对极了，妹妹真聪敏! 那么我们一同去吧，先打了电话，然后再去瞧场电影好吗？"

杏佛含笑点头，遂离了志云身怀，换件衣服，这时紫玉进来，两人也不说明这事，只说出去走走，紫玉嘱他们早回，两人答应，便携手出去了。

仲泉在美娟那里吃了夜饭，方到太和医院里来瞧秦氏。只见大女儿月仙和夫婿俊卿都在，菱仙翠喜都坐在床边和秦氏聊天，见仲泉进来，都站起来叫爸。仲泉问月仙夫妇什么时候来的，月仙说："四点钟来的，我们都吃过饭，爸吃过没有？"仲泉点头，又问秦氏现在怎样了，秦氏道：

"痛得比较好些，你来得正好，我刚想打电话来叫你呢！"

"什么事啦？"

"高家打电话来，逼着要我们快速离婚，这怎么办呢？我真懊悔当初不该立刻就说这话呢！"

仲泉听了这话，知道自己计划果然成功，心中大喜，却故意皱眉道：

"这事真讨厌！蛮好把二小姐调过去，高家偏不答应，若果离婚，那结婚不到半月，岂不被外界要当大笑话吗？这事……怎么办呢？"

"那么难道你再想不出一些补救办法了吗？"

秦氏为了丈夫名誉关系，心中倒是有些着急，仲泉沉思良久道：

"办法是有一个，恐怕太太不答应。"

"你不说出来，怎的知道我不答应呢？"

"我的意思，把杏佛真的认作女儿，代翠儿嫁过去，那不是可以不要离婚了吗？"

"嗯！嗯！我为了她娘吃了这样苦，这是冤家对头，怎要她做女儿？"

"紫玉见太太受伤，她十分抱歉，说并不是有心，她也代你淌泪。况且这事是解我们的困难呀！太太若答应，我明天就领杏佛来拜见你。"

秦氏听了，默不作声，望着菱仙和翠喜。月仙俊卿也劝道：

"既然为了爸爸名誉起见，妈妈就答应吧！况且妈，爸也年老了，能有个儿子希望，也好替沈家接代。"

秦氏听了大女儿口气，不但叫自己承认杏佛做女儿，而且还有允许仲泉纳紫玉的意思，原来一切的事今天已和月仙说知，秦氏因自己残废在床，心中十分懊悔，因深深叹口气道：

"但是菱儿又怎样办呢？"

"妈妈，二妹既然是为了和大海跳舞，因此造成和飞明不睦，我想二妹就配给大海得了，那三对不都是十分圆满吗？"

菱仙听了，含羞不语。秦氏见她并不反对，料想愿意，遂对仲泉道：

"那么你就照大女儿的意思去办吧！我也管不许多了，总之，都是你害我不好！"

秦氏说着，叹口气又白他一眼，殊有无限怨抑。仲泉听秦氏完全答应，心中欢喜得了不得，一面又暗暗感谢月仙，不过对于收纳紫玉做妾的意思，自己也不愿意，因紫玉十年来始终不曾生育过。美娟年轻，或许还有生子的希望，因此把这个念头也就打消了。

第二天，仲泉先在中国银行开个一万元存折，送到杏佛家里，又携着杏佛到秦氏那里认作了妈妈。秦氏心中虽然很勉强，但杏佛原是很聪敏的女子，她天天去望秦氏，服侍一回，秦氏见她这样好性情，日久也起了爱心，因此感情倒也不坏，仲泉自然更觉欢喜。

李大海自陪菱仙到大上海舞厅去找飞明，万不料菱仙会十分甜蜜地求自己跳舞，心中正在惊喜欲狂，偏被飞明大吃其醋，大海恐彼此闹僵，所以急急回到家里去。

大海那晚睡在床上，尚有余醉，脑海里只映着菱仙和自己跳舞的姿势：她是紧紧偎着我，我的胸前好像有块弹簧，软绵绵的一松一紧，真正适意极了，她的颊儿是红晕得可爱，热辣辣地贴在我的脸上，我几乎真个被她陶醉了，我的二师妹真可爱真美丽。本来我们是感情很好，偏偏我先生不肯把她嫁给我，去嫁给飞明，只要瞧今夜的举动，就可见二师妹她仍还爱着我呢！一时自己又很懊悔太呆笨，二师妹她既很心爱我，我当初为什么不和她到另一个舞场去呢？那么也不会和飞明碰见，自己和菱仙也可以痛痛快快欢舞一夜，说不定舞罢还可以开一个房间，和菱妹恩恩爱爱地温存一回，这是多么令人销魂的乐事呀！想到这里，心中不免荡漾了一下，觉得这样一个绝好的机会失去，实在可惜。因为那晚菱妹若不回家，飞明终当她睡在母家，师母一定也以为她是回家了，这样鬼不知神不觉的事，是多么稳妥。现在我虽然闻到她一些肉香，但究竟一些没尝到她的肉味，这真是羊肉没吃，倒已惹得满身的臊气，还要累她们夫妻反目吵嘴，这我的心里实在是十二分对不起菱妹。想到这里，精神倦怠，两眼合上也就模模糊糊地入梦乡里去了。

大海正在睡得十分香甜的当儿，耳中忽听砰砰有人敲门，他便蒙蒙眬眬地起身去开门，谁知走进来的不是别人，正是自己心中念念不忘的菱仙。菱仙一见大海，便即纵身投入大海的怀里，口中还亲密地叫道：

"我亲爱的！我真好苦呀！我已被他狠心地逐出来，我今夜没处安身，就在你这里睡一夜吧！"

大海见菱仙容貌，好像海棠带雨一样娇艳，而柳眉含颦，又好像西子捧心一般妩媚，真是令人又怜又爱，遂把她拥到床上，亲着她小嘴儿，低低唤道：

"妹妹，我的心肝，我的宝贝，这都是我害了你。但妹妹呀！我心中是万分地爱你呀！你不信，我把心剜出来给你瞧吧！妹妹，你别哭，妹妹疼我，我也疼妹妹的。"

大海一面说着，一面把菱仙抱在怀里，恍惚觉已效起楚襄王高唐云雨事来，菱仙娇靥含羞，半推半就，大海仿佛又惊又喜，两人一个郎情若水一个妾意如绵，真有说不尽的无限旖旎风光。

正在如胶投漆无限缱绻，突闻耳中一声响亮，大海冷不防一惊，还道飞明追来，顿时吓出一身冷汗。睁眼一瞧，室中灯光依然，只见桌上有一对耗子，追逐而过，却把桌上那两只玻璃杯子绊到地上，敲得粉碎，同时又听吱吱鼠叫的声音响入耳中。大海觉下身有异，心中方才恍然，原来自己依然睡在床上，是做了一个春梦，并没有菱妹心肝，只有自己孑然一身。

第十一回

尺书诉寸衷两心相印
三月留冤孽一意打胎

  大海回忆梦境，一会儿喜一会儿悲，喜的是菱妹与我竟也有梦中一缘，恩爱缠绵，实和真的销魂一样甜蜜，悲的是深恐菱妹回家，要和飞明反目，自己是处于嫌疑的地位，虽有百口，也是莫可分辩。不过我的心中实在是深爱菱妹，不知菱妹的芳心，究竟也爱着我吗？瞧着她和我同舞的情形，可知她也并非完全无心，大海这样痴痴癫癫地想了一夜，第二天就患起相思病来。

  大海患了一星期多的说不出所以然的病，那天他觉得这样下去，实在是个自陷于死的地步，一个男子汉，堂堂七尺之躯，岂能为恋一女人而自寻烦恼，自己应把恋爱的精神去用到自己青年应负的责任上去，那才不愧是个好男儿呢！大海这样一想，顿时精神百倍，从床上跳起，霍然而愈，预备整理行装，远离上海而去，但仔细一想："我既预备出走，应该要菱妹知道我出走的缘由，完全是为了爱她，同时又不忍拆散他们夫妻，所以自己忍痛牺牲，远走他乡。"想到这里，打定主意，便坐在写字台边，簌簌地写了一封给菱仙的信，预备明天亲自拿到仲泉家里，菱仙在那边，这当然是好极了，假使不在，我便拜托香玉，对她说二小姐来时，交给她好了，这样飞明是一些不会知道，事情是很秘密的。

大凡一个人，单恋是最危险的事，大海就犯了这个毛病。他整天整夜地想着菱仙的面容是这样美，肉体是这样香艳，因此愈想精神愈委顿，晚上临睡，脑海里种种意淫，也不一而足，神魂颠倒，蒙蒙眬眬，往往容易减精，这真是青年最危险的事情。

　　这时大海写好了信，睡在床上，和菱仙在梦中，竟又相会了一次。第二天直到午后才起来，心中很是惭愧，因急急坐车到沈公馆。香玉一见大海，便含笑叫道：

　　"李少爷，你怎么这许多日子不来了？我们家里倒出了许多的事！"

　　大海在会客室里坐下，香玉端上一杯茶。大海听她说家里出了许多事，心中吃了一惊，慌忙问道：

　　"怎么啦，出了什么事了？太太和老爷在家吗？"

　　"太太一只腿被电熨斗烫坏了，二小姐和二姑爷要离婚，三小姐不肯回高家去，现在太太病在太和医院里，二小姐和三小姐都在那边做伴。你想不是很多的事儿吗？"

　　大海听菱仙和飞明要离婚，一时又惊又喜，急急问道：

　　"香玉姐，你快告诉我吧！这些都是为了什么缘故呢？"

　　香玉因一桩一桩地细细告诉了大海。大海一听菱仙果然为了自己和飞明闹起离婚来，那菱仙的心中一定是感到十分伤心，那我这一封信就愈加要给她瞧了，也好叫她知道自己的确是她的知音人，倘然她也真心地爱我，那我们倒还有月圆的希望哩。想到这里，眼前显出一线光明，脸上含了笑意，便再也不预备离开上海了，因哦了一声道：

　　"原来如此，那么太太在太和医院住了几天了？"

　　"昨天下午才进去的，李少爷要去吗？那边是特等三号房间。"

　　"今天我尚有事，想过两天去望师母。香玉姐，这儿我有一封信，二小姐若回家时，请你转交给她吧！"

大海说着，把信取出，递给香玉。香玉点头答应，送到院子里，便自回上房里去。

大海刚欲跨出大门，齐巧菱仙匆匆从医院里回家，两人几乎撞了一个满怀。菱仙她是做什么来呢？原来昨天晚上，月仙向秦氏说要把菱仙嫁给大海，当时菱仙心中荡漾了一下，这时睡在院中，暗暗思想："大海这人倒也是个很漂亮的少年，上次在大上海和我跳舞，我虽然是要气气飞明才和他亲热，但瞧他意态倒真和我有说不出的恩爱呢！况且从前大海和我，原是师兄师妹很要好，现在飞明既然这样无情，我就嫁给大海，倒也是个美事，否则大姐三妹都有夫婿，连杏佛这妮子也都有了如意郎君，难道我就两头落空不成？"想到这里，一颗芳心就只对着大海，大海做了一梦，和菱仙相会，谁知菱仙也做一梦，梦境和大海一式无二。直到次日醒来，只觉下面洋洋乎一片，这把菱仙羞得无地自容，所以午后偷空，便急急回家来换小衣，谁知竟和大海撞了一下。

两人一撞之后，都吃了一惊，定睛瞧了一眼，正是自己的梦里情人，因此两人的脸颊都显现朵朵桃花。好在各人的心事，只有各人自己肚里明白，都以为对方是不知道的，连忙含笑招呼。

"二妹，是打从医院里回来吗？"

"是的！海哥多早晚来的？我们是好久不见了，你怎的这样性急就走了呀！假使没有别的事，就请到里面再去坐一会儿吧！"

大海见菱仙粉颊如玫瑰花朵一般娇艳，秋波盈盈地向自己瞟了一眼，嫣然露齿微笑，这种妩媚意态，几疑自己和她尚在梦中相会，这就呆呆地怔着了。菱仙见他这个模样，心中忍不住好笑，因伸手向他衣袖一扯，抿嘴道：

"咦！海哥，你怎么啦？进来吧！"

大海这才醒来似的，见她这样和自己亲热的模样，真有些受宠若惊，因急急跟她到会客室里。菱仙叫他坐下，大海很恳切地道：

"我想到南京去，香玉告诉我，太太和二小姐三小姐都在医院里，所以我此刻便想先到医院里来和二妹作别，不想竟碰见了妹妹，这真是巧极了。"

"咦！……你是为什么要到南京去呀？……"

菱仙吃了一惊，不由自主地握着大海的手儿，急急地问。大海见她这一份儿急的样子，难道她果然也真的爱我吗？握着她柔若无骨的纤手，又不禁呆呆地出神。菱仙将他手儿紧紧捏了一会儿，嫣然笑道：

"海哥，你且等会儿，我到上房去转一转就来的，你为什么要到南京去呢？……回头我和你细谈吧！"

菱仙因为下身实在怪腌臜，所以向他回眸一笑，便奔到上房里换内衣去，大海听她说出"细谈"两字，是包含着无限的情义，莫不是她真的爱上了我？心中一乐，那脸上的笑容，这就始终没有平复过。

"二小姐，你回来了，刚才李少爷来瞧你，他还有一封信儿，叫我送给你，二小姐你瞧吧！"

菱仙跨进上房，香玉就笑盈盈地告诉，同时送上一封信。菱仙把信接在手里点头道：

"在大门口我和李少爷是碰见的，他现在书房里坐着，你给我去倒一杯茶吧！"

香玉答应一声，便自管匆匆走出。菱仙掩上房门，此时也不及瞧信，先拿脚布向下身揩擦干净，换了小衣，又洗过了手，然后拿了信封坐到桌边，未拆信封，心中暗想海哥这人倒有趣，既见了面，还有什么信呢？这信中到底又说了些什么，一时也无从猜起，还是急急打开，抽出信笺，细细瞧道：

菱妹如握：

前承携手偕舞，不禁喜出望外。仆虽使君无妇，妹究罗敷有夫。果然事为明兄所睹，引起一番纠纷，妹非始料所及，仆亦心不能安。虽然，妹之才貌，仆实心折已久。自叹此生无缘，不敢做非分之想，中心郁闷，愁心如捣。前为翠妹喜事，叨陪快婿，岂知乘龙娇取，翠妹郁悒不欢，一腔闲愁，仆亦为翠妹深忧。仆固醉于酒也，仆欲借酒以消我块垒，谁知块垒未消，而玉山竟已颓然。仆心自伤，亦复自怜，既醉而后，又不知为谁所弄，涂仆以满脸脂粉，是不啻讥仆为巾帼妇人。仆心更觉自惭，孰知自惭更有甚者，即仆目睹妹受辱于明哥，明哥诬妹有私，仆心极愿代白，第恐愈为代白，则愈起彼疑实，此仆之所以怏怏作别，翻然远去。实则仆心已片片割，仆肠已寸寸断矣！

妹为凌波仙子，仆为大海孤舟，孤舟未能载仙子，是大海早已成苦海。前日事，使吾妹与明哥横生嫌隙，仆为妹愁，仆心终未能释然。昨晚竟梦与妹携手，梦中景象，快慰生平。虽不能为外人尽述，然仆与妹，固亦有一梦缘也。仆思丈夫而不能得一美人，晤面而不能一吐积愫，人世憾事，实无有过于此者。仆非敢自比于英雄气短，妹之才华，实令我儿女情长。嗟夫！嗟夫！仆虽不获妹为终身伴侣，但昨已得妹之青睐，此心可无遗憾。虽然不能寄情于美人，亦当献身于邦国，国家之兴与美人并重也。仆不敏，今当与妹长别，誓赴首都。设有缘者，容后再相见耳！书不尽言，专颂。

俪安！

菱仙把信瞧完，好像读了一部二十四史，不知从哪里说起是好！既而仔细一想，这事情也真奇怪极了，我梦他他竟也梦我，他说"梦中景象，快慰平生，虽不能为外人尽述，然仆与妹固亦有一梦缘也"，这两句话，难道他竟和我做了一个同样的梦吗？我记得我的梦中，他是柔情蜜意，我是半推半就羞人答答的模样，恍惚之间，竟就醒了。他的信中，虽没有明言，但说梦中有缘，当然可想而知。这这……真稀奇极了。两人早不做梦晚不做梦，却偏偏都在昨夜里一同做梦，而且是一个情景的梦……这难道我们两人的神魂，真的……想到这里，粉颊一阵红似一阵，全身都觉怪热燥起来。一面心中又想道，原来那天他的酒醉，实在是另有感触，我还一意笑骂他烂醉的死狗模样，这真是冤枉他了。我瞧他信中对我所说的话，真是一万分多情，句句都是真心爱我，一些没有虚伪的意思，想不到他这个人，竟比飞明还疼爱我呢！现在他要到南京去，不晓得到底又为了什么，假使是为了失恋，为了我不能和他相爱的缘故，这是我可以保叫他笑逐颜开的了。因为爸爸妈妈已有这个意思，也正需我要着他来哩！想到这里，心中真有说不出的欢喜，更加肯定大海的确是我菱仙唯一的知心人了。因就拿着信儿，匆匆奔到会客室里，只见大海坐在椅上，喝着茶，见了菱仙，便笑着站起叫道：

"二妹在上房里干什么呀？"

问的原属无心，听的倒是有意，菱仙在房中易换污裤，听他一问，直羞得粉颊绯红，一时回答不出半句话来。大海见她不答，突然又瞥见她手中拿着自己的信笺，还以为她见了自己的信不高兴，因此那脸儿也通红起来，嗫嚅着赔罪道：

289

"妹妹，我是要到南京去了，万不得已写了这个信，一吐我平日的痴想，妹妹见了，千万要原谅，切勿见责，那我就是死了，也甘心的呢！"

菱仙见他这样说，知道他误会自己意思了，便情不自禁地走上一步，握起大海的手儿，无限娇媚而又无限温柔地叫道：

"海哥，你这是什么话啦？我万万想不到飞明有这样的狠心，同时我真也料不着海哥有这样的痴情，飞明对我既然恩断义绝，妹子自当接受海哥真挚恳切的爱！我的海哥，你不嫌憎我是一个飞明的弃妇吗？如果你不嫌憎，那么你千万别上南京去，我和海哥可以重新组织一个美满的小家庭，永远享受着甜蜜的生活，哥哥！哥哥！你能答应我吗？"

菱仙愈说愈兴奋，她已忘记了一切，把两脚跳了跳，两手攀着大海的两肩，凝眸含笑地呆望大海，好像要等待他一个圆满的答复。大海再也想不到菱仙痛痛快快会说出这个话来，一时乐得心花怒放，骤然把菱仙身子一把搂住，连连笑问道：

"妹妹，你这话可真？你这话可真？"

菱仙见他这样惊喜欲狂的神情，想起飞明的薄情、志云的可恶，对于大海，当然更加爱如珍宝，就凑过嘴去，自动向他唇上吻了一下。大海觉得被她这一吮吻，真是全身都没了气力，几乎要倒下地来。菱仙早把他拉到沙发上并肩坐下，向他盈盈一笑，瞟着他告诉道：

"海哥，我说给你听吧！飞明和我回家，就和我大闹，说我和你有关系，要和我离婚，我气他这样无情，天下男人难道只有他一个吗？所以就回妈这儿来商量，齐巧三妹也闹着要和志云离婚，她倒情愿嫁给飞明，飞明也答应了，你想这他不是明明气我吗？所以我是愈加要爱你了，海哥，不知你也同样爱我吗？"

290

"哦！原来还有这么一回事。妹妹，我的爱你，恐怕比你的爱我还要厉害些吧！妹妹，我问你，那么三妹既嫁飞明，志云怎么办呢？"

"志云吗，把我的四妹子嫁给他了。"

"妹妹，别开玩笑了，你哪儿还有四妹呢？"

菱仙因把爸爸认杏佛做女儿的话告诉一遍，大海一听，忍不住笑起来道：

"妹妹呀，本来是对对的怨偶，现在这么一调换，方才变成了亲亲爱爱的鸳鸯了。"

菱仙听大海这样说，忍不住噗的一笑，把身子靠近些大海，紧紧偎着他，表示无限的亲密。大海抚着她的发儿，忽又问道：

"妹妹，你虽是这样地爱着我，不知伯伯可答应吗？"

"爸爸答应了，妈妈答应了，连大姐也竭力赞成。哥哥，你放心，妹妹这个身子终是属于你的了。"

菱仙说到这里，把身子斜倒在大海怀里，大海这一快乐，也就忘其所以，两手捧着菱仙的脸颊，接了一个甜甜的长吻。两人默默地温存了良久，只觉各人的一颗心儿，是志忑地跳跃不停，全身血液沸腾得厉害，每一个细胞都觉得紧张，同时又感到一阵异样的愉快。菱仙猛可想起梦中情景，那心就愈跳得厉害，脸儿也热辣辣发燥，忍不住向大海低声问道：

"海哥，你信上说做了一个梦，但为什么却说不好告诉人的？这究竟是怎样的一个梦呀？"

大海听她突然问起梦来，两颊顿时飞起两朵红晕，嗫嚅着却回答不出一句话。菱仙见他这样羞涩模样，虽明已知道，却故意又笑着追问道：

"海哥，你干吗不回答我呀？"

"这个梦……我是非常满意，但现在我不敢告诉妹妹，将来我们新婚的夜……妹妹，你自可以知道了。"

菱仙把身子在他怀里扭了两扭，嗯了一声，撒娇似的不依道：

"海哥，你说给我听听也不要紧呀！因为妹子昨夜也做了一个梦，不晓得和哥哥的梦有否相同？你若不说，那你就不是真心地爱我了。"

大海被她这样撒娇似的缠着，忍不住掩着嘴儿咮咮地笑出来，一面把她身子扶起坐正了，一面望着她，很神秘地笑道：

"妹妹，你也做了个梦吗？那么大家拿张纸儿写着瞧怎样，且看相同不相同？若要我告诉，实在怪难为情呢！"

大海说着，已在身边取出一本日记册子，撕下两页，一张递给菱仙，两人背过身子，各取出自来水笔，簌簌地写了一会儿，写完了后，又把纸儿揉作一团，两人又转回脸来，各人调换一张。菱仙连忙透开，只见他写的是：

"我和妹妹赧赧然强而后可，妹妹和我洋洋乎欲罢不能。"

大海见菱仙写的是两句诗：

"风流和好鱼游水，才过东来又向西。"

两人瞧完后，相互地望了一眼，忍不住咯咯地大笑起来。大海道：

"妹妹，我们真可说是心心相印了。"

"哥哥，你现在南京还要去吗？"

"不去了！不去了！我已得着了妹妹，还到南京去干吗？此刻我倒想和妹妹一同到医院去瞧瞧伯母的伤哩！"

"妹子想哥哥先走一步，因为我还要把哥哥的信给妈妈瞧瞧，也好使他放心，哥哥是完全真心爱我，假使一同去，不是很难为情吗？"

大海听了也觉得不错，遂站起身来，菱仙送他到院子里，忽然又把他拉住，两人望了一会儿，菱仙抵着脚尖，冷不防凑上嘴去，喷的一声，吻了他一个香，咯咯地一阵大笑，便转身逃进上房去了。大海忍不住也好笑，便很得意地到医院里瞧秦氏去。

菱仙到了上房，香玉叫道：

"二小姐，等会儿医院里还要去吗？"

"去的。我想这时洗一个澡，你给我把那件鹅黄乔其纱旗袍拿到浴室里来吧！"

菱仙原是最爱清洁的人，刚才因为草草揩擦了一下，心里还是自嫌着龌龊，况且天气又热，所以她要洗浴了。香玉答应一声，便把那旗袍在玻璃柜里取出，匆匆地拿到浴室里去。

等到菱仙浴罢出来，时已夕阳西沉，她便关照香玉一声，坐车到太和医院。刚到病房门口，只见里面挽手走出一男一女，菱仙定睛一瞧，原来却是翠喜和飞明，一时心里觉得有阵异样的感触。翠喜却笑盈盈叫道：

"二姐姐，你的大海哥还只刚才走呢，妈妈已和他说过了，二姐姐就准定嫁给了他。"

"现在是称心如意了……"

飞明也这样说了一句，便自管携着翠喜出去。菱仙听他话中，尚带酸溜溜地讥讽自己，因也冷笑一声，暗骂了一句黑心种子，便匆匆走进房去。只见妈妈床边还坐着一个女郎，却是背着自己，所以瞧不清她脸蛋儿，爸爸坐在椅上脸含笑容，只管吸雪茄烟。菱仙心中好生奇怪，正欲动问，忽听秦氏喊道：

"菱儿快来！你来见见你的四妹吧！"

菱仙连忙走近床边，只见那女郎站起身子，向菱仙鞠了一躬，叫声二姐，菱仙仔细一望，原来就是杏佛。心想怪不得三妹要和飞

293

明出去了，原来杏佛这妮子，爸爸已把她带了来。因也只好回叫一声四妹你坐，这时仲泉也走过来对菱仙道：

"菱儿，刚才我听你妈妈说，大海已来过了，把这个意思，也和大海说了，大海是非常满意，那么你的意思，到底怎样呢？"

菱仙这才明白爸爸和杏佛是大海走后才来的，听他这样问，因把仲泉手一拉，走到西首角边，将大海的信交给仲泉瞧道：

"爸爸，我真想不到飞明这黑心种子，还不及一个大海呢！"

仲泉连忙接过，看了一遍，心中暗想大海这人真痴情极了，所以婚姻配错了，不知要害了几许年轻男女，现在经我一调换，终算是有情人都成眷属了。一时心中真有说不出的快乐，把信仍还给菱仙，走到秦氏床前，笑眯眯告诉道：

"太太，大海和菱儿性情原来也非常相合，这真是个巧事。本来是离婚的离婚，出走的出走，装腔的装腔，一个很不满意的悲剧，现在到底变成一个欢天喜地的喜剧了。"

杏佛听到装腔的装腔，也忍不住抿着嘴儿，嫣然笑了。菱仙见杏佛笑，因拉过她手，轻轻地问道：

"四妹，现在事情是没有了，我问你一句话，那天夜里在大上海舞厅，你和飞明跳舞，到底是谁约谁呀？"

"真的并没谁约着谁，那也真是个巧事，我本来到那边去找个人，不料身后有人一拍，我回头瞧去，却是飞明。当初我还以为二姐姐也在，问他了后，方晓得他和大姐夫偷偷地出来的，大姐夫因为在半路上遇了朋友，拉去打牌。我点了点头，便欲走开，谁知他要求和我坐一会儿，并舞一次，我因情面难却，只得敷衍一回。哪知竟被姐姐瞧见，倒吃起醋来，妹子要分辩，也来不及呢。"

杏佛说着瞟她一眼，嫣然地微笑。菱仙红了脸儿，暗想原来杏佛真的和他没意思，不过飞明这小鬼，他一定是有意的了，怪不得一定要和我离婚，后来大概他打听杏佛是早有了志云，所以他只得和翠喜要好了。菱仙想到此，把飞明更恨得切骨，因抚着杏佛的手道：

"我不怪你，飞明这杂种真不是人！可杀！"

"二姐姐，你现在也不用气他了，反正你已和大海哥结成良缘，管他呢！"

菱仙本来也恨着杏佛，这时见杏佛反很柔和地安慰自己，一时心里倒感觉她的可爱了，所以在秦氏那里也赞美杏佛的好，因此秦氏对于杏佛也有了一种爱的感情了。

秦氏在太和医院里已住有一星期了，美娟也得知了这个消息，心中乐得什么似的，但表面上不得不来看望了几次。

这是一个月圆的夜里，秦氏躺在病榻上养神，仲泉坐在床边和她聊天，忽然一阵咯噔的皮鞋声，又杂着一阵嬉笑声，从外面走进三对青年男女，笑盈盈地向秦氏喊了一声妈。仲泉秦氏抬头一瞧，正是菱仙大海、翠喜飞明、杏佛志云六个人，两人瞧了这三对如花如玉的璧人，脸上都涌现了笑容，叫他们一排坐下。这时月仙和俊卿也匆匆来了，虽然是特等病房，也没有这许多坐处，只好请看护添两只椅子，秦氏见四女四婿都来探病，再说仲泉也在身旁，虽然是伤着腿儿，心里也甚高兴，因对他们说道：

"今天你们来得很巧，好像约好似的，我对你们说几句话，爸爸妈妈都是依着你们，称了你们各人的心愿，现在天上的月儿是圆了，我们人儿也都圆了，不过我希望你们要永远相爱才好，以后不要再发生什么意外了。"

秦氏这几句话说得很有意思，六个人都低了头哧哧笑，仲泉听她先是爸爸妈妈起头，显然连自己也说进在内，心中也觉好笑，因此说道：

"我的意思，现在上海都流行着集团结婚，你们这次也不妨大家来加入这个集团结婚，既可省却许多麻烦，而且又给市长证婚，那当然是比较郑重些，不知你们意思怎样？"

　　月仙听爸爸这样说，便也赞同道：

　　"爸爸的意思很好，因为妈妈的病，据医生说，要六个月后才得痊愈，集团结婚是只要家长盖印，不像旧式婚姻，定要妈妈料理一切的，我想准定还是集团结婚好。"

　　六个人听了都相互望了一眼，含笑点头。秦氏见他们都表示许可，因问仲泉集团结婚几时举行，仲泉道：

　　"八月十五号。"

　　翠喜等听了，心里都各自欢喜，只有菱仙的心里，却暗暗地筹思，因为她的腹中已留着飞明三个月的孽种，若到集团结婚日期，尚需二十多天，那腹部自然是已隆起，那还成什么样儿。况且日后产下来，究竟归哪个好，大海一定是不要的，若送还飞明，这事太便宜了他，做爸爸的既然是黑心，养下来的也未必是好种，倒不如请医生给我打去了胎来得干净。菱仙打定主意，便决定打胎，因了这一打胎，险些又送了菱仙的性命。

第十二回

铲去情根红丝虚代系
飞来噩耗鸟雀喜填桥

院子里四周种满着一株株的垂柳，微风吹着柳丝，好像绿波似的翻动。西首有三层楼的一座高房，楼下房间的玻璃窗外，搭着一架葡萄棚，棚上满布着绿油油的叶子，扯得长长的，连窗槛里的桌、床壁……都被映成一片碧蓊蓊的暗绿色，因此房中显然是阴凉了许多。

房内静悄悄的，窗口边放着两只高脚花架，左首摆着一盆西洋红的绣球花，右首摆着一盆粉红色的鱼儿牡丹，在葡萄架下的绿荫底下，有着这两盆小小的好花，那就更衬出无限娇艳动人的颜色。

雪亮的克罗米半床上，铺着洁白的单被，床上躺着一个身材苗条的女郎，两颊是白白的毫无一些血色，口中还不住地呻吟。床沿边坐了一个年龄仿佛的女子，身穿湖色纱旗袍、白麂皮革履。她的粉颊却是红润润的可爱，不过她瞧着那床上睡着女子这副可怜的模样，她那双蛾眉便紧锁起来，秋波盈盈地凝望着她，却是轻轻地叹着气。床栏的后面，站着一个西服的少年，两手扶着克罗米床梗子，低垂了头，瞧着她呻吟的神气，是包含着无限的痛苦，心中一阵悲酸，那泪就滚滚地沾满了脸颊。彼此默默地都不说话，整个的房间是埋没在静悄悄的空气里。

原来睡在床上的那个少女，就是菱仙，那少年就是大海，坐在床沿的女郎却是菱仙的同学柳蕴珠。菱仙因集团结婚日子在即，若隆起了肚子，这是多么难看，况且对飞明又十分憎恶，因此她决意把那孽种打去，但又恐妈妈爸爸不答应，所以就对医生假说瘀血积滞，月经不行，一面自己先购通经药来服下，一面便请医院里的医生，给她打去痞块。待医生诊明她是有孕，那通经药却早已服下了许多时候。淋淋漓漓的污血已好像决堤江河般直泻而下，医生见已不能保留胎儿，也只好给她把胎打下，一面把这事告知仲泉和秦氏。两人听了当然十分焦急，仲泉又告诉大海，大海一听菱妹为了自己，竟不顾生命地把胎打去，心里又爱又痛，所以日夜不离地来服侍菱仙。

　　打胎原是件最危险的事情，往往十有九死，比不得妇人产子瓜熟蒂落，因为一个是自然的，一个却是硬生生地把他打下。你想女子的身体无论怎样强健的，不是都也要受伤吗？况且菱仙又是个娇弱的女子，所以下面的污血，只是不肯干净，一天一天地不停流着，把个芙蓉花朵般的菱仙，憔悴得面黄肌瘦痛苦万状。

　　蕴珠自那天在沈公馆和菱仙分别后，因校中大考在即，所以十分忙碌，没有到菱仙那儿去望她，这天在商场里买物，遇见杏佛，问起菱仙近日可好，杏佛为了避去自己的嫌疑，就把仲泉认自己做女，给翠喜代嫁志云，以及菱仙改嫁大海打胎的事统统告诉了蕴珠，并说菱仙现睡在太和医院。蕴珠听了杏佛告诉这许多事，恍若置身梦中，心中暗暗好笑，因记挂菱仙，所以急急到太和医院去望菱仙。两人见面都不胜悲伤，这样一连五天，菱仙污血终不能止，蕴珠天天来望一次，杏佛、翠喜、月仙也来瞧过两次，见菱仙面容日瘦，大家都很忧愁，大海当然更是伤心。

　　这天蕴珠又来望菱仙，菱仙和大海正在相对垂泪，见了蕴珠，大海便站起招呼，蕴珠坐到床边，低低叫声姐姐道：

"你今天可已好些了吗？"

"珠妹，难为你天天来，我恐怕是不中用了吧！"

菱仙见了蕴珠，眸珠在长睫毛里一转，表示非常感激，淡白的嘴唇，颤抖地说出这一句话来，倒引得大海和蕴珠涔涔泪下。菱仙微闭着眼睛，口中只是呻吟，三人默默地静了一回。菱仙又睁开星眼，抬头望着伏在床栏的大海，轻叹口气，又说道：

"海哥呀！我万料不到我俩还没有结婚，竟要撒手抛撇了……"

菱仙说到此，自己那深凹的眼眶里，也扑簌簌地掉下泪来，大海更伤心得呜咽地哭。蕴珠听她说出这样死别的话，心里真也有说不出的沉痛，把菱仙的憔悴手儿拉来，温柔地抚摸一回，安慰她道：

"菱姐，你怎么说出这样的话来，不是叫海哥听了更伤心吗？你千万不要性急，也不要胡思乱想，自己保重身体，静静养息，那痛自然会止，身体也自然会健的。"

菱仙因蕴珠天天陪伴自己，实在比自己的姐姐妹妹还好，心中实在非常感激，她自料病症，已入骨三分，恐怕不会好了，但剩下可怜多情的海哥，他真不知要伤心到如何地步！目前瞧着蕴珠，心有所触，因向大海招手，叫他坐在床的左边，因为床是抛在中间，四面临空。大海遂听从了她话，坐在左边，菱仙伸出两手，一手拉着大海，一手拉着蕴珠，含泪叫道：

"海哥，你是我的第一个知心人，珠妹是我的第二个知人心，我自知病体是不能……恐怕这两天内就要……了……吧！"

菱仙再也说不下去，喉间已咽哽住，泪如泉涌。大海一面给她用手帕拭泪，一面自己倒又哭起来道：

"妹妹，珠妹劝你的话是不错的，勿这样尽管胡思乱想。你是个年纪轻轻的人，虽然现在吃一些苦，想还不至于十分危险。这些话我劝你千万别说了，你说了，我的心真要粉碎了呢！"

菱仙咽了一口气，泪如雨下，断续地又说下去道：

"海哥和珠妹劝我的话，我心里都很感激，但事实上恐怕是再不能够允许我活下去了。海哥，我是极愿意和你白头偕老，终怪我自己不好，没有和你商量，就把这药吞了下去，现在我的病，更一天不如一天，想来我与海哥竟只有一梦之缘。唉！天不可怜我，那我更有何说呢？"

蕴珠大海听到这里，伤心已极，不禁呜咽而泣。菱仙虽然很乏力，却仍要接下去说道：

"你们都不要伤心。海哥，我死了我知道你一定是比任何人更要难过，我想趁着我的一口气尚还存在，我便把你们两人联为一对。以后你见了珠妹，就好比见我一样，因为珠妹是我唯一的知心人。珠妹呀！你愿不愿意做我一个替身吗？"

菱仙的泪是汩汩地流下来，把两手中的大海手和蕴珠手，要他们握在一起。大海蕴珠哪里肯握，急忙缩回，哭着道：

"妹妹，我为你心碎，你若死了，我必跟着你去，因为这是我害了你呀！"

"姐姐，你怎么说……这话，不是更叫人心痛……吗？"

菱仙听大海竟有这样真性情，心中更觉伤心，一时腹中又陡觉一阵怪痛，两眼晕花，那底下便又流出不少秽血。蕴珠忽见她面白似纸，手儿冰阴，同时又闻到一阵血腥，知她又在下血了。因慌忙站起，把对面桌儿上摆着干净药水棉花和新毛巾拿过来，奔到床边，掀起她身上盖着的被单，意欲替她换上。谁知蕴珠力小，菱仙的下半身又不能自己动弹，方欲叫女看护进来，大海见事已紧，也就管不得许多，慌忙把两臂抱到菱仙的腰部，轻轻将她抬起。蕴珠此时更不顾及羞涩，就给菱仙龌龊物换去，又用湿布揩抹干净，再用新的换上。等到换好之后，蕴珠早已香汗盈盈，菱仙也已四肢乏力，把脸儿朝里，沉沉地昏睡过去。这时室中鸦雀无声，只有风吹葡萄棚上的叶子，翻起一阵绿波，发出了瑟瑟的音调。大海见蕴珠在盆水里洗手，遂轻轻向蕴珠唤道：

"珠妹，真辛苦你，快休息一下吧！"

蕴珠回眸望了他一眼，却并不回答，反而淌下泪来。大海见蕴珠和菱仙竟有这样好的感情，无怪菱妹认她为第二知心人，一时也无限酸楚，默默地泪下如雨。

"蕴珠姐姐，我的二姐姐今天怎样了？可好些了吗？"

两人正默默地淌泪，忽见翠喜和飞明匆匆进来，蕴珠连忙摇了两摇，低低地答道：

"三妹，你请轻声些！你姐姐才睡熟一会儿呢！"

飞明见大海淌泪满面，坐在床沿，不但一些不同情他，反笑他肉麻动人真觉好没意思。其实他恨菱仙不该将他的结晶打去，现在果然闯出祸来，这真是自讨苦吃。一面心里暗暗骂声自作孽不可活，一面把翠喜手儿一拉，白了她一眼，淡淡地说道：

"大概不要紧的，既睡熟了，我们就到妈妈房中去吧！"

翠喜见他不高兴坐下，遂也不敢违拗，匆匆地又携手到秦氏病房里去。翠喜和飞明走后，月仙、杏佛、俊卿也匆匆来了，大海蕴珠都起身招呼，月仙见菱仙朝里睡着，遂低声问道：

"刚睡熟吗？最好不要和她多说话，她这个病是很危险的，就是好了，恐怕也要养息几个月才行，至于下月里结婚，是一定要展期了。"

"我也这样想，大姐的话不错。"

大海点着头说。

俊卿道："这样一来，因了二妹，倒又耽搁海哥了。"

大家见俊卿取笑大海，都又忍不住掩口笑起来。杏佛向蕴珠道：

"珠姐，你多早晚来的？"

"来了好一会儿了，菱姐熟睡着，我们到伯母那儿去望望吧！"

杏佛月仙等点头，大家又到秦氏病房中去坐一会儿，直到黄昏时候，方才大家回去。

菱仙一觉醒来，见室中只剩大海一人，坐在床边，独自淌泪，心里无限感激，不觉轻轻地叹了一口气。大海回头见菱仙转身醒来，明眸含泪，因俯下身去，偎着她半颊，十分温和地问道：

"菱妹，你睡了一觉，觉得精神可有好些吗？此刻要不喝口儿牛奶？"

菱仙见他这样柔情蜜意，很是感激，但想想自己病体，实在难以再好，抬起清瘦的纤手，抚着大海的脸颊，低声儿道：

"我的肚子，一些不想吃。精神虽然好一些，但我觉得此身终有些靠不住。万一真的不讳，我想海哥你就把蕴珠娶了来吧！因为她的性情，是非常温柔，她的容貌也只有比我美丽，我自恨福薄，飞明这黑心人，他真对不起我，但我也真对不起你！……"

大海听她说到这里，慌忙把她的口儿掩住，安慰道：

"菱妹，你老是说这些话，我心中是最不喜欢听的，医生说你的病并不是十分要紧，嘱你静静休养。我希望你身体慢慢地好起来，就是婚期改个日子也不要紧，一个人终要从快乐一方面养病，万不可以从烦恼方面设想，要知道烦恼是最容易使人添病的。我代妹妹着想，将来我们组织一个小家庭，房子拣在霞飞路那边，地方是要清静些，空气就可以新鲜，对于妹妹养息，一定是很适宜，我去办公，路虽远些，但我是可以坐车的。妹妹，你想对不对？"

菱仙听他这样说，也不觉破涕嫣然一笑，频频点头道：

"多谢哥哥这样爱我，我实在非常感激，但愿能应了哥哥的话，这也是妹妹的命不该绝了。"

"妹妹，你放心，这是一定可能的，我抱着刚毅果决的精神，希望妹妹痊愈，这当然能够成事实的。妹妹，不过你应该老对我笑，不要再说这些伤心话，因为说了这些话，不但我听了心碎，即妹妹自己也非常难过，这样不是养病，倒变摧残自己身子了。妹妹若果然不幸，我早说了，要和你一块儿去，那你不是心里更难过吗？所以我们要把这件惨绝的悲剧，把它转变为喜剧，那实在非抱乐观不可。妹妹，你听了我话觉得怎样？如果你认为对的，你就向我笑一笑。"

大海把身子伏在床沿边，两手捧着菱仙的脸蛋，呆呆地凝望着她，要菱仙回答。菱仙到此，也不觉眉儿一扬，娇媚地对他露齿一笑，大海非常快乐，情不自禁地低下头去，把嘴儿凑到她的唇上吻住了。菱仙当然很是欢喜，淡白的颊上，也不自然地添了两圈红晕，但猛可记得，慌忙又把他轻轻推开。大海倒是一怔，笑问道：

"妹妹，怎么啦？不肯给我亲热一回吗？"

"我是有病的人，嘴里是很不清洁，不要传染到哥哥口里来吗？"

菱仙水盈盈的眸珠，虽没像好时那样灵活，但这时也很妩媚地瞟他一眼，因为两人脸蛋儿相差只不过二三寸距离，菱仙十分不好意思，因把手儿掩在脸上。大海见她几天来从没有这样高兴过，遂把她手儿偏拿下来，嘴儿仍去吻在她唇上，还亲密地吮着道：

"妹妹又不是患什么病，哪里就会传染，况且我的抵抗力不弱，妹妹，你放心，让我亲一会儿好了。"

菱仙见他这样体贴温存、真挚多情地爱着自己，虽然还不曾和自己结婚，却已抱着和自己共存亡的意志，海哥真是我的生死之交了。一寸芳心实在感无可感，遂也让他柔情蜜意地温存了一回。良久，大海抬起头来，两人相互地望了一眼，大海笑了，菱仙也笑了。

大凡一个人，无论什么事情，都要有经验的。菱仙是个才二十岁的女儿，出嫁仅仅半年不到，实在还带有孩子的成分，根本就没有生育过，至于流产是更不必说了。现在她的打胎，仿佛和流产一样，流产和十月满足的做产又是不同，流产并不是个自然，那打胎比劳力过度而流产更不自然，所以流血当然愈加多了。菱仙她因从来没有经过这种事情，一半是胆子寒怕，所以精神愈加委顿，以为一个人怎能够有如许多的血可以流，那性命当然没有了，所以对大海就说出这样死别的话来。此刻听大海这样安慰她温存她，心中也放心了不少，觉得人生在世，尚有许多的乐事，实在是舍不得死去，心中要活的念头，把伤心的事情就也忘记了，胆子也大了不少，夜里也能安静地睡觉。况且大海一刻不离地伴在旁边，白天里蕴珠又常常来解闷，这样一天一天过去，污血也慢慢地干净，身子也日见康健，胃口也逐步增加。只有秦氏睡在楼上病房里，右腿依然夹着板子，一些不能动弹，幸有月仙、翠喜、杏佛川流地前来服侍，倒也不觉寂寞。

光阴如流水般地过去，这天离集团结婚的日期，只有五天了，菱仙的身子虽然好了，但气力还一些没有，他们一对当然是只好展期了。

这是一个幽静的夜里，菱仙靠在床栏上喝牛奶吃面包，大海坐在床边望着她笑道：

"妹妹，你的颊儿这几天里是益发丰腴了，白里也透着了红，我的心里，是多么欢喜呢！"

菱仙没有回答，明眸凝视着大海，只管抿着嘴儿咮咮地笑。大海又递上一块面包，菱仙接了，一会儿指着桌上的道：

"哥哥也吃一片儿，你饿吗?"

大海不忍拂了她意思，陪着她就吃了一片。菱仙把玻璃杯子放到桌上，大海亲自用手帕给她抹着嘴儿，菱仙点了点头，表示无限的谢意，又用纤手来捏大海的手。大海把右手覆到她手背上，索性捧起来拿到鼻上吻一吻，笑道：

"半月前握着妹妹的手，好像一根枯枝，现在又软绵绵了……"

大海得意忘形，忍不住又哈哈地大笑起来。菱仙见他这个模样，可见他内心是这一份儿的喜悦，芳心也甚欣慰，便说道：

"海哥，我想我已完全好了，明天住到新宅里去吧！"

"妹妹，我的意思，你在医院里再休养几天吧！这儿一切适意些。"

"这里太花费了，再说新宅里空气也很好，我愿意住到那边去休养。"

原来大海的爸爸李福水，是住在杭州，在上海只有大海一人，大海跟仲泉混了几年，身边也多着几个钱，他预先在霞飞路租好房子买好家具，装成新房，等菱仙病愈就好结婚。菱仙听此消息，心里十分兴奋，因为要给大海节省些金钱，愿意到那边去养息，大海拗她不过，只得答应了她，因她是为着自己打算，所以心里自然更加地爱她了。

当菱仙迁出医院，住到霞飞路那边去的一日，正是人有旦夕祸福，天有不测风云。旦夕祸福是应在菱仙的身上，那不测风云到底又是怎么一回事呢？原来他们集团结婚还差三天，便即一个晴天霹雳，受了战事爆发的影响，而不能举行了。翠喜飞明、杏佛志云听了这个消息，都长长叹了一口气，只得缓一步，也要改期了。

这样又过了一星期，菱仙已完全好了，她亦曾到妈那儿去望过，说起三妹四妹的集团结婚也不能举行，这真也是意想不到的事情。秦氏道：

"可不是？现在你既完全好了，也可以和他们一同举行了，因为你爸爸已改期到二十五号那天，大家在八仙桥青年会里，做个小型集团结婚，那么也好了却一件心事。"

菱仙听了，很是欢喜。那天回到家里，大海已从办事处回来，菱仙就把这事告诉了他，大海笑着拉了她手，同在沙发上坐下道：

"妹妹，你的话，我是早已知道了。"

"你怎么知道？别骗我，我说了，你自然知道了……哦……哦……可不是我爸对你说的吗？"

菱仙当初还以为他骗自己，后来猛可理会，爸爸和他在店里天天见面，怎么会不知道呢？大海见她转机这样灵敏，便抱着她咯咯笑道：

"对啦！妹妹，你真聪敏极了。"

菱仙听了，也咪咪地笑，一面坐正了身子，一面忽想起了一桩心事，便向大海轻声告诉道：

"海哥，我是完全死里逃生，第一感激的是哥哥，第二感激的是蕴珠。上次我曾说蕴珠做我替身，现在这句话是不能成立了。我想不醉是你的师弟，他也不曾定亲，那天志云新婚，不醉喝醉了酒，曾拉着珠珠去跳舞，珠珠并没拒绝他，我想做个介绍人，把两人配成一对，倒也是个好姻缘呢！不知哥哥的意思怎样？"

"妹妹，你说的张不醉吗？他自从和柳小姐跳舞后，时时刻刻地想念她，妹妹若能给他做介绍人，他恐怕会跪下来向你磕头呢。"

菱仙听了忍不住又咪咪地笑了，心里就决定和蕴珠说去，见时尚早，她便叫大海不用等夜饭，就匆匆地到蕴珠学校里来。两人一见，就很亲热地握了一阵手，蕴珠很高兴地道：

"姐姐现在可完全大好了，真正恭喜你！"

"妹妹，你恭喜我吗？我也要恭喜你哩！"菱仙瞧她一眼，憨憨地笑。

"我的喜从何而来？姐姐别开玩笑了。"蕴珠红晕着脸，似乎有些难为情。

　　"妹妹，我正经告诉你，爸爸有两个得意门生，一个是大海，一个是张不醉。不醉他也中学毕业，他的人品，妹妹是已瞧见过，而且还跳过舞，他现在还没有一个意中人，我不敢斗胆替妹妹介绍，未知妹妹可同意吗？妹妹倘然同意的话，我便请爸爸正式代不醉来向妹妹求婚。"

　　蕴珠听菱仙给自己介绍的是不醉，一时颊上飞起两朵红晕，心中想起不醉那日拉自己跳舞的情形，觉得不醉的人品，虽然没有志云那样文秀，但气宇轩昂人才英挺，也不愧是个现代好青年。菱仙见她低垂粉颊，默默出神，虽然没有答应，却也没有反对，女孩儿的心理，当时是怕羞的多，也许她已默允，只不过不好意思说出来罢了。便又张着嘴咯咯地笑道：

　　"珠珠，我和你的情分，实在比自己姐妹还好。若不醉的人品并不十分好，做姐姐的也绝不肯代你介绍，这是妹妹的终身大事，妹妹要想前途的幸福，不要害羞，倘然心中赞成的话，请你对我笑一笑，我在三天之内，便给你一个好音。妹妹，你快对我笑一笑呀！"

　　蕴珠给她这样一说，便索性耸着肩儿咯咯地大笑起来，菱仙见她已表示赞成，便站起来要告别。蕴珠一把拖住道：

　　"你忙什么？难道除了这件事，别的话一句都没有了吗？你和海哥到底哪天请我喝酒呀？"

　　"爸爸已拣定二十五号那天，在青年会和三妹四妹同时举行婚礼，你准时来吧！"

　　菱仙说着，又要走的模样。蕴珠笑道：

　　"你这时到哪儿去？我想和你到外面吃饭去。"

　　"你要谢我介绍人吗？这时早哩！将来我要好好叫你请一请，此刻我到爸爸那里去，请爸爸向你妈处来做媒，那你妈妈一定肯答应哩！"

蕴珠听了，红着脸儿，啐她一口，忍不住也笑了。因携着菱仙的手儿，直送到校门外面，方才握手别去。

过了两天，柳太太家里便来了一个不速之客，幸而蕴珠也在家，一面连忙口喊沈伯伯，一面又给妈妈介绍，仲泉遂说明来意。柳太太见仲泉亲来做媒，俗语说得好"拣亲不如择媒"，当即满口答应。仲泉很是欢喜，蕴珠更加快乐。柳太太招待得非常周到，仲泉道：

"本月二十五号，为二小女菱仙、三小女翠喜、四小女杏佛，在八仙桥青年会里，做一个小型的集团结婚。在此非常时期，本无心办理这事，因婚期原本是十五号那天在市府举行，因一切都已预备，故不得已延期十天，改在青年会内，请海上闻人唐赓老证婚，草草成礼，借了向平之愿。"

柳太太听了，心里忽然有了一个主意，便笑着道：

"那么小女也在那天先和张宅行一个订婚礼，不知沈先生的尊意如何？"

"这是再好也没有了，那么我们就此一言为定了。"

仲泉说着，便即告别出来，匆匆回到店里，把这事告诉不醉。不醉见先生这样热心为自己奔波，真是乐极欲狂，千恩万谢地谢个不了。

到了二十五号那天，展开新申两报，只见一排地早已登着四条启事：

　　李福水、沈仲泉为小儿大海、小女菱仙于本月二十五
日假座八仙桥青年会行结婚典礼恭请观光此启。
　　钟汉卿、沈仲泉为侄儿飞明、小女翠喜于本月二十五

308

日假座八仙桥青年会恭行婚礼谨此上闻。

　　高凌霄、沈仲泉为小儿志云、小女杏佛于本月二十五日假座青年会举行婚礼值此非常时期诸从简约特此敬告。

　　张留良、柳敬如蒙沈仲泉先生介绍为侄儿不醉、侄女蕴珠于月之二十五日在青年会订婚特此谨闻。

　　自从这四条启事登出后，志云杏佛、大海菱仙、飞明翠喜便在炮火隆隆声中成就了三对鸳鸯，不醉蕴珠也缔结了百年良缘。正是：

　　生聚须从婚嫁起，
　　幸福端赖改造来。

附　录

从鸳鸯蝴蝶派谈到冯玉奇小说

裴效维

　　《民国通俗小说典藏文库·冯玉奇卷》将收录冯玉奇的百余种小说作品，此举极其不易。现在，我愿以这篇文章给出版者呐喊助威。尽管我人微言轻，但我毕竟是一个中国文学的研究者，为鸳鸯蝴蝶派说些公道话是我的责任。

　　冯玉奇是一位鸳鸯蝴蝶派作家，因此我们要想了解冯玉奇，必须首先厘清有关鸳鸯蝴蝶派的一些问题。

一、何谓鸳鸯蝴蝶派

　　鸳鸯蝴蝶派作家平襟亚在《关于鸳鸯蝴蝶派》（署名宁远）一文中对鸳鸯蝴蝶派的来历说得很清楚：

> 　　鸳鸯蝴蝶派的名称是由群众起出来的，因为那些作品中常写爱情故事，离不开"卅六鸳鸯同命鸟，一双蝴蝶可怜虫"的范围，因而公赠了这个佳名。

> 　　　　　　　　　　　——载香港《大公报》1960 年 7 月 20 日

可见鸳鸯蝴蝶派并不是一个有组织有宗旨的小说流派，而是因为当时流行的言情小说多写一对对恋人或夫妻如同鸳鸯蝴蝶般相亲相爱，形影不离，因而民间用鸳鸯蝴蝶小说来比喻这种言情小说，那么这种言情小说的作家群当然也就是鸳鸯蝴蝶派了。这种说法应该是可信的，因为民间常用鸳鸯和蝴蝶来比喻恋人或夫妻，很多民间文学作品中不乏其例。这一比喻非常形象生动，但并无褒贬之意，因此不胫而走。

传到新文学家那里，便加以利用，并赋予贬义，作为贬低对手的武器。但新文学家对鸳鸯蝴蝶派的界定并不一致，大致有两种看法。

一种看法认同民间的比喻说法，即将鸳鸯蝴蝶派小说局限为通俗小说中的言情小说，将鸳鸯蝴蝶派局限为言情小说作家群。鲁迅是这种看法的代表，他在 1922 年所写的《所谓"国学"》一文中说："洋场上的文豪又作了几篇鸳鸯蝴蝶派体小说出版"，其内容无非是"'卿卿我我''蝴蝶鸳鸯'"（载《晨报副刊》1922 年 10 月 4日）。又于 1931 年 8 月 12 日在社会科学研究会做了《上海文艺之一瞥》的长篇演讲，其中对鸳鸯蝴蝶派小说更做了形象而精辟的概括：

> 这时新的才子＋佳人小说便又流行起来，但佳人已是良家女子了，和才子相悦相恋，分拆不开，柳阴花下，像一对蝴蝶、一双鸳鸯一样。

> ——连载于《文艺新闻》第 20、21 期

此外，周作人、钱玄同也持这种看法。周作人于 1918 年 4 月 19日在北京大学文科研究所小说研究会做《日本近三十年小说之发达》

的演讲中，就说现代中国小说"还有《玉梨魂》派的鸳鸯蝴蝶体"（载《新青年》第5卷第1号）。次年2月，周作人又发表《中国小说里的男女问题》（署名仲密）一文，认为"近时流行的《玉梨魂》，虽文章很是肉麻，（却）为鸳鸯蝴蝶派小说的鼻祖"（载《每周评论》第5卷第7号）。与周作人差不多同时，钱玄同在1919年1月9日所写的《"黑幕"书》一文中也说："人人皆知'黑幕'书为一种不正当之书籍，其实与'黑幕'同类之书籍正复不少，如《艳情尺牍》《香闺韵语》及'鸳鸯蝴蝶派小说'等等皆是。"（载《新青年》第6卷第1号）这种看法后来被人称之为"狭义的鸳鸯蝴蝶派"看法。

另一种看法却将鸳鸯蝴蝶派无限扩大，认为民国年间新文学派之外的所有通俗小说作家都是鸳鸯蝴蝶派，他们的所有通俗小说都是鸳鸯蝴蝶派小说。这种看法的代表人物是瞿秋白和茅盾。瞿秋白从小说的内容方面来扩大鸳鸯蝴蝶派小说的范围，他在《财神还是反财神》一文中说，"什么武侠，什么神怪，什么侦探，什么言情，什么历史，什么家庭"小说，都是鸳鸯蝴蝶派小说（见人民文学出版社1953年10月版《瞿秋白文集》）。茅盾则从小说的形式方面来扩大鸳鸯蝴蝶派小说的范围，他在《自然主义与中国现代小说》一文中认定鸳鸯蝴蝶派小说包括"旧式章回体的长篇小说""不分章回的旧式小说""中西合璧的旧式小说""文言白话都有"的短篇小说（载1922年7月《小说月报》第13卷第7号）。这种看法后来被人称之为"广义的鸳鸯蝴蝶派"看法，而且逐渐成为主流看法，以致后来的文学研究者都接受了这种看法。

新文学家不仅在鸳鸯蝴蝶派的界定问题上分成了两派，而且在鸳鸯蝴蝶派的名称上也花样百出。如罗家伦因为徐枕亚等人好用四六句的文言写小说，便称其为"滥调四六派"（见署名志希的《今日中国之小说界》，载 1919 年《新潮》第 1 卷第 1 号），但无人响应。郑振铎因为《礼拜六》杂志为鸳鸯蝴蝶派的主要刊物之一，便称其为"礼拜六派"（见署名西谛的《新文学观的建设》一文，载 1922 年 5 月 21 日《文学旬刊》第 38 号）。这一说法得到了周作人、茅盾、瞿秋白、朱自清、阿英、冯至、楼适夷等人的响应，纷纷采用，以致使用频率越来越高，知名度越来越大，终于成为鸳鸯蝴蝶派的别称了。于是"鸳鸯蝴蝶派"和"礼拜六派"两个名称便被新文学家所滥用。如郑振铎在《新文学观的建设》一文中称"礼拜六派"，而在《〈文学论争集〉导言》一文中却称"鸳鸯蝴蝶派"（见上海良友图书公司 1935 年 10 月出版的《新文学大系·文学论争集》卷首）。还有人在同一篇文章里既称鸳鸯蝴蝶派，又称礼拜六派。如阿英在 1932 年所写的《上海事变与鸳鸯蝴蝶派文艺》一文中说：张恨水的所谓"国难小说"，与"礼拜六派的作品一样，是鸳鸯蝴蝶派的一体"，"充分地说明了鸳鸯蝴蝶派的作家的本色而已"（见上海合众书店 1933 年 6 月出版的《现代中国文学论》）。

茅盾在 20 世纪 70 年代觉得统称鸳鸯蝴蝶派或礼拜六派都不合适，于是提出了一个折中的看法，他在《紧张而复杂的生活、学习与斗争（上）——回忆录（四）》中说：

> 我以为在"五四"以前，"鸳鸯蝴蝶派"这名称对这一派人是适用的。……但在"五四"以后，这一派中有不少人也来"赶潮流"了，他们不再老是某生某女，而居然写家庭冲突，甚至写劳动人民的悲惨生活了，因此，如果用他们那一派最老的刊物《礼拜六》来称呼他们，较为合式。

——载 1979 年 8 月《新文学史料》第 4 辑

事实是该派在"五四"前后没有根本变化，都是既写言情小说，又写其他小说，将其人为地腰斩为两段，既显得武断，又无法掩盖当时的混乱看法。

这些混乱的看法导致后来的文学研究者无所适从：或沿用"鸳鸯蝴蝶派"的说法（如北大本《中国文学史》和《中国小说史稿》、复旦本《中国文学史》和《中国近代文学史稿》等）；或沿用"礼拜六派"的说法（如山东师院本《中国现代文学史》等）；或干脆别出心裁地称之为"鸳鸯蝴蝶—礼拜六派"（见汤哲声《鸳鸯蝴蝶—礼拜六小说观念的价值取向及其评价》，载《苏州大学学报》1992年第2期）。这可真算是中国小说史上的一出有趣的滑稽戏了。

二、如何评价鸳鸯蝴蝶派

鸳鸯蝴蝶派的开山作品是1900年陈蝶仙的言情小说《泪珠缘》，因此鸳鸯蝴蝶派应该是指言情小说派，这也就是后来的所谓"狭义的鸳鸯蝴蝶派"，但被新文学家扩大为"广义的鸳鸯蝴蝶派"，实际上也就是民国通俗小说派。

鸳鸯蝴蝶派与同时期的"南社"不同，既没有组织，也没有纲领，而是一个在思想倾向和艺术风格上大体相同或相近的小说流派，连"鸳鸯蝴蝶派"这一招牌也是别人强加给它的。然而客观地说，鸳鸯蝴蝶派确实是一个产生过巨大影响的小说流派。在"五四"以前的近二十年间，它几乎独占了中国文坛；在"五四"以后的三十年间，虽然产生了新文学，但新文学只是表面上风光，而鸳鸯蝴蝶派却一派兴旺发达景象。我对"广义的鸳鸯蝴蝶派"做过不完全的统计：该派作家达数百人，较著名者有一百余人，所办刊物、小报和大报副刊仅在上海就有三百四十种，所著中长篇小说两千多种，至于短篇小说、笔记等更难以计数。在此前的中国文学史上，还没有哪个文学流派有过如此宏大的规模，产生过如此巨大的影响。

鸳鸯蝴蝶派由于规模宏大，又处在历史的一个巨变时期，其成员的确鱼龙混杂，其作品也良莠不齐，但总体来说，它形象地记录了中国二十世纪前五十年的历史，为中国读者提供了丰富的精神食粮，对中国小说的传承起过积极作用，因此应该给予充分的肯定。

鸳鸯蝴蝶派小说已经不是中国传统通俗小说的复制，而是一种改良的通俗小说。在形式方面，它既采用章回体，也采用非章回体，甚至采用了西洋小说的日记体、书信体等，至于侦探小说则更是完全模仿自西洋小说。在艺术手法方面，受西洋小说的影响非常明显，如增加了人物形象和景物描写，结构与叙事方式也趋于多样化，单线和复线结构并用，第三人称和第一人称叙述法兼施，还采用了倒叙法和补叙法。在内容方面，鸳鸯蝴蝶派小说已经扩大了描写范围，反映了当时社会生活的各个方面，甚至已经紧跟时事，及时反映当前的社会现实，被称为"时事小说"。如李涵秋的《广陵潮》描写辛亥革命，而他的《战地莺花录》则描写五四运动，这种及时反映当时发生的重大政治事件的小说，与多写历史故事的古代小说完全不同，显然是一大进步。鸳鸯蝴蝶派的言情小说，也不同于古代的才子佳人小说，而是一种新才子佳人小说。古代的才子佳人小说因面对森严的封建礼教，只能写才子与佳人偶尔一见钟情，以眉目传情或诗书传情的方式进行交流，最后皆是有情人终成眷属的大团圆结局。而这种大团圆结局完全是人为的：或出于巧合，或由于才子金榜题名，皇帝御赐完婚，这就完全回避了封建包办婚姻的问题。而民国年间的封建礼教已经在一定程度上松绑，尤其像上海、北京等大城市得风气之先，恋爱自由和婚姻自主思想已经渐入人心。因此有些鸳鸯蝴蝶派的言情小说也突破了古代才子佳人小说的窠臼，才子佳人已经敢于"相悦相恋，分拆不开，柳阴花下，像一对蝴蝶、一双鸳鸯一样"。其结局也不再全是有情人终成眷属的大团圆，而是"有时因为严亲，或者因为薄命，也竟至于偶见悲剧的结局……这实在不能不说是一个大进步"（鲁迅《上海文艺之一瞥》，连载于1931年7月27日、8月3日《文艺新闻》第20、21期）。言情小说由大团圆结局到悲剧结局的确是一个大进步，因为前者是回避封建包办婚姻礼制，而后者是控诉封建包办婚姻礼制。而这一进步的开创者是曹雪芹和高鹗，他们在《红楼梦》里所写的婚姻差不多都是悲剧。因此胡适称赞《红楼梦》不仅把一个个人物"都写作悲剧的下场"，而且最后"作一个大悲剧的结束，打破了中国小说的团圆迷信"（《〈红楼梦〉考证》，见1923年亚东图书馆版《胡适文存》）。可见鸳鸯蝴蝶派的言情小说在一定程度上继承了《红楼梦》开创的爱情婚姻悲剧模式，因而具有相当的反封建意义。我们可以徐枕亚的《玉梨魂》为例加以说明，因为该小说被新文学家指为鸳鸯蝴蝶派的代表性作品。

《玉梨魂》的故事很简单——清末宣统年间，小学教员何梦霞与年轻寡妇白梨影相爱，但两人均认为他们的这种行为是不道德的。为了得到感情的解脱，白梨影想出个"移花接木"的办法，即撮合何梦霞与自己的小姑崔筠倩订了婚。然而何梦霞既不能移情于崔筠倩，白梨影也无法忘情于何梦霞，结果造成了一连串的悲剧——白梨影在爱情与道德的激烈冲突下郁郁而死；崔筠倩因得不到何梦霞之爱而离开了人世；白梨影的公公因感伤女儿、儿媳之死而一病身亡；白梨影的十岁儿子鹏郎成了孤儿。何梦霞为排遣苦闷，先赴日本留学，继又回国参加了辛亥武昌起义（即辛亥革命），壮烈牺牲。

《玉梨魂》不仅描写了一个爱情婚姻悲剧，而且不同于一般的爱情婚姻悲剧。一般的爱情婚姻悲剧都是由封建势力造成的，即由包办婚姻造成的；而《玉梨魂》所写的爱情婚姻悲剧，其原因却是何梦霞和白梨影自身的封建道德。他们既渴望获得恋爱自由和婚姻自主的权利，又不能摆脱封建道德和封建礼教的束缚，两者激烈冲突，造成三死一孤的惨剧。从而揭露了封建道德和封建礼教的影响力是多么巨大，它已深入人们的骨髓，使其不能自拔。因此，它的反封建意义比一般的爱情婚姻悲剧更为深刻。

其实，新文学阵营也不是铁板一块，虽然大多数新文学家对鸳鸯蝴蝶派全盘否定，但也有少数新文学家态度比较客观，他们对鸳鸯蝴蝶派也给予一定的肯定。鲁迅是其中最突出的一位，他不仅认为某些鸳鸯蝴蝶派的悲剧言情小说是"一大进步"，而且不同意某些新文学家对鸳鸯蝴蝶派消极影响的夸大其词。他说：

> 至于说他流毒中国的青年，那似乎是过虑。倘有人能为这类小说所害，则即使没有这类东西也还是废物，无从挽救的。与社会，尤其不相干，气类相同的鼓词和唱本，国内非常多，品格也相像，所以这些作品也再不能"火上添油"，使中国人堕落得更厉害了。

——《关于〈小说世界〉》，载《晨报副刊》
1923 年 1 月 15 日

这种客观的观点与前述周作人无限夸大鸳鸯蝴蝶派作品能使国民生活陷入"完全动物的状态"乃至"非动物的状态"的观点形成了鲜明对比。当抗日战争爆发后，鲁迅更提倡文学界的抗日统一战线，主张团结鸳鸯蝴蝶派一起抗日。他说：

我以为文艺家在抗日问题上的联合是无条件的，只要他不是汉奸，愿意或赞成抗日，则不论叫哥哥妹妹，之乎者也，或鸳鸯蝴蝶都无妨。但在文学问题上我们仍可以互相批判。

——《答徐懋庸并关于抗日统一战线问题》，
载《作家》月刊第 1 卷第 5 期

鲁迅不仅提倡团结鸳鸯蝴蝶派一起抗日，而且主张新文学派与鸳鸯蝴蝶派在文学问题上"互相批判"，这种平等对待鸳鸯蝴蝶派的度量，也与那些视鸳鸯蝴蝶派如寇仇，必欲置诸死地而后快的新文学家形成了鲜明对比。

对鸳鸯蝴蝶派给予肯定的不只鲁迅，还有朱自清和茅盾。朱自清认为供人娱乐是中国传统小说的特点，因此不赞成将"消遣"作为罪状来批判鸳鸯蝴蝶派小说。他说：

在中国文学的传统里，小说……更是小道中的小道，就因为是消遣的，不严肃。不严肃也就是不正经，小说通常称为"闲书"，不是正经书。……鸳鸯蝴蝶派的小说意在供人们茶余酒后的消遣，倒是中国小说的正宗。

——《论严肃》，载《中国作家》创刊号

茅盾也承认鸳鸯蝴蝶派小说也"写家庭冲突，甚至写劳动人民的悲惨生活"。他还从艺术性方面对鸳鸯蝴蝶派小说给予一定肯定。

他认为鸳鸯蝴蝶派的有些长篇小说"采用西洋小说的布局法",如倒叙法、补叙法，以及人物出场免去套语、故事叙述"戛然收住"等等，这一切是对"旧章回体小说布局法的革命"。还认为鸳鸯蝴蝶派的有些短篇小说学习了西洋短篇小说"截取一段人生来描写，而人生的全体因之以见"的方法："叙述一段人事，可以无头无尾；出场一个人物，可以不细叙家世；书中人物可以只有一人；书中情节可以简至只是一段回忆。……能够学到这一层的，比起一头死钻在旧章回体小说的圈子里的人，自然要高出几倍。"（《自然主义与中国现代小说》，载 1922 年 7 月 10 日《小说月报》第 13 卷第 7 号）

鲁迅、朱自清、茅盾毕竟属于新文学派，因此他们对鸳鸯蝴蝶派的肯定是有限的。我们应该摆脱成见与束缚，从中国文学史的角度，对鸳鸯蝴蝶派做出客观公正的评价。

三、如何看待冯玉奇的小说

我们澄清了以上有关鸳鸯蝴蝶派的三个问题，等于为介绍冯玉奇的小说提供了一个坐标，也等于为读者提供了一把参照标尺。读者用这把标尺，就可自行评判冯玉奇的小说了。

冯玉奇于 1918 年左右生于浙江慈溪，笔名左明生、海上先觉楼、先觉楼，曾署名慈水冯玉奇、四明冯玉奇、海上冯玉奇。据说他毕业于浙江大学（一说复旦大学）。1937 年九一八事变后寄居上海，感山河破碎，国事蜩螗，开始写作小说以抒怀。其处女作为《解语花》，由上海春明书店出版。出版后旋即由东方书场改编为同名话剧，演出后轰动一时。那时他才十九岁。由此一发而不可收，至 1949 年 7 月《花落谁家》出版，在短短十来年时间里，他创作的小说竟达一百九十多种，平均每年近二十种，总篇幅应该不少于三千万字，只能用"神速"来形容。这时他只有三十一岁。近现代文学史料专家魏绍昌先生（已去世）所编《鸳鸯蝴蝶派研究资料（史料部分）》（上海文艺出版社 1962 年 10 月出版）开列的《冯玉奇作品》目录只有一百七十二种，也有遗珠之憾。不过我们从这一目录中仍可确定冯玉奇是一位以写言情小说为主的通俗小说作家，因为在一百七十二种小说中，言情小说占有一百二十二种，其他小说只有五十种：社会小说三十四种、武侠小说十四种、侦探小说两种。

冯玉奇不仅是一位写作神速且极为多产的通俗小说作家，还是一位热心的剧作家和剧务工作者。早在他二十六岁（1944 年）时，就担任了越剧名伶袁雪芬的雪声剧团的剧务，并为之创作了《雁南归》《红粉金戈》《太平天国》《有情人》《孝女复仇》五大剧本，演出效果全都甚佳。在他二十七到二十八岁（1945～1946）时，又与他人合作，前后为全香剧团和天红剧团编导了《小妹妹》《遗产恨》《飘零泪》《义薄云天》《流亡曲》等二十多个剧本，演出效果同样甚佳。可见冯玉奇至少写过十几个剧本。

冯玉奇一生所写的小说和剧本总计不下两百五十种，总篇幅可能达到四千万字以上，是名副其实的"著作等身"，是当之无愧的中国最多产的作家，号称多产的同派小说家张恨水也难望其项背。当时的文学作品已是一种特殊商品，冯玉奇的小说如此畅销，其剧本演出又如此轰动，这足可以证明其受人欢迎，这就是读者和观众对冯玉奇的评价，它比专家的评价更为准确，也更为重要。遗憾的是，我们无法看到他的剧作和三十岁以后的作品，也不知其晚景如何，卒于何年。

从冯玉奇的生活年代和创作时段来看，他显然是鸳鸯蝴蝶派的后起之秀，所以尽管他作品如此之多，影响如此之大，而同派的老前辈却很少提到他，这也是"文人相轻"的表现之一。

按说要介绍冯玉奇的小说，应该将其全部小说阅读一遍，但我没有这么多时间，也没有这么大精力，因而只向中国文史出版社借阅了《舞宫春艳》《小红楼》《百合花开》三种，全都是言情小说。因此我只能以这三种言情小说为例加以介绍，这可能会犯以偏概全的错误，因此只能供读者参考。

　　《舞宫春艳》写了两个纠缠在一起的爱情婚姻悲剧故事：苏州富家子秦可玉自幼与邻居豆腐坊之女李慧娟相恋，由于门第悬殊，秦可玉被其父禁锢，二人难圆成婚之梦。不幸李慧娟生下了一个私生女鹃儿，只好遗弃，自己则郁郁而死。鹃儿被无赖李三子收养，长大后卖到上海做伴舞女郎，改名卷耳。中学生唐小棣先是爱上了姑夫秦可玉家的婢女叶小红，不料叶小红失踪，于是移情于卷耳，但无钱为卷耳赎身，两人感到婚姻无望，于是双双吞鸦片自尽。

　　《小红楼》的故事紧接《舞宫春艳》：曾经被唐小棣爱过的叶小红的失踪，原来也是被无赖李三子拐卖为伴舞女郎，小棣、卷耳自杀后，小红才被救了回来，并被秦可玉认为义女。经苏雨田介绍，与辛石秋相识相恋而订婚。同时石秋的姨表妹巢爱吾也爱石秋，但石秋既与小红订婚在先，便毅然与小红结婚。爱吾为了摆脱难堪的地位，离家出走，下落不明。石秋奉父命赴北平探望二哥雁秋，在火车站被人诬陷私带军火，被军人押到司令部。可巧爱吾此时已成为张司令的干女儿兼秘书，便设法救了石秋一命。但张司令强迫石秋与爱吾结婚，二人既不敢违命，又固守道德，便以假夫妻应付。后来石秋回到家里，终于与小红团聚。

　　《百合花开》写了两个紧密相关的爱情婚姻故事：二十岁的寡妇花如兰同时被四十二岁的教育家盖季常和十八岁的革命青年盖雨龙叔侄俩所爱，而盖季常的十六岁侄女盖云仙又同时被三十六岁的银行家杨如仁和十九岁的革命青年杨梦花父子俩所爱。经过许多曲折后，终于两位长辈让步，盖雨龙与花如兰、杨梦花与盖云仙同场结婚。

由以上简单介绍可知，冯玉奇的这三种小说共写了五个爱情婚姻故事，其中两个是悲剧结局，三个是有情人终成眷属。这正如鲁迅所说："有时因为严亲，或者因为薄命，也竟至于偶见悲剧的结局……这实在不能不说是一个大进步。"其次，这三种小说的五个爱情婚姻故事，倒有四个是三角爱情婚姻故事，但它们的情况并不雷同。唐小棣、叶小红、卷耳的三角恋是一男爱二女，辛石秋、叶小红、巢爱吾的三角恋是两女爱一男，而盖季常、盖雨龙、花如兰和杨如仁、杨梦花、盖云仙的三角恋更为异想天开，竟然都是两辈嫡亲男人（叔侄、父子）同爱一个女子。可见冯玉奇极有编故事的才能，从而使作品更具吸引力和娱乐性。又次，这三种言情小说的描写极为干净，没有任何色情描写。除了秦可玉与李慧娟有私生女外，其他人都非礼勿言，非礼勿行。如辛石秋与叶小红因婚礼当天石秋之母去世，为了守孝，新婚夫妻在百日之内没有圆房。而辛石秋与姨表妹巢爱吾为了对得起叶小红，虽被张司令强迫成亲，却只做了几天假夫妻。

从表现形式和艺术手法来看，我觉得冯玉奇的小说与当时新文学的新小说都受了西洋小说的影响，基本相同。譬如：两者都突破了传统小说书名的套路，不拘一格，尤其采用了一字书名和二字书名，如冯玉奇有《罪》《孽》《恨》《血》和《歧途》《逃婚》《情奔》等；而巴金有《家》《春》《秋》，茅盾有《幻灭》《动摇》《追求》。两者的对话方式也突破了传统小说的套路，灵活自如：对话既可置于说话者之后，也可置于说话者之前，还可将说话者夹在两句或两段话之间。至于小说的结构法、叙述法与描写法，更是差不多的。譬如人物描写不再是"沉鱼落雁""闭月羞花""倾国倾城"之类的千人一面，景物描写也不再是"落红满地""绿柳成荫""玉兔东升"之类的千篇一律，而加以具体描绘。这里随便举一个例子：

> 小红坐在窗旁，手托香腮，望着窗外院子里放有一缸残荷，风吹枯叶，瑟瑟作响。墙角旁几株梧桐，巍然而立。下面花坞上满种着秋海棠，正在发花，绿叶红筋，临风生姿，可惜艳而无香，但点缀秋色，也颇令人爱而忘倦。

这是《小红楼》对莲花庵一角的景物描绘，虽然算不上十分精彩，但作者通过小红的眼睛描绘了院中的三样东西——风吹作响的"枯荷"、巍然挺立的"梧桐"、正在开花的"海棠"，从而衬托出莲花庵幽静的环境，曲折地表明了时在秋季。频繁使用巧合手法是冯玉奇小说的显著特点，可以说把所谓"无巧不成书"用到了极致。巧合手法有助于编织故事，缩短篇幅，增加作品的吸引力等，但使用过多则时有破绽，有损于作品的真实性。冯玉奇的某些小说也采用了章回体，但只是标题用"第×回"和对偶句，"却说""且听下回分解"之类的套语已不再经常出现，因此并非章回体的完全照搬。况且章回体并非劣等小说的标志，它在我国小说史上发挥过巨大作用，产生过杰出的四大古典小说。因此用章回体来贬低冯玉奇的小说，也是毫无道理的。

冯玉奇的小说也有明显的缺点。它们与其他鸳鸯蝴蝶派小说一样，主要注重小说的娱乐性，而忽视小说的社会性和艺术性，因此没有产生杰出的作品。他是南方人而小说采用北方话，加之写作速度太快，无暇深思熟虑，导致语言不够流畅，用词不够准确，还有许多错别字和语病。还有使用"巧合"法太多，有时破绽明显，这里不再举例。

总而言之，冯玉奇既不是"黄色"和"反动"小说家，也不是杰出小说家，而是一位勤奋多产、有益无害的通俗小说家，他应在中国小说史尤其是中国现代小说中占有一席之地。

　　　　　　　　　　　2017 年 6 月 4 日于北京蜗居

图书在版编目（CIP）数据

千紫万红·歌舞春江／冯玉奇著. — 北京：中国
文史出版社，2018.3

（民国通俗小说典藏文库·冯玉奇卷）

ISBN 978 – 7 – 5205 – 0040 – 1

Ⅰ．①千⋯ Ⅱ．①冯⋯ Ⅲ．①长篇小说 – 中国 – 现代
Ⅳ．①I246.5

中国版本图书馆 CIP 数据核字（2018）第 009885 号

点　　校：彭　飞　张俊儒
责任编辑：蔡晓欧

出版发行：**中国文史出版社**

社　　址：北京市西城区太平桥大街 23 号　邮编：100811
电　　话：010 – 66173572　66168268　66192736（发行部）
传　　真：010 – 66192703
印　　装：廊坊市海涛印刷有限公司
经　　销：全国新华书店
开　　本：720 × 1020　1/16
印　　张：21　　　　字数：246 千字
版　　次：2018 年 9 月第 1 版
印　　次：2018 年 9 月第 1 次印刷
定　　价：66.00 元